DER VORFALL AUF FIVES CASTLE

Ein Angela-Marchmont-Krimi 5

CLARA BENSON

Übersetzt von

RITA KLOOSTERZIEL

Die Originalausgabe des Romans erschien 2014 unter dem Titel „The Incident at Fives Castle: An Angela Marchmont Mystery Book 5". Copyright © der Originalausgabe 2014 by Clara Benson

Deutsche Erstveröffentlichung 2024
Copyright © der deutschsprachigen Übersetzung 2024 by Clara Benson

Übersetzung: Rita Kloosterziel
Lektorat: Antje Steinhäuser
Korrektorat: Marlies Döring

ISBN: 978-1-913355-42-5

Mount Street Press
5 Brayford Square
London E1 0SG

clarabenson.com

Der Vorfall auf Fives Castle

Hogmanay, das schottische Silvesterfest, steht bevor, und Angela Marchmont ist auf Fives Castle zu Gast, dem Landsitz des Earl of Strathmerrick. Als sie erfährt, dass der Außenminister, der amerikanische Botschafter und der Leiter des britischen Geheimdienstes ebenfalls dort sein werden, um in das Jahr 1928 hineinzufeiern, keimt in Angela der Verdacht, dass etwas Bedeutsames im Gange ist. Dass die Gesellschaft schon bald auf Fives Castle eingeschneit ist, ist im Winter in diesem Teil Schottlands nichts Ungewöhnliches – der Fund einer Leiche allerdings schon. Ehe sie sichs versieht, landet Angela auf der Liste der Verdächtigen …

Kapitel Eins

„SIE SEHEN ALSO, dass es sich um eine delikate Angelegenheit handelt", sagte Alexander Buchanan, der Außenminister.

Henry Jameson, ein zurückhaltender, ernster Mann, schob seine runde Brille zurecht und gab als Zeichen seiner Zustimmung ein leises Hüsteln von sich.

„Wenn dieser Klausen wie versprochen liefert, könnte uns das einen enormen Vorsprung verschaffen", fuhr Buchanan fort. „Das wissen Sie so gut wie ich, schließlich beobachten Ihre Agenten die Ereignisse dort drüben schon lange genug, und was sie herausgefunden haben, stimmt mich nicht gerade zuversichtlich."

„Nein", pflichtete Jameson ihm bei, „obwohl wir für den Augenblick in Sicherheit zu sein scheinen. Bis die dortigen Machthaber jenes letzte Bindeglied der Kette bekommen, sind ihre Drohungen nichts weiter als hohles Gerede. Unser Top-Mann in der Gegend hat sich letzte Woche erst gemeldet, und er ist sich ganz sicher, dass unsere Informationen korrekt sind."

„Sie meinen, dass die letzten Tests nicht den

gewünschten Erfolg gebracht haben?", fragte Buchanan. „Es ist jedoch nur eine Frage der Zeit. Ich weiß von mindestens drei weiteren Ländern, die an der gleichen Sache arbeiten. Natürlich liegen sie im Moment weit hinter uns zurück, aber sie werden bald aufholen. Es herrscht kein Mangel an klugen Köpfen, und einer davon wird früher oder später die Lösung finden."

„Nun, Klausen scheint zu glauben, dass es ihm bereits gelungen ist", meinte Jameson.

„Warum zum Teufel kann er es uns dann nicht klipp und klar sagen, statt dieses Versteckspiel zu veranstalten? Das begreife ich nicht."

„Ah, er war immer schon sehr darauf bedacht, seine Arbeit zu schützen. Unter Wissenschaftlern herrscht ein starker Konkurrenzkampf, wissen Sie. Wenn ich es richtig verstanden habe, hat er Angst, jemand könne seine Ideen stehlen und die Lorbeeren dafür ernten."

„Wäre es in einem Fall wie diesem nicht ungeheuer wichtig, dass die klügsten Leute zusammenarbeiten?", meinte Buchanan. „Schließlich geht es um das Wohl des Landes, wenn nicht gar der ganzen Welt. Wer will schon einen weiteren Krieg?"

„Das will niemand, würde ich sagen, doch im Augenblick scheint die Gefahr gering zu sein", erwiderte Jameson. „Und außerdem gilt immer noch die Zehnjahresregel."

„Zur Hölle mit der Zehnjahresregel!", rief der Außenminister. „Dabei geht es nur darum, die Ausgaben fürs Militär zu senken. Wir können es uns nicht leisten, dass die Streitkräfte weiterhin in dem Luxus schwelgen, den sie gewohnt sind. Aber mit einer Waffe wie dieser – Sie verstehen sicher, was sie bedeuten würde? Sie wäre die ultimative Bedrohung. Die Gegenseite würde es nicht wagen, einen weiteren Krieg anzuzetteln, wenn sie wüsste, dass wir etwas Derartiges in der Hand haben. Denken Sie nur an all das Geld, das wir sparen könnten, wenn wir auf die Anschaffung neuer Waffen verzichten könnten."

Henry Jameson musterte den bedeutenden Mann. Sandy Buchanan war ein brillanter Denker und Politiker, der sehr schnell in seine derzeitige angesehene Stellung aufgestiegen war. Man hielt es für wahrscheinlich, dass er eines Tages den Posten des Premierministers bekleiden würde. Sein Weitblick gehörte zu seinen herausragendsten Fähigkeiten und verlieh ihm einen großen Vorteil bei Verhandlungen mit fremden Mächten. Es war kein Zufall, dass keiner seiner Freunde mit ihm Schach spielen wollte. Wenn Buchanan mitten in Friedenszeiten die Gefahr eines Krieges heraufziehen sah, tat man gut daran, ihm zuzuhören.

„Aber die Gegenseite wird sie früher oder später ebenfalls bekommen", wandte Jameson ein. „Wie Sie sagen: Es ist nur eine Frage der Zeit."

„Das stimmt natürlich", antwortete Buchanan, „doch wenn beide Seiten eine solche Waffe haben, ist das Ergebnis das gleiche: eine Pattsituation – vorausgesetzt, wir schaffen es vor ihnen. Wenn nicht, dann haben wir ein Problem. Uns kann man vertrauen, wir handeln verantwortungsvoll, aber wenn sie sie vor uns bekommen – wer weiß, ob sie nicht beschließen, sie an uns auszuprobieren, nur so, zum Spaß?"

„Oh, natürlich, da haben Sie recht", nickte Jameson.

„Es ist also ungeheuer wichtig, dass wir uns anhören, was Klausen zu sagen hat – und es ist ungeheuer wichtig, dass die ganze Sache geheim gehalten wird. Wir wollen nicht, dass irgendjemand davon Wind bekommt. Ich denke, Sie wissen, worauf ich anspiele, Jameson."

„Selbstverständlich." Henry Jameson war klar, dass der Politiker in diesem Moment nicht von fremden Mächten sprach.

„Die Opposition macht uns wegen der Spionageaffäre schon genug Probleme – parlamentarische Anfrage und Schlimmeres!", fuhr Buchanan fort.

„Ja", bekräftigte Jameson, „der Öffentlichkeit ist nicht wohl bei dem Gedanken, dass wir Spione in unserer Mitte haben."

„Und schon gar nicht im Kabinettssekretariat", ergänzte Buchanan. „Wir sind uns noch immer nicht hundertprozentig sicher, dass Golovin allein gehandelt hat, obwohl er beteuert, der Einzige gewesen zu sein."

„Hmm." Jameson machte sich so seine eigenen Gedanken zu dem Thema.

„Ogilvys Ruf war ruiniert, er musste einfach zurücktreten, und wir haben die Nachwahl nur um Haaresbreite gewonnen. Burford ist ein guter Mann, obwohl er natürlich noch jung ist und jemanden wie Ogilvy mit all seiner Erfahrung nicht ersetzen kann. Wenn die Opposition jetzt noch herausfinden sollte, dass wir eine derartige Waffe entwickeln wollen, während wir angeblich von Spionen umgeben sind – und während wir gehalten sind, die Militärausgaben zu reduzieren …" Er machte eine vielsagende Pause.

„Ich verstehe", sagte Jameson. „Machen Sie sich keine Sorgen, ich werde alles daransetzen, dass nichts nach außen dringt."

„Das dürfte nicht allzu schwierig sein", überlegte Buchanan. „Auf Strathmerrick ist unbedingt Verlass, und außerdem war ich früher schon um diese Jahreszeit auf Fives Castle, sodass niemand Verdacht schöpfen sollte. Eine Gästeschar, die sich zu Silvester in einem entlegenen Teil Schottlands einfindet – was könnte unverfänglicher sein?"

„Genau", bestätigte Jameson. Aus dem Papierbündel in seiner Hand zog er ein Blatt hervor und reichte es dem Außenminister. „Hier ist die Liste der Leute, die außer uns und dem amerikanischen Botschafter auf Fives Castle sein werden."

Buchanan überflog die Namen und rieb sich nachdenklich das Kinn.

„Meist Familienmitglieder, wie ich sehe", sagte er. „Der Earl und die Countess, natürlich, und ihre Töchter. Die Mädchen rauben ihren Eltern den letzten Nerv, vor allem Gertie, aber im Großen und Ganzen sind sie harmlos. Claude Burford, das versteht sich von selbst. Ein intelligenter junger Bursche, der weiß, was er will. Er ist mit der ältesten Tochter verlobt. Eine vorteilhafte Verbindung. Der Botschafter und seine Frau. Gabriel Bradley – wer ist das? Ah, jetzt erinnere ich mich, er ist der Sekretär des Botschafters. Ich glaube, wir sind uns schon einmal begegnet. Miss Letitia Foster – sie ist eine Mischung aus Gouvernante und Gesellschafterin, nicht wahr? Eine etwas wunderliche alte Jungfer, ist seit Jahren bei der Familie. Klausen, wenn er denn auftaucht. Nanu!" Er stutzte. „Wer ist das? Frederick Pilkington-Soames. Ich glaube nicht, dass ich den kenne."

Jameson hüstelte entschuldigend.

„Ich fürchte, er ist Reporter", sagte er. „Ausgerechnet für den Clarion."

„Ein Reporter!", rief der Außenminister bestürzt. „Das ist das Letzte, was wir brauchen können. Warum zum Teufel hat man ihn eingeladen?"

„Er ist ein Freund von Lady Gertrude", erklärte Jameson. „Soweit ich weiß, laden sich die jungen Damen immer wieder spontan Freunde nach Fives Castle ein, wenn ihnen der Sinn danach steht, daher hätte es verdächtig ausgesehen, wenn wir seinem Kommen einen Riegel vorgeschoben hätten."

„Sicher gibt es eine Möglichkeit, ihn fernzuhalten? Können wir nicht dafür sorgen, dass er wegen einer wichtigen Geschichte hier in London bleiben muss? Wer ist der Herausgeber des Clarion?"

„Ich würde davon abraten. Die Leute beim Clarion sind hartnäckig. Wenn sie nur den Hauch eines Verdachts wittern, dass sie hier nicht willkommen sind, werden wir sie nie wieder los. Nein, die beste Strategie ist, keinerlei Einwände gegen seine Anwesenheit zu erheben. Wir müssen nur so tun, als sei hier nichts Besonderes im Schwange. Schließlich gönnen sich auch Politiker ab und zu eine Pause."

„Hm, vielleicht haben Sie recht." Buchanan schien nicht überzeugt. Er las den nächsten Namen auf der Liste vor.

„Mrs Angela Marchmont. Wer ist das? Der Name bekommt mir bekannt vor."

„Sie ist ebenfalls eine Bekannte von Lady Gertrude, hat man mir gesagt, aber früher hatten wir öfter mit ihr zu tun."

„Oh ja?" Buchanan blickte interessiert auf.

„Im Krieg hat sie sich große Verdienste erworben. Mehrere Jahre war sie Sekretärin bei Bernstein, dem amerikanischen Finanzier, und hielt sich bei Kriegsausbruch zufällig in Belgien auf. Als Amerikanerin mit neutralem Status getarnt hat sie einer Reihe von Soldaten und Gefängnisinsassen zur Flucht nach

Holland verholfen. Mehrmals ist sie nur knapp davongekommen, einmal ist sie sogar festgenommen und verhört worden, aber man hat nie etwas aus ihr herausbekommen. Wir wollen sie für eine Tapferkeitsmedaille vorschlagen, aber der bloße Gedanke behagte ihr überhaupt nicht. Sie meinte, sie habe nur getan, was jeder andere an ihrer Stelle ebenfalls getan hätte."

„Ist sie Amerikanerin?"

„Oh nein, sie ist Engländerin durch und durch", versicherte Jameson. „Sie ist die jüngere Schwester von Sir Humphrey Cardew."

„Cardew?", wiederholte der Außenminister. „Er ist beim Arbeitsministerium, nicht wahr? Den kenne ich allerdings. Ein aufgeblasener Wichtigtuer. Sie ist also seine Schwester? Wenn sie so ist wie er, haben wir es vermutlich mit einem nach Mottenkugeln riechenden Anstandswauwau mit knarzendem Fischbeinkorsett zu tun, der größten Wert auf Schicklichkeit und gutes Benehmen legt."

„Ganz im Gegenteil", lachte Jameson. „Jedenfalls war sie vor zehn Jahren nicht so, als ich sie zum letzten Mal gesehen habe. Sie ist eine ganz reizende Person. Nach dem Krieg ist sie nach Amerika zurückgekehrt und verschwand für eine Weile in der Versenkung, aber seit ein, zwei Jahren lebt sie wieder in England und amüsiert sich seitdem damit, meinem Bruder bei der Lösung von Mordfällen zu helfen."

„Oh, *diese* Mrs Marchmont", sagte Buchanan. „Ja, von ihr habe ich gelesen. Ist sie nicht eine Art Abenteuerin? Kann man ihr trauen? Was ist mit Mr Marchmont? Wo ist er?"

„Keine Ahnung", erwiderte Jameson. „Über ihn weiß ich rein gar nichts."

„Hmm", sagte der Außenminister zweifelnd. „Ich bin nicht mehr so sicher, dass das eine gute Idee ist. Wir versuchen unser Möglichstes, eine diskrete kleine Versammlung an einem entlegenen Ort zu organisieren, und nun muss ich feststellen, dass wir drei oder vier Tage mit einem Reporter und einer Amateurdetektivin verbringen werden – genau die Leute, die mit großer Wahrscheinlichkeit ihre Nase in unsere Angelegenheiten stecken."

„Daran lässt sich leider nichts ändern", antwortete Henry Jameson. „Wir müssen nur sehr wachsam sein. Falls es Sie tröstet: Ich glaube kaum, dass irgendjemand sich für uns interessieren wird, weil nach der traditionellen Völlerei an Hogmanay alle nur noch schlafen wollen."

„Hoffentlich haben Sie recht", meinte Buchanan. „Nicht auszudenken, wenn etwas schiefgehen sollte."

„Keine Sorge, das wird nicht passieren", sagte Jameson.

Kapitel Zwei

DIE COUNTESS von Strathmerrick betrachtete sich kummervoll im Wandspiegel und inspizierte die Fältchen in ihrem Gesicht. Sie war sich sicher, dass seit gestern einige hinzugekommen waren. Wenngleich Lady Strathmerrick immer noch eine durchaus ansehnliche Frau war, war sie sich sehr wohl der Tatsache bewusst, dass sich die Blüte ihrer Jahre dem Ende zuneigte – eine Tatsache, die ihr mehr zu schaffen machte, als sie sich eingestehen mochte. Bei drei großen Töchtern und zwei kleinen Söhnen sollte es einem natürlich irgendwann egal sein, wie man aussah. Dennoch hatte Lady Strathmerrick das vage Gefühl, dass sie sich so lange wie möglich ihre hübsche Frische und das heitere Lächeln bewahren sollte, die das Herz mehrerer passender Verehrer erobert hatten, damals, vor dreißig Jahren in ihrer ersten, über die Maßen erfolgreichen Ballsaison, als sie als Debütantin ins Licht der Öffentlichkeit trat. Bei solchen Kindern war das jedoch einfacher gesagt als getan. Jeder Tag brachte neue Schrecken und mehr graue Haare mit sich.

Natürlich konnte man Priss kaum als Schrecken bezeichnen. Ihre Älteste hatte nicht nur das Aussehen ihrer Mutter geerbt, sie war zweifellos eine Schönheit. Wobei genau das auch ein Problem darstellte. Lady Strathmerrick gab es nur ungern zu, aber es bereitete ihr Unbehagen, neben der bezaubernden Priss mit ihren rosigen Wangen gesehen, mit ihr verglichen und daran erinnert zu werden, was sie eingebüßt hatte. Clemmie, die jüngste Tochter, befand sich noch immer in der Schmollphase und zog sich oft stundenlang in ihr Zimmer zurück. Der Himmel wusste, was sie da tat. Teufelsanbetungen vielleicht? Oder, was noch schlimmer wäre: Plante sie womöglich, zum Theater zu gehen? Gus und Bobby, zehn und acht Jahre alt, schienen sich mindestens einmal pro Woche einen Knochen zu brechen oder sich einen Knöchel zu verstauchen. Vermutlich war das in ihrem Alter normal.

Niemand bereitete Lady Strathmerrick jedoch so viel Kummer und Bedrängnis wie ihre zweite Tochter. Gertie, da war sie sicher, war für mindestens neun Zehntel der Fältchen in ihrem Gesicht verantwortlich und für die grauen Haare, die ungebeten in großen Mengen auf ihrem Kopf sprossen. Es war Gertie, die als Siebenjährige auf das Dach von Fives Castle geklettert war, mit einem Paar selbst gebauter Flügel aus Besenstielen und Laken, und verkündet hatte, sie wolle die erste Fliegerin der Welt sein. Man hatte sie gerade noch rechtzeitig erwischt, doch selbst eine ordentliche Tracht Prügel hatte keine Besserung bewirkt. Im Alter von vierzehn hatte sie sich den Reisepass ihrer Mutter genommen und war in Lady Strathmerricks bester Pelzstola und mit einem Lippenstift, den sie sich von Priss geliehen hatte, alleine losgezogen, um ihre Cousinen in Paris zu besuchen. Nur um zu sehen, ob sie es schaffen würde, hatte sie erklärt. Wenn Berichte von einer Society-Party die Runde machten, in deren Verlauf ein unglückseliger junger Mann, der gerade sein Studium in Cambridge abgeschlossen hatte, ohne seine Hose aus einem Fenster gestoßen wurde, oder wenn man sich von einem eleganten Dinner erzählte, bei dem die Gäste zu fortgeschrittener Stunde wild auf den Tischen tanzten und mit Tellern jonglierten wie chinesische Zirkusakrobaten, dann konnte man davon ausgehen, dass Gertie mit von der Partie war. Vor gerade einmal zwei Monaten war sie verhaftet und dem Friedensrichter vorgeführt worden. Dabei ging es um einen Tumult in einem Nachtclub, bei dem seltsamerweise auch eine Wurst eine Rolle spielte, was sich Lady Strathmerrick bis zum heutigen Tag nicht erklären konnte. Und nun wollte sie für die Silvesterfeier auf Fives Castle zwei Freunde einladen.

„Müssen sie denn wirklich kommen?", fragte sie Gerties Spiegelbild, obwohl sie wusste, dass es aussichtslos war. „Dein Vater hat seine langweiligsten Freunde von der Arbeit eingeladen und die Herren werden die halbe Zeit die Köpfe zusammenstecken und über schrecklich öden Papieren brüten. Es wird nicht gerade unterhaltsam."

„Aber genau deshalb habe ich sie eingeladen", sagte Gertie. „Für Kinder ist Fives ganz schön – ich meine, als ich klein war, fand ich es hier immer nett –, aber jetzt ist es langweilig, wenn nur wir hier sind. Mit Priss ist nichts mehr anzufangen, seit sie mit diesem Dämlack Claude verlobt ist -"

„So etwas darfst du nicht sagen, Liebes", tadelte

Lady Strathmerrick. „Er ist ein feiner, aufrechter junger Mann.“

„Er ist trotzdem ein Dämlack“, widersprach Gertie. „Und mit Clemmie kann man in letzter Zeit kaum noch reden, seit sie beschlossen hat, dass sie an die Uni will, und den ganzen Tag die Nase in ein Buch steckt.“

„Ach, das macht sie also?“ Lady Strathmerrick war erleichtert, auch wenn an die Uni zu gehen kaum besser war als zum Theater zu gehen, zumindest nach ihrer Sicht der Dinge.

„Ja, hat sie dir das nicht erzählt? Sie will Physikerin werden wie Madame Curie.“

„Oh“, sagte Lady Strathmerrick. „Na ja, das ist wohl nicht so schlimm.“ Sie hatte eine vage Ahnung, dass eine Physikerin etwas Ähnliches war wie ein Physikus, also irgendetwas Medizinisches, und die einzigen Frauen, die im Bereich der Medizin arbeiteten, waren Krankenschwestern. Mädchen hatten oft den Wunsch, Krankenschwestern zu werden. Clemmie würde ihr Ziel sicherlich ein paar Monate lang mit Begeisterung verfolgen und sich dann anderen Interessen zuwenden.

„Schlimm? Nein, aber es ist langweilig und das ist Clemmie auch“, sagte Gertie. „Ich möchte jemanden zum Spielen haben.“

„Aber wer sind diese Freunde?“, fragte ihre Mutter. „Sie haben hoffentlich nichts mit den schrecklichen Leuten zu tun, mit denen du durch die Nachtclubs ziehst? Sie sind so laut und machen ständig irgendetwas kaputt.“

„Oh nein, sie sind ganz anders“, versicherte Gertie ihr. „Freddy ist ein wahnsinnig talentierter Journalist und Angela – nun, Angela ist ein Schatz. Du wirst sie mögen, das verspreche ich dir.“

In diesem Moment betrat eine blasse, zerstreut wirkende und nachlässig gekleidete Frau unbestimmten Alters den Raum. Sie hatte ein Papierbündel in der einen Hand und einen Stift in der anderen. Hinter einem Ohr steckte ein weiterer Stift. Ohne auf Lady Strathmerrick und ihre Tochter zu achten, wanderte sie Richtung Fenster, blieb unterwegs jedoch wie angewurzelt stehen und kritzelte etwas auf ein Blatt Papier. Dies war Miss Foster, die frühere Gouvernante der Kinder und inzwischen die Gesellschafterin der Dame des Hauses.

„Hallo, Miss Fo", begrüßte Gertie sie. „Machen Sie Fortschritte bei Ihrem Buch?"

„Hallo, Lady Gertrude. Ja, mein Buch kommt gut voran, danke der Nachfrage. Allerdings habe ich gerade ein kleines Problem mit einer Szene, in der der uneheliche Sohn des Königs von Preußen sich als Frau verkleidet, um eine heimliche Audienz bei der Infanta Francisca von Spanien zu erwirken."

„Letty, wissen Sie etwas über diese beiden Freunde von Gertie?", fragte Lady Strathmerrick, der die Garderobe des Sohnes des preußischen Königs herzlich egal war.

„Welche Freunde?" Miss Foster blinzelte verwirrt.

„Freddy und Angela", erklärte Gertie. „Sie kommen an Hogmanay zu uns nach Schottland. Ich bin sicher, dass ich Ihnen von den beiden erzählt habe."

„Sind es die mit den Drillingen?", fragte Miss Foster.

„Oh nein, sie sind nicht verheiratet", antwortete Gertie. „Jedenfalls nicht miteinander."

„Wie bitte?", rief Lady Strathmerrick entgeistert. „Das geht auf keinen Fall!"

„Nein, nein", versuchte Gertie, ihre Mutter zu beruhigen. „Es ist nicht so, wie du denkst. Sie sind kein Paar. Freddy ist mein Kumpel und Angela ist mein Kumpel und Freddy ist Angelas Kumpel und wir sind alle drei Kumpel, mehr steckt nicht dahinter. Außerdem ist Angela ein gutes Stück älter als Freddy und ich, und ich glaube nicht, dass sie sich für kleine Jungs interessiert. Überhaupt - wenn sich ein Techtelmechtel anbahnt", fuhr sie fort, „dann zwischen Freddy und Priss." Beim Anblick der entsetzten Miene ihrer Mutter beeilte sie sich, hinzuzufügen: „Das war ein Witz! Ehrlich, du brauchst dir keine Sorgen zu machen."

Diese Worte hatte Lady Strathmerrick in der Vergangenheit schon unzählige Male gehört, doch bisher hatte sie bei einer Auseinandersetzung mit ihrer Tochter noch nie die Oberhand behalten, daher gab sie sich mit einem tiefen Seufzer geschlagen.

In der Eingangshalle klingelte das Telefon und kurze Zeit später erschien der ernst dreinblickende Diener mit der Nachricht für Lady Strathmerrick, ihr Mann habe vom Parlament angerufen und mitgeteilt, dass er sich verspäten werde. Seine Frau seufzte erneut und der Diener zog sich zurück. Bald darauf öffnete sich die Tür zum Salon ein weiteres Mal und eine bildhübsche junge Frau trat ein, in Begleitung eines steif wirkenden Mannes, der sehr mit sich zufrieden zu sein schien.

„Da seid ihr ja, meine Lieben", begrüßte Lady Strathmerrick die beiden. „Wie war der Film?"

„Ziemlich langweilig", erwiderte die junge Frau. „Nach fünf Minuten habe ich gemerkt, dass ich ihn schon einmal gesehen habe, aber Claude hat darauf bestanden, dass wir bis zum Ende bleiben."

„Mein liebes Kind, schließlich hatten wir Eintritt bezahlt", erwiderte ihr Begleiter. „Wenn ich etwas nicht leiden kann, dann ist es Geldverschwendung. Außerdem hatte *ich* den Film noch nicht gesehen.“

„Aber ich wollte nach Hause“, sagte Priss mürrisch. „Nie machen wir das, was ich will.“

„Hm, wenn wir das nächste Mal in einen Film geraten, den du schon gesehen hast, verspreche ich dir, dass wir nicht bis zum Ende bleiben“, erwiderte Claude Burford lachend.

Priss warf den Kopf zurück, sagte aber nichts.

„Wer sind all diese wichtigen Leute, die nach Fives kommen, Claude?“, fragte Gertie. „Vater verrät mir nichts – er meint, das würde mich sowieso nicht interessieren, aber ich bin sicher, da liegt etwas in der Luft.“

„Unfug, nichts liegt in der Luft“, sagte Claude. „Und dein Vater hat recht: Das würde dich tatsächlich nicht interessieren. Es sind nur ein paar Männer, die sich über langweilige Sachen unterhalten. Nichts, worüber ihr Mädchen euch die hübschen Köpfe zerbrechen solltet.“

„Aber wer sind diese Leute?“ Gertie ärgerte sich über Claudes überhebliche Art.

„Nun, die Buchanans kommen, außerdem Aubrey Nash, der amerikanische Botschafter, und seine Frau. Und vielleicht der eine oder andere Beamte. Oh, und dann hat sich ein dänischer Professor namens Klausen angesagt. Wirklich sehr langweilig.“

„Aha“, sagte Gertie. „Du hast recht, das klingt tatsächlich äußerst uninteressant. Wenigstens sind ein paar Frauen dabei, also wird es hoffentlich nicht gar so schlimm. Wir müssen uns etwas überlegen, um ein bisschen Schwung in die Sache zu bringen.“

„Oh nein, das wirst du schön bleiben lassen!“ Lady Strathmerrick schwante Böses. „Letty, sagen Sie es ihr.“

„Ach je.“ In den sieben Jahren, die Miss Foster

bereits bei der Familie Strathmerrick war, hatte sie ihre Zöglinge kaum jemals dazu bringen können, das zu tun, was sie ihnen sagte. „Sie sollten auf Ihre Mutter hören, meine Liebe. Ich glaube, wir alle wünschen uns eine schöne, ruhige Zeit auf Fives Castle, ohne irgendwelche Aufregungen.“

„Aufregungen?“, schnaubte Gertie. „Was soll auf Fives Castle schon Aufregendes passieren?“ Sie seufzte. „Mach dir keine Sorgen, Mutter, ich werde mich mustergültig benehmen. Ich werde alle freundlich anlächeln und ihnen den Salzstreuer reichen und nett und bescheiden aussehen und nicht fluchen – jedenfalls nicht so, dass mich jemand hört. Und hinterher gehe ich auf den Dachboden und schreie vor Langeweile, aber ich verspreche, dass es niemand mitbekommt.“

„Red keinen Unfug“, meinte Priss. „Du weißt selbst, dass es dir gefallen wird. Das tut es immer.“

„Vielleicht kriegen wir Schnee“, sagte Gertie. „Das wäre lustig. Ich bin seit Jahren nicht mehr Schlitten gefahren.“

„Ich bin sicher, wir werden uns nicht langweilen“, sagte ihre Mutter. „Wir machen es uns gemütlich, und wenn wir nach London zurückkehren, sind wir alle erfrischt und ausgeruht.“

„Das will ich hoffen. Zu viel Aufregung bekommt mir nicht“, murmelte Miss Foster, bevor sie den Raum ebenso zerstreut verließ, wie sie ihn betreten hatte.

Kapitel Drei

Angela Marchmont hatte sich gerade die Lippen geschminkt und wollte ihren Hut aufsetzen, als das Telefon läutete.

„Hallo, Mrs M", sagte eine vertraute Stimme am anderen Ende der Leitung. „Sind Sie reisefertig?"

„Hallo, Freddy", sagte Angela. „Ja, ich bin fast unterwegs."

„Gut", meinte Freddy Pilkington-Soames. „Ich wollte nur sicherstellen, dass Sie nicht kneifen."

„Warum um alles in der Welt meinen Sie, ich würde kneifen?"

„Weil ich Ihr Gesicht gesehen habe, als Gertie darauf bestand, dass Sie zu Silvester nach Fives Castle kommen. Sie wollten Nein sagen, aber Ihnen ist spontan keine gute Ausrede eingefallen."

Angela lachte. „Das stimmt. Ich habe nicht die Angewohnheit, bei Leuten aufzutauchen, die ich kaum kenne. Lady Strathmerrick hat mir jedoch höchstpersönlich eine sehr nette Einladung geschickt, sodass mir nicht mehr gar so unbehaglich dabei zumute ist. Sie erwähnte auch, dass der amerikanische Botschafter und seine Frau dort sein werden und das hat den Ausschlag gegeben. Die beiden sind alte Freunde, die ich seit Jahren nicht gesehen habe."

„Verstehe", sagte Freddy. „Angela, gibt es auf der Welt einen einzigen Menschen, den Sie nicht kennen?"

„Oh, wahrscheinlich gibt es den einen oder anderen", erwiderte Mrs Marchmont. „Außerdem könnte ich Sie dasselbe fragen."

„Natürlich bin ich weithin bekannt und beliebt", meinte Freddy. „Daher kann ich mich vor Einladungen kaum retten, ganz im Gegensatz zu meinem Freund St. John, der sich mit seinen militanten Ansichten ins Abseits manövriert hat. Man hat ihn zur Persona non grata erklärt. Er hätte seinen rechten Arm für eine Einladung nach Fives gegeben, weil er sich Hals über Kopf in Gertie verliebt hat, als ich die beiden vor ein paar Monaten einander vorgestellt habe. Sie hält ihn für einen Idioten, aber er weigert sich, Vernunft anzunehmen und die ganze Sache zu vergessen. Er schickt ihr unverdrossen alberne Gedichte und schmachtet sie an, in der Hoffnung, dass sie eines Tages erkennt, welch ein toller Hecht er ist, und mit ihm in ein armseliges Loch in Whitechapel zieht."

„Ich hoffe, Sie werden sich benehmen", ·sagte Angela. „Schließlich habe ich mit eigenen Augen gesehen, welchen Unfug Sie und Gertie aushecken können."

„Natürlich werde ich mich benehmen." Freddy klang beleidigt. „Ich werde ein Musterbild an Tugend und guten Manieren sein, wie es sich in der Gegenwart von Eltern und Geschwistern von Freunden gehört."

„Ist die ganze Familie Strathmerrick so – äh, lebhaft wie Gertie?", fragte Angela neugierig.

„Oh nein, ganz und gar nicht. Der Earl und die Countess sind in Ordnung, aber eigentlich ziemlich langweilig. Priss ist bildhübsch – und das weiß sie auch! Sie ist allerdings mit einem aufstrebenden jungen Politiker verlobt, daher kann man mit ihr nicht viel anfangen."

„Das will ich wohl meinen."

„Dann ist da noch eine jüngere Schwester, Clemmie. Sie ist achtzehn oder neunzehn, nicht so einfallsreich wie Gertie, zeigt aber vielversprechende Ansätze. Als ich sie das letzte Mal gesehen habe, war sie schlecht gelaunt, wie Leute in ihrem Alter es oft sind. Nicht der Hauch eines Lächelns! Sie hat es sich anscheinend in den Kopf gesetzt, Naturwissenschaften zu studieren, und wer weiß? Vielleicht bringt sie es tatsächlich zu etwas. Auf jeden Fall ist sie ziemlich schlau. Außer den drei Mädchen gibt es noch zwei Jungen, Gus und Bobby, doch sie sind noch recht klein. Was nun aber den amerikanischen Botschafter angeht …", setzte er nachdenklich hinzu. „Ja, Gertie hat ihn erwähnt. Das ist recht interessant, würde ich sagen."

„Warum?", fragte Angela und wiederholte ihre Frage nach einer Weile, als er nicht antwortete.

„Weil ich das Gefühl habe, dass sich da etwas anbahnt, Watson."

„Tatsächlich? Und was könnte sich Ihrer Meinung nach anbahnen?"

„Natürlich etwas im Bereich der Politik. Sie wissen, dass Sandy Buchanan ebenfalls dort sein wird, nicht wahr?"

„Ja, aber was ist daran merkwürdig? Ich nehme an, selbst ein Außenminister darf zur Jahreswende seine Freunde besuchen – wie andere Menschen auch."

„Selbstverständlich darf er das, aber zur selben Zeit wie der amerikanische Botschafter? Ob sie wichtige Staatsgeschäfte zu besprechen haben?"

„Vielleicht sollten Sie ihn fragen", schlug Angela vor. „Ich kann darin nichts Verdächtiges sehen. Wichtige Männer verbringen oft Zeit mit anderen wichtigen Männern. Meinen Sie, Gladstone und Disraeli haben zusammen Tee getrunken? Es würde mich nicht wundern."

„Sie konnten einander nicht ausstehen, wie ich gehört habe."

„Ach, tatsächlich? Nun, dann haben sie wahrscheinlich spitze Bemerkungen gemacht und sich über ihre Sherrygläser hinweg wütend angefunkelt. Und was Buchanan und den Botschafter angeht, so weiß ich nicht, warum es uns interessieren sollte, worüber sie reden. Vermutlich geht es nur darum, wer wem bei einem offiziellen Bankett den Vortritt lässt – ungeheuer bedeutungsvoll für Politiker, aber entsetzlich öde für Normalsterbliche."

„Wahrscheinlich haben Sie recht", meinte Freddy. „Ich bin einfach von Natur aus misstrauisch."

„Das kommt Ihnen in Ihrem Beruf gewiss zugute, aber auch ein Reporter sollte sich ab und zu eine Pause gönnen."

„Auch in diesem Punkt haben Sie wahrscheinlich recht. Nun gut, ich freue mich auf jeden Fall, dass Sie auf Fives Castle sein werden. Ich fahre ebenfalls bald los, also sehen wir uns heute Abend beim Dinner."

Sie verabschiedeten sich, Angela setzte endlich ihren Hut auf, nahm ihre Handtasche und rief Marthe, ihr Mädchen, zu sich.

„Alles bereit, William?", fragte sie, als sie aus der

Haustür traten, wo ihr Chauffeur schon mit dem Bentley wartete.

„Jawohl, Ma'am", erwiderte der junge Mann fröhlich. Er hielt ihr den Wagenschlag auf, Marthe nahm auf dem Beifahrersitz Platz, William setzte sich hinters Steuer und dann begann ihre Reise gen Norden.

Eine Weile saß Angela schweigend da, während William und Marthe höfliche Konversation betrieben. Darüber war Angela froh, denn die beiden hatten eine etwas schwierige Beziehung zueinander. William hätte nichts gegen einen freundschaftlicheren Umgang gehabt, doch Marthe hielt sich für etwas Besseres und gab sich frostig. Heute schienen sie zumindest miteinander auszukommen.

Der Bentley legte mühelos Meile um Meile zurück und so passierten sie bereits am Nachmittag – früher als Angela erwartet hatte – die Grenze zu Schottland. Sie hatten noch einen langen Weg vor sich, denn Fives Castle lag in den Highlands, im Süden der Bergkette der Cairngorms – und die war ein gutes Stück von Edinburgh entfernt. Als sie die Stadt hinter sich gelassen hatten, kam es Angela vor, als sei die Luft kälter und frischer und trüge einen Hauch von Tannenduft mit sich. Eine geschlossene, schmutzig graue Wolkendecke lag über allem, die trotz der Kälte drückend wirkte.

„Ich glaube wahrhaftig, dass wir bald Schnee bekommen", bemerkte sie. „Sie beide haben hoffentlich genügend warme Kleidung mitgenommen. Ich weiß nicht, ob schottische Schlösser gut geheizt sind."

Nach Williams Gesichtsausdruck zu schließen machte ihm ein bisschen Schnee nichts aus, aber Marthe fröstelte und zog ihren Mantel enger um sich.

„Ja, *Madame*", sagte sie, „Ich habe gehört, dass es in

Schottland so kalt ist wie am Nordpol, daher habe ich meine wärmsten Sachen eingepackt. Und Ihre auch."

„Oh, danke." Angela überlegte nicht zum ersten Mal, ob es eine gute Idee gewesen war, Gerties Einladung anzunehmen. Vor ein paar Monaten, als der Mordfall in der Nähe von Gipsy's Mile die Gemüter erregte, hatte sie der jungen Frau eher zufällig aus der Patsche geholfen, und die dankbare Gertie war seitdem bemüht, die Bekanntschaft mit ihrer Gönnerin zu pflegen. Angela wusste allerdings kaum etwas von den Strathmerricks, außer dass der Earl hinter den Kulissen irgendeine bedeutende Rolle in der Regierung spielte und dass die ganze Familie einen Teil des Jahres auf Fives Castle verbrachte. Dass Freddy ebenfalls dort sein würde, beruhigte Angela ein wenig, und sie freute sich darauf, Aubrey und Selma Nash wiederzusehen. Trotzdem kam sie sich vor wie ein Eindringling, auch wenn Lady Strathmerrick ihr eine reizende Einladung geschickt hatte.

Inzwischen brach die Dunkelheit herein. Die Straße wurde allmählich schmaler und schlängelte sich in sanften Windungen durch dichte Kiefernwälder, die das letzte Tageslicht schluckten. Als umsichtiger Chauffeur fuhr William langsam, da er sich in dieser Gegend nicht auskannte. Hier und da erfasste das Licht der Scheinwerfer kurz ein Reh, ein Kaninchen oder ein anderes Tier, das in den Wald flüchtete. Dann begann es zu schneien.

„Sie hatten recht, Ma'am", sagte William, als die ersten großen Flocken herabsegelten. Sie sahen aus wie Papierschnipsel, die zu Boden fielen, nachdem man sie in die Luft geworfen hatte. Zunächst waren es nur einzelne Flocken, dann wurde der Schneefall immer dichter und der Schnee blieb auf der Straße und dem schmalen Grassaum am Rand liegen. Schon waren die Bäume in einen dünnen silbrigen Mantel gehüllt.

„Ist es noch weit?", fragte Angela besorgt.

„Nein, ich glaube, wir haben es fast geschafft. Eigentlich hätten wir die Zufahrt schon vor einer Weile erreichen müssen. Ah, da sind wir."

Zu ihrer Rechten war die Straße nun für etwa eine Meile von einer hohen Steinmauer begrenzt und führte geradewegs zu den Toren des Anwesens der Strathmerricks. William lenkte den Bentley am Cottage des Pförtners vorbei den schmalen, kurvenreichen Weg entlang, der zwischen den Bäumen auf und ab verlief. Noch bereitete ihnen der Schnee keine Probleme, doch Angela war froh, dass sie ihr Ziel erreicht hatten. Wenn es so weiterschneite, würde er bis zum Morgen mehrere Fuß hoch liegen.

Als der Bentley die Kuppe eines kleinen baumlosen Hügels erklomm, bot sich ihnen ein erster Blick auf Fives Castle, das sich scharf gegen den drohenden, immer dunkler werdenden Himmel abhob. Angela war unwillkürlich von der Größe des Gebäudes beeindruckt. Manch ein schottisches Schloss verdiente die Bezeichnung kaum, sondern war eher ein großes Haus, aber das war hier keineswegs der Fall. Mit seinen wuchtigen Mauern, den Türmchen und Zinnen und den Hunderten von Fenstern, von denen viele beleuchtet waren, war Fives Castle zweifellos seines Namens würdig. Angela überlegte, dass es durchaus als Musterbeispiel für das perfekte schottische Schloss gelten könnte. William und Marthe starrten in wortlosem Staunen auf das gigantische Gemäuer, das sich vor ihren Augen erhob. Schließlich murmelte Marthe etwas auf Französisch, das Angela nicht verstand, doch nach ihrem Gesichtsausdruck zu schließen war sie wider Willen beeindruckt.

„Nun, was sagen Sie, William?", fragte sie ihren Chauffeur.

„Ganz schön groß", antwortete der. „Ich würde gerne etwas Lyrischeres sagen, aber ‚groß' ist das erste Wort, das mir in den Sinn kommt."

„Mir auch", lachte Angela.

„Groß ist es, und ich hoffe sehr, dass es auch warm ist", meinte Marthe. „Mir ist aufgefallen, dass Engländer kalte Räume mögen. Ich sitze lieber am Feuer."

„Der Schneefall ist heftiger geworden", sagte Angela mit einem Blick auf die wirbelnden Schneeflocken. „Es sollte mich nicht wundern, wenn wir morgen einge-schneit sind."

„Das wäre prima", sagte William. „Ich habe noch nie auf einem Schloss festgesessen. Welch ein Aben-teuer! Glauben Sie, dass es hier Gespenster gibt?"

„Gespenster?", sagte Marthe. „Ich mag keine Gespenster."

„Keine Sorge, Marthe", beruhigte Angela sie. „Hier gibt es sicher keine Gespenster. Und wenn wir tatsäch-lich einschneien, wird es wahrscheinlich furchtbar langweilig."

„Vermutlich haben Sie recht", meinte William.

Kapitel Vier

DER BENTLEY KAM vor den massiven Eichentüren des Schlosses zum Stehen, die trotz des unwirtlichen Winterwetters offen standen und einen Blick auf eine schwach beleuchtete Eingangshalle freigaben. Die Türen wurden von einem Säulengang und zwei steinernen Löwen flankiert. Ein Diener eilte mit einem Regenschirm heraus und öffnete die Tür des Bentley, um Angela aussteigen zu lassen. Sie trat dankend in den Schutz des Säulenganges, während William und Marthe zum Dienstboteneingang beordert wurden. Plötzlich fuhr ein langgestreckter, glänzender Daimler vor, der ihnen dicht auf den Fersen gewesen sein musste. Angelas Miene erhellte sich, als sie die Insassen des Wagens erkannte. Das Erkennen beruhte offenbar auf Gegenseitigkeit, denn der Wagenschlag wurde aufgerissen und eine Frau sprang heraus, ohne auf den Diener zu warten. Sie war in Pelze gehüllt und trug einen schicken Hut, der das teuer frisierte goldene Haar darunter nicht ganz verbarg. Trotz der zahlreichen Schichten, die sie gegen die Kälte schützten, war nicht zu übersehen, dass sie unglaublich glamourös war.

„Wenn das nicht Angela Marchmont ist!", rief sie begeistert. „Aubrey, sieh mal, wer hier ist! Angela, du hast uns gar nicht gesagt, dass du auch kommst. Wie wundervoll!"

Aubrey Nash gesellte sich mit breitem Lächeln zu ihnen. Er begrüßte Angela weniger überschwänglich, aber nicht weniger erfreut, sah ihr tief in die Augen und drückte fest ihre Hand. Er war groß und breitschultrig, wie so viele Amerikaner, und wirkte ruhig und bedachtsam. Angela hatte die beiden vor ein paar Jahren in New York kennengelernt, hatte sie jedoch eine Weile nicht gesehen, weil Aubrey ins Ausland entsandt worden war.

Sie standen einige Augenblicke in der Säulenhalle und erkundigten sich gegenseitig nach dem werten Befinden, nach der Familie und dem allgemeinen Tun und Treiben, während der Diener sich höflich im Hintergrund hielt.

„Oh, dieses Wetter ist scheußlich", sagte Selma schließlich und schüttelte sich. „Wirklich, Schätzchen, ich bin deinem wunderbaren Land von Herzen zugetan, aber eines Tages werden mich die Kälte und die Nässe ins frühe Grab bringen."

„Dann lasst uns reingehen", schlug ihr Mann vor.

Sie betraten die große quadratische Eingangshalle, von der sich eine prächtige geschnitzte Treppe in die oberen Etagen schwang. Auf dem ersten Treppenabsatz befand sich ein riesiges Buntglasfenster im gotischen Stil. Da es draußen dunkel geworden war, konnte man seine Pracht nur erahnen, aber Angela stellte sich vor, wie überwältigend das Fenster bei Tageslicht wirken musste. Im schummrigen elektrischen Licht (immerhin hatte man das Schloss modernisiert) konnte man sehen, dass die Wände ringsum mit Schilden, Schwertern, Hellebarden, Fahnen, Wappen und anderen heraldischen Symbolen behängt waren, sowie mit der üblichen Sammlung von Köpfen, die man bedauernswerten wilden Tieren gewaltsam und ohne ihre Zustimmung abgenommen und ausgestopft hatte. Von der Wand zu ihrer Rechten starrte sie ein besonders übellaunig wirkender Hirschkopf an. Sogar eine Rüstung stand am Fuß der Treppe stramm, der Mann, der sie vor vierhundert Jahren getragen hatte, musste allerdings ein gutes Stück kleiner gewesen sein als Angela.

Kaum hatten sie sich ihrer Mäntel entledigt, ertönte über ihnen lautes Geklapper und Gertie stürmte die Treppe hinunter. Im selben Moment, als sie atemlos in der Eingangshalle ankam, öffnete sich dort eine Tür und eine weitere Frau trat heraus, allerdings in wesentlich gesetzterem Tempo als Gertie. Die Ähnlichkeit zwischen beiden war nicht zu übersehen. Angela erkannte die ältere als Lady Strathmerrick, die sie vor einigen Monaten einmal kurz zu Gesicht bekommen hatte. Die Countess begrüßte den amerikanischen Botschafter und seine Frau herzlich, dann streckte sie Angela die Hand zum Gruß entgegen.

„Guten Abend", sagte sie. Die Reserviertheit in ihrem Ton entging ihrer Tochter nicht. „Sie müssen Mrs Marchmont sein. Ich bin Lady Strathmerrick."

„Hallo, Angela, ich freue mich so, dass Sie kommen konnten", mischte Gertie sich ein. „Mutter, ich bestehe darauf, dass du nett zu meinen Freunden bist. Sie sind nicht alle liederliche Trunkenbolde, weißt du. Viele –

vielleicht sogar die meisten – wissen sehr wohl, wie man sich in gehobener Gesellschaft benimmt."

Dass Gertie vor den Gästen ausposaunte, was sie unter vier Augen besprochen hatten, ließ Lady Strathmerrick fast unmerklich zusammenzucken, doch sie tat so, als würde sie die unterschwellige Zurückweisung nicht bemerken.

„Darf ich Ihnen Mr und Mrs Nash vorstellen?", fragte sie.

„Danke, aber wir sind alte Freunde", erwiderte Angela.

„In der Tat?" Lady Strathmerrick schien sich ein wenig zu entspannen.

„Kommen Sie, es ist höchste Zeit für einen Cocktail", sagte Gertie, was die Neuankömmlinge augenblicklich in die Nähe liederlicher Trunkenbolde rückte. „Es gibt auch Tee, falls Sie den lieber mögen."

Angela hielt es für klug, sich für die konventionellere Alternative zu entscheiden. „Eine Tasse Tee wäre wundervoll", sagte sie mit mehr Begeisterung, als sie empfand, und erntete einen anerkennenden Blick von Lady Strathmerrick.

„Ist Gabe hier?", fragte Aubrey Nash.

„Ja, er ist schon vor einer Weile eingetroffen", antwortete die Hausherrin. „Er hat sich mit meinem Mann und dem Herrn von der Regierung ins Arbeitszimmer zurückgezogen, aber sie sollten bald zu uns stoßen. Wir anderen sind im Salon im Westflügel."

Sie führte sie durch eine langgestreckte, hell erleuchtete Galerie mit Fenstern auf der einen und einer mit Gemälden geschmückten Wand auf der anderen Seite. Von den Fenstern konnte man vermutlich in den Garten sehen, der nun im Dunkeln lag. Die Porträts an der

Wand boten den Gästen im Vorübergehen einen Überblick über zwanzig Generationen der Familie, ihre Ehepartner und Kinder. Auch das eine oder andere Bildnis von Königen und Königinnen hing dort, die Angela aus Büchern kannte.

Gertie plauderte unterwegs ununterbrochen. Sie war offenbar bemüht, sich von ihrer besten Seite zu zeigen, und Angela vermutete, dass ihre Mutter ihr vor der Ankunft der Hausgäste ins Gewissen geredet hatte.

„Die meisten Gesellschaftsräume werden im Winter nicht genutzt", erklärte sie gerade. „Um diese Jahreszeit sind sie schrecklich kalt, und es lohnt sich einfach nicht, sie zu heizen, es sei denn, wir haben das Haus bis unters Dach voller Gäste. Der Ballsaal wird allerdings morgen geöffnet, für den Tanz."

„Für den Tanz?", wiederholte Angela erstaunt.

„Oh ja, jedes Jahr zu Hogmanay veranstalten wir einen Tanz für die Dienerschaft, die Pächter und die Dorfbewohner. Es ist ein Riesenspaß, alle schlagen sich die Bäuche voll, hüpfen wild herum und amüsieren sich prächtig. Die jungen Männer prügeln sich um einen Tanz mit Priss, die die Situation verabscheut, aber sie muss so tun, als würde es ihr gefallen."

„Das klingt wundervoll", sagte Angela. „Ich freue mich schon darauf."

Sie gelangten zu einem großen, gemütlichen Salon, der offenbar oft und gerne von der Familie genutzt wurde. Er war durchaus schick und geschmackvoll eingerichtet, doch Angela fiel auf, dass der Teppich stellenweise abgewetzt war und die Sessel und Sofas ein wenig durchgesessen aussahen. Einen Ohrensessel hatte ein Retriever im fortgeschrittenen Alter mit Beschlag belegt und war offenbar nicht gewillt, seinen angestammten Platz zu räumen: Bei ihrem Eintreten machte er keine Anstalten, sich zu erheben, sondern öffnete nur kurz ein Auge, zuckte mit einem Ohr und setzte sein Nickerchen fort.

Ein junger Mann mit selbstzufriedener Miene erhob sich von einem Sofa und wartete höflich darauf, vorgestellt zu werden. Das musste Claude Burford sein, der aufstrebende Politiker. Als er Angela die Hand schüttelte, hatte sie das seltsame Gefühl, dass er abzuschätzen versuchte, ob sie eine bedeutsame Person war oder nicht. Er schien sich nicht entscheiden zu können, denn er runzelte kurz die Stirn – wie Angela, die sich ungern bei der ersten Begegnung in eine Schublade sortieren ließ, erfreut zur Kenntnis nahm.

„Dies ist meine älteste Tochter Priscilla", sagte Lady Strathmerrick.

„Hallo, Mrs Marchmont", sagte Priss geziert. Sie machte sich nicht die Mühe, aufzustehen. Sie war zugleich außerordentlich schön und außerordentlich gelangweilt, wie sie unverhohlen zeigte. Die Countess sah sie verärgert an, sagte aber nichts.

„Claude und Priss werden heiraten", verkündete Gertie. „Stimmt doch, nicht wahr, Priss? Ich wette, du kannst es kaum erwarten. Wird das nicht lustig, die Frau eines Politikers zu sein?"

Außer einem bösen Seitenblick zeigte Priss keine Reaktion auf die Sticheleien ihrer jüngeren Schwester. Stattdessen sagte sie: „Gib mir eine Zigarette, Claude." Als Claude sie vielsagend anschaute, seufzte sie und gab schmollend nach: „Ja, schon gut, dann eben nicht."

„Braves Mädchen", lobte Claude. „Du weißt doch, dass die Wähler es gar nicht mögen, wenn eine Frau raucht."

„Aber die Wähler sind nicht hier", entgegnete Priss gereizt. „Was kümmert es sie, wenn ich in meinen eigenen vier Wänden rauche?" Bevor Claude antworten konnte, warf sie trotzig den Kopf zurück und begann eine äußerst gestelzte Unterhaltung mit Selma Nash.

Gertie zwinkerte Angela zu, und Angela fragte sich, was hier gespielt wurde. Priss schien die Tatsache, dass sie verlobt war, gleichgültig zu sein, und für ihren Verlobten zeigte sie sogar offene Verachtung. Hatten die beiden sich gestritten? Angela nippte an ihrem Tee und überlegte nicht zum ersten Mal, was die nächsten Tage bringen würden.

Lady Strathmerrick schien sich allmählich für Angela zu erwärmen, nachdem sie zu ihrer Erleichterung festgestellt hatte, dass Mrs Marchmont keine exzentrische junge Person war, der der Sinn nach Unfug stand, sondern eine elegante und kultivierte Frau mittleren Alters, die sich unterhalten konnte, ohne in unverständlichen Slang zu verfallen. Und nicht nur das: Sie war mit dem amerikanischen Botschafter und seiner Frau befreundet, und offenbar auch mit einer Reihe anderer wichtiger Leute. Für Lady Strathmerrick rückte sie damit in die Kategorie „akzeptabel" auf. Eine Sorge weniger! Sie stellte Angela nun Miss Foster vor.

„Als Gouvernante hatte sie ihre Zöglinge kaum besser im Griff als ich", sagte die Countess ein wenig ungeduldig, „daher haben wir die Kinder schließlich ins Internat gesteckt."

„Da haben Sie leider recht", pflichtete Miss Foster ihr traurig bei. „Wahrscheinlich eigne ich mich eher zur Gesellschafterin als zur Gouvernante."

„Nicht, dass Sie mir oft Gesellschaft leisten würden", wandte Lady Strathmerrick ein. „Wenn Sie nicht ständig an Ihrem albernen Roman schreiben würden, hätten Sie vielleicht mehr Zeit für mich."

Miss Foster schien sich nicht daran zu stören, dass Lady Strathmerrick sie wie eine Dienstbotin behandelte, ohne auf ihre Gefühle Rücksicht zu nehmen.

„Sie schreiben einen Roman?", fragte Angela.

Miss Fosters Augen leuchteten. „Oh ja", sagte sie, „das tue ich. Meine Kritzeleien werden es kaum wert sein, veröffentlicht zu werden, aber ich empfinde es als überaus befriedigend, meine innersten Gedanken zu Papier zu bringen. Da ist etwas Erhabenes am Klang der englischen Sprache und ich gestehe, dass ich den Gedanken aufregend finde, dem geschriebenen Wort eine Art Unsterblichkeit zu verleihen, wenn der eine oder andere meine kleinen Geschichten und Gedichte liest, nachdem ich schon lange nicht mehr unter den Lebenden weile."

„Sie schreiben also auch Lyrik?", fragte Angela.

Miss Foster sah mit gespielter Bescheidenheit zu Boden. „Nun, eigentlich kann man es nicht Lyrik nennen, es sind eher ein paar kleine Reime. Vielleicht möchten Sie sie hören?" Sie warf einen Blick auf ein großes Notizbuch, das auf einem Tisch lag.

In diesem Moment sah Angela, wie Gertie hinter Miss Fosters Rücken mit schreckgeweiteten Augen heftig den Kopf schüttelte.

„Ähm -", setzte Angela an.

Die Rettung nahte in Form eines etwa achtzehnjährigen Mädchens mit mürrischer Miene, das mit lauter Stimme in den Raum hinein sagte: „Puh, das ist der reinste Schneesturm da draußen. Wahrscheinlich sind wir bald eingeschneit. Sind alle Gäste hier?"

„Oh je", sagte Lady Strathmerrick. „Nein, Mr Pilkington-Soames fehlt noch. Und der Außenminister."

„Und Professor Klausen", ergänzte Claude.

„Tja, sie sollten sich beeilen", meinte das Mädchen, das Angela für Clemmie hielt. „Sonst schaffen sie es nicht mehr. Unten im Tal liegt der Schnee schon drei Fuß hoch. Wenn das so weitergeht, kann niemand zum Tanz kommen."

„Unsinn", sagte Gertie. „Das bisschen Schnee wird die Leute nicht abhalten. Für viele ist der Tanz *das* Ereignis des Jahres. Sie freuen sich seit Monaten darauf."

„Hoffentlich haben wir dieses Jahr keine ungebetenen Gäste wie beim letzten Mal", sagte Clemmie. „Wir haben sie noch Wochen später in den entlegensten Ecken aufgespürt. MacDonald hat angeblich heute eine zwielichtige Gestalt auf dem Anwesen gesehen. Der Kerl ist weggelaufen, als er merkte, dass MacDonald ihn entdeckt hat."

„Wenn es jemand war, der zum Tanz wollte, aber nicht eingeladen ist, scheint er nicht der Hellste zu sein", wandte Gertie ein. „Der Tanz ist schließlich erst morgen."

„Meint ihr, wir sollten einen Suchtrupp losschicken, der nach den restlichen Gästen Ausschau hält? Es wäre schrecklich, wenn sie im Schnee stecken blieben."

„Nicht nötig, Lady Strathmerrick", ertönte eine Stimme von der Tür her. Sandy Buchanan und seine Frau betraten den Raum. Angela erkannte ihn sofort: Er war der Liebling der Fotografen, nicht zuletzt wegen seiner leutseligen Art, und er und seine junge Frau wurden oft abgelichtet, beim Besuch der Oper, bei einer Ballettaufführung, bei der Eröffnung einer neuen Kunstgalerie oder bei den Sommerpartys der Reichen und Schönen.

Buchanan begrüßte alle Anwesenden herzlich, drückte Lady Strathmerrick die Hand und schlug Claude Burford jovial auf den Rücken. Als er Angela die Hand schüttelte, hatte diese erneut das Gefühl, taxiert zu werden, denn der Außenminister musterte sie prüfend und sah ihr tief in die Augen. Dann nickte er kurz und verzog leicht die Lippen, und Angela fragte sich, was er gesehen und ob er sie für gut befunden hatte. Sie hatte den Eindruck, dass er sich nicht so leicht abspeisen ließ wie Claude.

Eleanor Buchanan war viel jünger als ihr Mann. Sie hatte sich das Haar aus dem Gesicht gekämmt, sodass ihre dichten dunklen Augenbrauen und die markanten Wangenknochen betont wurden. Sie hätte sicher umwerfend ausgesehen, wären da nicht eine Wachsamkeit und eine eindringliche Ernsthaftigkeit gewesen, die eher an ein wildes fluchtbereites Tier erinnerten, das überall Gefahr wittert. Der Außenminister war bereits in ein Gespräch mit Aubrey Nash vertieft, und sie beäugte die beiden Männer misstrauisch, während ihre Finger unbewusst mit einem goldenen Medaillon spielten, das sie um den Hals trug. Angela hatte noch nie jemanden gesehen, der so angespannt wirkte. Sie versuchte, sie in eine lockere Unterhaltung zu ziehen, hatte damit jedoch keinen Erfolg, denn Mrs Buchanans Blick schweifte unruhig durch den Raum und ihre Antworten fielen bestenfalls einsilbig aus. Schließlich gab Angela es auf und beschloss, sie sich selbst zu überlassen.

Nach einer Weile machte Lady Strathmerrick vage Andeutungen, dass es langsam Zeit sei, sich zum Abendessen umzuziehen, als Freddy Pilkington-Soames in den

Salon stürmte, als sei er hier zu Hause. Er ging mit großen Schritten auf die Hausherrin zu, machte eine leichte Verbeugung und schenkte ihr sein gewinnendstes Lächeln.

„Hallo, Lady S.", begrüßte er sie. „Es ist furchtbar nett von Ihnen, mich einzuladen. Ich glaube, wir sind uns bereits einmal begegnet, vor ein, zwei Jahren. Bei den Derbyshires, nicht wahr?"

„Oh – äh." Sein vertraulicher Ton brachte Lady Strathmerrick ein wenig aus der Fassung. „Ja, ich glaube, ich erinnere mich. Wie schön, Sie wiederzusehen."

Freddys nächste Bemerkung machte den guten Eindruck zunichte, den er gerade bei seiner Gastgeberin hinterlassen hatte. „Hallo, Priss", begrüßte er sie, „du siehst hinreißend aus, wie immer. Du bist viel zu hübsch für diesen Trottel Claude. Wenn du dich von ihm hast scheiden lassen, kannst du mich heiraten. Na, was sagst du dazu?" Dann rief er mit übertriebenem Erstaunen, das ihm niemand abnahm: „Oh, tut mir leid, alter Junge – ich habe dich gar nicht gesehen."

„Das nehme ich dir übel!" Claude hatte nicht einen Funken Humor. „Priss wird sich nicht von mir scheiden lassen. Es ist schlicht absurd, so etwas zu sagen. Wenn du ein Gentleman wärst, würdest du dich bei ihr entschuldigen."

Auf Priss hatte Freddys Auftauchen jedoch eine belebende Wirkung. „Mach dich nicht lächerlich, Claude", sagte sie nur. „Freddy zieht dich wieder einmal auf, und du fällst jedes Mal darauf herein."

„Tut mir leid, mein Lieber", grinste Freddy. „Priss hat recht – ich wollte dich nur auf den Arm nehmen. Ich ermahne mich immer wieder, mich nett und höflich zu benehmen, wie es sich gehört, aber dann kann ich nicht widerstehen, wenn sich eine gute Gelegenheit bietet. Lady Priscilla", fuhr er mit einer formvollendeten Verbeugung fort, „ich bitte untertänigst um Entschuldigung. Es soll nicht wieder vorkommen. Wahrscheinlich meinen Sie, ich hätte eine ordentliche Tracht Prügel verdient, nicht wahr?"

„Idiot", sagte Priss, die ihn aufmerksam musterte. Angela fiel auf, dass auch Selma Nash dem jungen Mann unter ihren dichten Wimpern verstohlene Blicke zuwarf. Angela witterte Ärger – was nicht ungewöhnlich war, wenn Freddy sich in der Nähe befand – und nahm sich fest vor, sich fernzuhalten.

„Wo sind Gus und Bobby?", fragte Lady Strathmerrick, nachdem Freddy alle Anwesenden begrüßt und Angela dabei mit einem besonders vielsagenden Blick bedacht hatte. „Clemmie, Schatz, sei so lieb und hole sie. Sie hätten längst hier sein sollen."

Clemmie machte sich seufzend auf die Suche nach ihren Brüdern.

„Ich hoffe, Sie haben reichlich zu essen und zu trinken eingelagert", sagte Freddy. „Es schneit so heftig, dass ich mein Auto auf halbem Weg auf der Zufahrt stehen lassen musste. Es ist in einer Senke stecken geblieben. Heute Abend kommt niemand mehr durch – und morgen auch nicht, wenn es weiter so schneit."

„Wollen Sie damit sagen, dass wir hier festsitzen?" In Eleanor Buchanans Stimme schwang etwas Merkwürdiges mit – war es Angst? Oder etwas ganz anderes?

Gertie sah sie überrascht an.

„Machen Sie sich keine Sorgen", sagte sie. „Wir waren schon öfter eingeschneit, das ist eigentlich ganz lustig. Einmal saßen wir sogar zwei Wochen lang fest, weißt du noch, Priss? Damals wurden die Vorräte knapp. Ich dachte, wir müssten auslosen, wen wir als Erstes essen."

„Dich zu schlachten lohnt sich nicht", meinte Freddy. „An dir ist nichts dran. Priss dagegen sieht viel appetitlicher und schön saftig aus."

Glücklicherweise unterhielt sich Lady Strathmerrick gerade mit Claude, sodass die beiden nicht hörten, was Freddy sagte. Priss hörte es sehr wohl, tat aber so, als hätte sie nichts mitbekommen. Sandy Buchanan sah amüsiert aus – im Gegensatz zu seiner Frau.

„Ich hoffe, es hört bald auf zu schneien", sagte sie. „Ich fände es schrecklich, wenn wir hier nicht wegkämen."

„Aber meine Liebe", sagte ihr Mann. „Wir sind doch gerade erst angekommen, die Party hat noch gar nicht begonnen. Du kannst dich mit den netten Damen unterhalten, während wir Männer die Köpfe zusammenstecken. Es gibt viele Möglichkeiten, sich die Zeit zu vertreiben. Man könnte meinen, du willst unbedingt weg, weil du fürchtest, du könntest dich langweilen."

„Oh, so habe ich das nicht gemeint!" Mrs Buchanan errötete heftig. „Es tut mir schrecklich leid, wenn es sich so angehört hat. Ich dachte nur … du musst in ein oder zwei Tagen zurück nach London, nicht wahr? Du hast viele wichtige Termine."

„Mach dir deswegen keine Sorgen", beruhigte Buchanan seine Frau. „Ich denke, wir sollten uns jetzt alle zum Abendessen umkleiden, sonst verspäten wir uns."

Kapitel Fünf

ANGELA BEENDETE ihre Toilette mit Marthes kundiger
Hilfe, warf ihrem Spiegelbild einen letzten prüfenden
Blick zu und trat auf den Flur hinaus. Ihr neues Abendkleid aus dunkelblauer Seide gefiel ihr ausgesprochen
gut. Es betonte ihre hübschen Rundungen, während es
die kleinen Problemzonen geschickt mit Perlenbesatz
und Stickereien überspielte. Der Stoff raschelte leise, als
sie den Korridor entlang zur Treppe ging. Dort blieb sie
stehen, um einen ihrer Handschuhe zurechtzuzupfen.

„Hallo, Angela", hörte sie plötzlich eine Stimme
neben sich. Aubrey Nash war aus einer Zimmertür auf
den Flur getreten. „Selma braucht ewig, bis sie fertig ist.
Sie kann sich nie entscheiden, was sie anziehen soll",
erklärte er. „Deshalb warte ich nicht auf sie."

Sein anerkennender Blick bewies, dass er Angelas
Kleiderwahl guthieß. Angela nahm lächelnd seinen
dargebotenen Arm und so gingen sie zusammen die
Treppe hinunter in den Salon, wo bereits zwei Gäste
warteten. Aubrey machte sie mit seinem Sekretär Gabe
Bradley bekannt, einem jungen Mann mit freundlichem

Gesicht, der den Nachmittag im Arbeitszimmer des Earls verbracht hatte. Dann trat ein weiterer Mann vor. Angela riss erstaunt die Augen auf, als sie ihn erkannte.

„Hallo, Mrs Marchmont", sagte Henry Jameson.

„Mr Jameson!", rief Angela erfreut. „Ich hatte keine Ahnung, dass Sie hier sein würden."

„Ich fürchte, das trifft auf mich nicht zu", gestand Mr Jameson. „Ich wusste, dass Sie eingeladen waren. Sie sehen fantastisch aus, Mrs Marchmont. Wie lange ist es her? Zehn Jahre?"

„Mindestens zehn Jahre", erwiderte Angela. „Oh je, man fühlt sich schrecklich alt, wenn man das so sagt, nicht wahr?"

„Sie sehen nicht einen Tag älter aus als damals", sagte er charmant. „Wie ich gehört habe, zeigen Sie den Jungs bei Scotland Yard, wie sie ihre Arbeit machen sollen."

„Nein, ich glaube, ich bin ihnen bei ihrer Arbeit eher im Weg", lachte Angela. „Ich scheine eine bedauerliche Neigung zu haben, unabsichtlich Beweise zu vernichten."

„Sie sind zu bescheiden. Ich weiß, dass mein Bruder Ihre detektivischen Fähigkeiten sehr bewundert."

„Nun ja", sagte Angela, der allmählich unbehaglich zumute war, „in einem anderen Leben wäre ich womöglich Detektivin geworden, aber als Frau muss ich mich damit zufriedengeben, meine Nase in Dinge zu stecken, die mich nichts angehen."

Als die anderen Gäste und die Familie Strathmerrick im Salon eintrafen, wandte das Gespräch sich alltäglicheren Themen zu. Angela wurde endlich dem Earl of Strathmerrick vorgestellt, der in seiner Abendgarderobe sehr förmlich und distanziert wirkte. Er schüttelte ihr höflich die Hand, nahm ihren Namen zur Kenntnis, als habe er ihn nie zuvor gehört, und musterte sie flüchtig, als sei sie als Person nicht von Bedeutung – oder bildete sie sich das nur ein? Angela fragte sich plötzlich, warum sie ständig das Gefühl hatte, bewertet zu werden, und beschloss auf der Stelle, nicht mehr darüber nachzudenken.

Beim Abendessen saß sie zwischen Aubrey Nash und Henry Jameson. Der Botschafter unterhielt sich mit Lord Strathmerrick, sodass Angela in aller Ruhe mit ihrem alten Freund plaudern konnte. Sie erfuhr, dass Henry inzwischen verheiratet war und eine stetig wachsende Kinderschar sein Eigen nannte. Die lieben Kleinen mochten ihren Onkel Alec, den Inspektor, der seinerseits mit Scotland Yard verheiratet schien und keine Anstalten machte, sich eine Frau zu suchen und eine Familie zu gründen. Angela pflichtete Henry bei, dass man kaum Zeit für derlei Dinge hatte, wenn man ständig auf Verbrecherjagd war.

Als sich Henry schließlich Clemmie zuwandte, hatte Angela Gelegenheit, ihre Tischgenossen zu beobachten. Gertie saß neben dem Außenminister, der sie mit einer Geschichte über die Begegnung mit einem bedeutenden französischen Politiker zum Lachen brachte. Derweil bemühte sich Lady Strathmerrick, Mrs Buchanan aufzuheitern, die kläglich in ihrem Essen herumstocherte. Freddy hatte es irgendwie geschafft, einen Platz neben Priss zu erobern und sah sehr zufrieden mit sich aus. Während die beiden diskret miteinander flirteten, hing Claude Burford wie gebannt an den Lippen des Außenministers, der ihm gegenübersaß. Seiner Tischnachbarin, Miss Foster, schenkte er keine Beachtung. Als Sandy Buchanan seine Anekdote beendete, brach er in schallendes Gelächter aus. „Oh, das war gut, Sir, sehr gut", rief er.

„He, Claude, Priss hätte gern das Salz, aber du ignorierst sie komplett", sagte Freddy zu ihm.

„Ach ja?" Claude reichte Priss schnell den Salzstreuer und wandte dann seine ganze Aufmerksamkeit erneut dem Außenminister zu. Irgendwann dämmerte ihm, dass er seine Verlobte nicht den ganzen Abend links liegen lassen sollte, und wandte sich ihr zu. Das gab Selma Nash die Gelegenheit, Freddy in ein Gespräch zu verwickeln.

„Hat man schon jemals solchen Schnee gesehen?", sagte schließlich jemand.

Die beiden jüngsten Strathmerricks, Gus und Bobby, die sich bisher in respektvollem Schweigen ihrem Essen gewidmet hatten, blickten wie auf Kommando auf, als das Stichwort „Schnee" fiel.

„Ihr zwei wollt morgen sicher einen Schneemann bauen", sagte Sandy Buchanan augenzwinkernd zu ihnen.

„Oh ja, Sir", antwortete Gus sofort.

Bobby, sein jüngerer Bruder, nickte. „Sie können uns helfen, wenn Sie wollen", bot er Gabe Bradley an, der ihm gegenübersaß.

„Belästige Mr Bradley nicht mit diesem Kinderkram, Bobby", wies Claude den Jungen zurecht. „Er hat Wichtigeres zu tun."

„Nein, ich würde liebend gern einen Schneemann bauen", lachte Gabe. „Wenn ich Zeit habe, meine ich. Heutzutage habe ich nicht oft Gelegenheit zum Spielen, und vielleicht bin ich morgen anderweitig beschäftigt. Aber sobald ich einen freien Augenblick erwische – ihr werdet sehen!"

„Wir könnten alle nach draußen gehen", schlug Gertie vor.

„Lass uns abwarten, wie es morgen aussieht", entgegnete ihre Mutter.

Bald darauf zogen sich die Damen in den Salon zurück. Freddy folgte ihnen diskret, denn vermutlich hatten die anderen Herren Dinge zu besprechen, die nicht für seine Ohren bestimmt waren. Er setzte sich zu Priss, während Gertie und ihre Brüder mit viel Lärm eine Runde „Bettelmann" spielten, Lady Strathmerrick sich sachte mit Miss Foster kabbelte und Clemmie sich in ein Buch vertiefte. Selma Nash und Eleanor Buchanan unterhielten sich über das Ballett im Allgemeinen und eine kürzliche Aufführung im Besonderen, wobei die Gattin des Außenministers ihre angespannte Wachsamkeit für einen Moment abzulegen schien und beinahe lebhaft und interessiert wirkte.

Angela ging zum Fenster und starrte auf die Terrasse hinaus. Durch das Licht im Salon war es schwierig, in die Dunkelheit zu spähen, daher zog sie den Vorhang ein Stück vor, um den hell erleuchteten Raum auszusperren. Draußen fiel der Schnee in dichten Flocken und türmte sich bereits um Statuen, Zierurnen und einen kleinen Brunnen, von dem nur noch einige schwarze Stellen hervorlugten, wo der Schnee nicht liegen geblieben war.

Während sie in das Schneegestöber starrte, ließ Angela die vergangenen Stunden Revue passieren. Es war eine interessante, bunt gemischte Gruppe, die sich hier zusammengefunden hatte, und trotz ihrer anfänglichen Bedenken fand sie allmählich Spaß an der ganzen Sache. Vor allem hatte sie das Gefühl, einen guten Eindruck bei der Countess hinterlassen zu haben, die zunächst recht distanziert gewirkt hatte, inzwischen aber mit ihrer Anwesenheit versöhnt schien.

„Da sind Sie ja." Freddy spähte hinter den Vorhang und beschloss auf der Stelle, ihr in ihrer Fensternische Gesellschaft zu leisten. „Wie geht's, wie steht's? Es ist Ihnen hoffentlich nicht zu langweilig?"

„Keineswegs", antwortete Angela. „Alle sind sehr freundlich."

„Und es gibt jede Menge Männer, bei denen Sie Ihren ganzen Charme spielen lassen können. Und jede Menge Frauen", setzte er hastig hinzu, als er ihren Blick sah. „Womit ich nicht sagen will, dass ich Sie für einen männermordenden Vamp halte."

„Das will ich stark hoffen!", sagte Angela empört.

Freddy fuhr ungerührt fort: „Mit diesem Amerikaner haben Sie sich beim Abendessen auffallend gut verstanden."

„Aber ja, ich sagte Ihnen doch, dass ich ihn seit Jahren kenne – ebenso wie seine Frau", betonte sie.

„Was mag wohl aus diesem anderen Burschen geworden sein, der ebenfalls nach Fives kommen sollte. Er ist Schwede, glaube ich."

„Ich habe gehört, er sei Däne", meinte Angela. „Ich bezweifle, dass er es schafft - bei diesem Wetter."

„Ich frage mich nur, warum niemand von ihm spricht."

Angela sah ihn von der Seite an. „Übrigens, Freddy, bin ich ganz Ihrer Meinung", sagte sie. „Ich habe das Gefühl, dass auf Fives irgendetwas im Gange ist."

Sofort war Freddy ganz Ohr.

„Oh?", sagte er. „Wie kommen Sie darauf?"

„Weil Henry Jameson hier ist."

„Der Regierungsbeamte? Er heißt also Jameson? Ist

er verwandt oder verschwägert mit unserem Freund, dem Inspektor?"

„Die beiden sind Brüder."

„Grundgütiger! Das wusste ich nicht", meinte Freddy. „Ist er ein bedeutender Mann?"

„Das kann man wohl sagen. Er bekleidet eine wichtige Stellung im Geheimdienst."

„Sind Sie sicher?" Henry Jameson wirkte eher wie ein scheuer Gelehrter, daher waren Freddys Zweifel durchaus angebracht. „Woher wissen Sie das?"

„Im Krieg habe ich für ihn gearbeitet", antwortete Angela.

„Sie? Ich dachte, Sie hätten damals in Amerika gelebt, einen reichen Ehemann nach dem anderen verschlissen und ansonsten dem süßen Nichtstun gefrönt."

„Ich weiß nicht, wie Sie auf solche Gedanken kommen. Ich habe tatsächlich in Amerika gelebt, aber ich habe nicht die gesamte Kriegszeit dort verbracht. Und ich habe mitnichten Ehemänner verschlissen", fügte sie würdevoll hinzu.

„Sie haben also für den Geheimdienst gearbeitet? Wahrscheinlich haben Sie in einem Büro furchtbar geheime Dokumente abgetippt und Kaffee gekocht, nicht wahr?"

„Etwas in der Art", antwortete Angela trocken. „Soweit ich mich erinnere, ist Henry Jameson nicht der Typ, der kreuz und quer durch die Gegend reist, es sei denn, um seinem Land zu dienen. Wenn er mit dem Außenminister und dem amerikanischen Botschafter in einem Schloss in Schottland auftaucht, dann kann man davon ausgehen, dass er nicht zum Vergnügen hier ist."

„Ich verstehe", sagte Freddy nachdenklich. „Was

mag da los sein? Ich meine, dass Nash und Buchanan gelegentlich aufeinandertreffen, wundert mich nicht, aber ich wüsste gern, warum dieser Geheimdienstler ebenfalls hier ist. Und dann ist da noch der dänische Professor. Wie hieß er noch gleich?"

„Das weiß ich nicht mehr."

„Vielleicht hat er etwas mit der ganzen Sache zu tun."

„Nun, sie werden es uns kaum erzählen, schon gar nicht, wenn der Clarion seinen neugierigsten Reporter vor Ort hat."

„Ich bin zurzeit außer Dienst, da ich mich anderweitig amüsiere."

„Ah ja", sagte Angela. „Denken Sie nicht, ich hätte nicht mitbekommen, wie Sie sich der armen Priss aufgedrängt haben."

„Ich habe mich niemandem aufgedrängt", sagte Freddy beleidigt. „Von Aufdrängen kann nicht die Rede sein, ich dränge mich nie auf. Beide Beteiligten handeln einvernehmlich. Und diesem Idioten Burford muss ordentlich der Kopf gewaschen werden. Ich verstehe nicht, was sie an ihm findet."

„Aha, Sie tun es also, um ihn zu ärgern. Warum?"

„Ich tue es nicht einfach, um ihn zu ärgern, sondern ich habe mit ihm noch ein Hühnchen zu rupfen. Wissen Sie, wir waren auf derselben Schule, er ist allerdings ein paar Jahre älter als ich. Aber er war damals schon so: hat sich bei den größeren Jungs angebiedert, um sich dadurch Vorteile zu verschaffen. Die kleineren hat er gnadenlos drangsaliert. Ich war ihm als eine Art Haussklave zugeteilt, wie es an englischen Internaten üblich ist, und er hat mich übel herumgestoßen. Ich glaube, er erinnert sich nicht einmal daran."

„Sie Armer!", meinte Angela mitfühlend. Dann sah sie ihn eindringlich an. „Irgendwie kann ich mir nicht vorstellen, dass Sie sich eine solche Behandlung lange gefallen lassen, ohne etwas dagegen zu unternehmen."

„Selbstverständlich", gab Freddy zurück. „Ich habe eines Nachts sein Bett angezündet – als er darin lag. Ich wäre Ihnen jedoch sehr verbunden, wenn Sie es für sich behalten würden, denn der Schuldige wurde nie gefunden. Die Polizei wurde eingeschaltet und eine Weile war es in der Schule ziemlich ungemütlich."

Darauf fielen Angela mehrere passende Bemerkungen ein, doch sie begnügte sich mit: „Dann ist die Rechnung also ausgeglichen."

„Eigentlich nicht", antwortete Freddy. „Irgendein Idiot hat ihn rechtzeitig geweckt und er hat nicht einen einzigen Kratzer abbekommen. Ich werde diese Zeit jedoch nie vergessen. Mir als armem, mutterlosen Kind kam niemand zu Hilfe."

„Seien Sie nicht albern", sagte Angela. „Ihre Mutter ist quicklebendig und mag Sie sehr."

„Oh, wir Pilkington-Soames' sind sehr nachtragend", sagte er finster. „Wir sind wie Elefanten – wir vergessen nie."

„Verstehe ich das richtig? Um sich für etwas zu rächen, das vor langer Zeit geschehen ist, als Sie beide Kinder waren, gehen Sie jetzt der Verlobten eines angesehenen Parlamentsmitglieds gehörig auf die Nerven?"

„Ich gehen ihr auf die Nerven? Unsinn! Man kann nicht behaupten, dass sie mir die kalte Schulter zeigt. Ist es nicht offensichtlich, dass er das arme Mädchen zu Tode langweilt? Ich sende lediglich einen kleinen Lichtstrahl in ihr düsteres Dasein und zaubere ein Lächeln auf ihre Lippen, auch wenn es nur für ein oder zwei Tage ist."

„Machen Sie, was Sie wollen – ich will damit nichts zu tun haben", sagte Angela. „Denken Sie nicht, dass Sie mich in Ihr Ränkespiel hineinziehen können. Ich habe Lady Strathmerrick beinahe davon überzeugen können, dass ich keine Abenteurerin bin – ich glaube, das war ihre ursprüngliche Befürchtung. Ich habe meine biedersten Kleider mitgenommen und bin fest entschlossen, mich sittsam wie eine Nonne zu benehmen."

„Ja, Sie sehen sehr hübsch aus", lobte Freddy. „Damit müssten Sie durchkommen. Oh, eine Haarsträhne hat sich in Ihrem Ohrring verfangen. Halten Sie still, dann bringe ich das in Ordnung."

Er trat näher und Angela neigte den Kopf in seine Richtung, während er versuchte, die widerspenstige Locke von dem kleinen tropfenförmigen Diamantohrring zu lösen. Sein Gesicht war kaum eine Handbreit von ihrem entfernt, als Lady Strathmerrick den Vorhang aufschob – sie wollte einen Blick aus dem Fenster werfen.

„Oh, entschuldigen Sie bitte", rief sie verlegen. „Ich – ich wusste nicht, dass hier jemand ist."

Es war offenkundig, was sie dachte. Angela und Freddy fuhren erschrocken herum und Angela merkte zu ihrem Entsetzen, dass sie rot wurde.

„Es ist alles in Ordnung, Lady Strathmerrick", sagte sie hastig. „Freddy hat mir nur gerade bei meinem Ohrring geholfen."

Selbst in ihren Ohren klang es reichlich lahm. Die Countess warf ihr einen ungläubigen Blick zu und verschwand ohne ein weiteres Wort, während Freddy und Angela ihr entgeistert nachstarrten.

Kapitel Sechs

NACHDEM SICH DIE Damen und Freddy in den Salon zurückgezogen hatten, entspannten sich die verbleibenden Männer ein wenig. Portwein wurde herumgereicht und Zigarren wurden angezündet.

Der Earl of Strathmerrick hatte zwar mit den eigentlichen Regierungsgeschäften nicht unmittelbar zu tun, war jedoch bekannt für seine beeindruckende Fähigkeit, die richtigen Leute zur richtigen Zeit zusammenzubringen und als eine Art Vermittler für wichtige Ereignisse im nationalen und internationalen Bereich zu fungieren. So kam es, dass auf Fives Castle ein Vertrag unterzeichnet worden war, der nach allgemeinem Dafürhalten den Ausbruch eines neuen Krieges unmittelbar nach dem Ende des letzten verhindert hatte. Und es war auf Fives Castle, dass drei Tage lang intensive Gespräche zwischen zwei bedeutenden Männern stattgefunden hatten, in dessen Verlauf einer von beiden sich bereiterklärte, seine Ambitionen aufzugeben und dem anderen für eine nicht näher bezeichnete Gegenleistung den Weg zum Posten des Premierministers freizumachen. Die wenigsten Menschen wussten, welchen Ruf der Earl genoss, doch für Eingeweihte war es ein untrügliches Zeichen, dass sich etwas Bedeutsames anbahnte, wenn Lord Strathmerrick zu einem Wochenende auf Fives Castle einlud.

Dieser unerlässliche Helfer des Weltgeschehens zündete sich nun eine Zigarre an und hustete.

„Scheußliches Wetter", begann er. „Wann, sagten Sie, soll Klausen ankommen, Jameson?"

„Das hat er nicht gesagt", antwortete Henry. „Er war überhaupt sehr vage, was die ganze Sache angeht."

„Nun, jetzt könnte es zu spät sein", sagte der Earl. „Ich vermute, die Straße ist bereits unpassierbar. Warum müssen diese Wissenschaftler so verdammt geheimnisvoll tun? Es ist ja schön und gut, die Sache vor der Weltöffentlichkeit geheim zu halten, aber wenn er uns überzeugen will, dass er tatsächlich liefern kann, dann brauchen wir konkretere Beweise. Wie sollen wir wissen, dass er wirklich auftaucht und er nicht nur seinen Schabernack mit uns treibt?"

„Ach, kommen Sie, Strathmerrick", sagte Sandy Buchanan. „Ich glaube, wir haben noch keinen Grund zur Besorgnis. Klausen legt lediglich einen gesunden Sinn für Vorsicht an den Tag – was nur vernünftig ist, wenn man es mit etwas zu tun hat, das einem buchstäblich um die Ohren fliegen kann."

Aubrey Nash stieß ein kurzes Lachen aus.

„Ja, das kann man wohl sagen", meinte er.

„Hören Sie, Nash", sagte Buchanan. „Was halten Ihre Vorgesetzten von der ganzen Sache?"

„Oh, sie sind sehr interessiert", versicherte ihm der Botschafter. „Da alles in letzter Minute arrangiert wurde, war keine Zeit, jemanden vom Außenministerium zu schicken, also musste ich einspringen. Aber eins ist sicher: Wenn sich Klausens Entdeckung als das erweist, was wir uns erhoffen, dann werden sie sehr interessiert sein, bei der Entwicklung mit der britischen Regierung zusammenzuarbeiten - sehr interessiert."

„Worum handelt es sich bei dieser Waffe genau?", fragte Claude Burford. „Ich meine, ich weiß, dass sie eine gewaltige Sprengkraft haben soll, aber ich verstehe nicht ganz, wie sie funktioniert."

„Oh, wir auch nicht", sagte Buchanan lachend. „Wir müssen uns auf Klausen verlassen. Alles, was ich Ihnen sagen kann, ist, dass er Experimente mit bestimmten chemischen Substanzen durchgeführt hat, um sie in ihre einzelnen Atome zu zerlegen. Ich glaube, er hat versucht, diese Atome so miteinander reagieren zu lassen, dass sie Energie erzeugen. Aber mehr weiß ich nicht. Ich tappe genauso im Dunkeln wie Sie."

„Wenn diese Waffe so gewaltig ist, wie Professor Klausen annimmt, dann werden die Vereinigten Staaten und Großbritannien wohl nicht die einzigen Länder sein, die daran interessiert sind, nicht wahr, Sir?", fragte Gabe Bradley den Außenminister.

„Stimmt", sagte Buchanan. „Wir wissen bereits von zwei oder drei weiteren Ländern, die in die gleiche Richtung forschen. Unseren Quellen zufolge ist vor allem ein Land einer Lösung sehr nahe – und ich denke, wir alle wissen, um welches Land es sich handelt. Wir müssen ihnen unbedingt zuvorkommen, zumal wir wissen, dass sie bis vor Kurzem genauestens über unsere Fortschritte informiert wurden."

„Ah", nickte Aubrey Nash. „Der berühmte Spionageskandal von Whitehall, der letztes Jahr so spektakulär aufgeflogen ist."

„Und der Ogilvy sowohl sein Ministerium als auch seinen Sitz im Parlament gekostet hat", ergänzte Buchanan. „Seine Wähler hätten ihm nie verziehen, dass er einen Spion in unmittelbarer Nähe der Regierung hat agieren lassen, praktisch vor aller Augen. Er behauptete natürlich, er sei nicht zuständig gewesen, aber es wurde damals gemunkelt, dass er selbst in die ganze Sache verwickelt war. Das war Unsinn, doch er hat sich nicht gerade mit Ruhm bekleckert. Zu der Zeit war seine Frau sehr krank, das ist die einzige Entschuldigung, die man dafür gelten lassen kann, dass er nicht gemerkt hat, was direkt vor seiner Nase passierte."

„Der Kerl wurde geschnappt, nicht wahr?", sagte Claude.

„Ja, aber erst, nachdem er etliche höchst vertrauliche Informationen an seine Auftraggeber weitergegeben hat", sagte Buchanan. „Für die Regierung war das alles sehr peinlich. Es grenzt an ein Wunder, dass wir den Skandal überlebt haben."

„Sind Sie ganz sicher, dass die Affäre restlos aufgeklärt wurde?", fragte Aubrey Nash. „Ich meine mich zu erinnern, dass dieser Spion, wie auch immer er hieß, möglicherweise nicht allein gearbeitet hat."

„Wir sind so sicher, wie wir nur sein können – das heißt, wir sind uns gar nicht sicher", sagte Henry Jameson aufrichtig. „Golovin war clever, er wusste, was er tat, aber er hat geschworen, dass er allein agiert hat."

„Und Sie glauben, dass er Informationen über Klausens Arbeit weitergegeben hat?", fragte Nash.

„Das können wir nicht ausschließen", sagte Jameson, „obwohl er bestenfalls vage Andeutungen geliefert haben kann, denn selbst wir wissen kaum etwas darüber.

Klausen wollte nicht alles preisgeben, bis er sich ganz sicher war.“

„Und jetzt ist er sich sicher?“

„Das behauptet er jedenfalls“, sagte Jameson. „Erst letzte Woche hat er uns mitgeteilt, dass er seine Theorien endlich bewiesen hat. Er war furchtbar aufgeregt und wollte es uns sofort wissen lassen. Deshalb wurde dieses Treffen so kurzfristig angesetzt. Es tut mir leid, wenn Sie dafür Ihre Pläne ändern mussten.“

Aubrey Nash winkte ab.

„Machen Sie sich keine Gedanken“, sagte er. „Was immer wir geplant hatten, kann warten. Das hier ist viel wichtiger.“

„Ich hoffe nur, dass er es schafft“, sagte der Earl. Er sah besorgt aus.

„Ich bin sicher, dass er es schafft“, beruhigte Jameson ihn. „Außerdem hat er versprochen, anzurufen, falls es irgendwelche Schwierigkeiten gibt.“

„Und wenn er es nicht schafft?“, fragte Gabe Bradley. „Es ist bedauerlich, dass er uns keine Kopie der Dokumente hat zukommen lassen.“

„Oh doch, das hat er“, sagte Sandy Buchanan, und die anderen Männer sahen ihn erstaunt an. Henry Jameson war sich sicher, dass der Außenminister es genoss, im Zentrum der Aufmerksamkeit zu stehen.

„Warum haben Sie das nicht gleich gesagt?“, fragte Nash. „Wir hätten sie uns ansehen können, um vorbereitet zu sein.“

Buchanan schüttelte den Kopf.

„Klausen hat mir nur deshalb eine Kopie anvertraut, weil ich darauf bestanden habe, dass es aus Sicherheitsgründen besser wäre - und unter der Bedingung, dass ich die Dokumente niemandem zeige, bevor er persönlich hier erscheint."

„Aber spielt das jetzt noch eine Rolle?", fragte der Earl. „Diese Papiere sind schließlich der Grund, weshalb wir hier zusammengekommen sind."

„Stimmt", sagte Buchanan. „Aber wie Klausen mir erklärt hat, sind die Dokumente für sich genommen völlig nutzlos. Sie sind derart kompliziert, dass sie nur jemand erklären kann, der etwas von der Materie versteht. Glauben Sie mir", fuhr er fort, als die anderen Einwände erhoben, „wenn ich überzeugt wäre, dass es uns nützen würde, hätte ich die Papiere schon längst geholt. Aber so einfach ist es nicht. Ich habe sie mir angesehen und kann mir keinen Reim darauf machen, nicht zuletzt, weil sie in einer Art Code verfasst zu sein scheinen."

„Dieser Klausen muss an einem krankhaften Verfolgungswahn leiden", sagte der Earl.

Jameson schüttelte den Kopf.

„Das glaube ich nicht", sagte er. „Sie wissen selbst, dass die Gegenseite ihn eingeladen hat, für sie zu arbeiten, nicht wahr? Als er ablehnte, haben sie ihm gedroht. Die Drohungen waren recht vage, aber sie haben ihm deutlich gezeigt, dass sein Leben in Gefahr war. Das war vor ein paar Jahren. Damals war er ein brillanter junger Wissenschaftler, noch bevor er den International Prize für Physik gewonnen hat, doch eine Zeit lang wagte er sich nur in Begleitung eines Leibwächters aus dem Haus."

„Aber warum sollte sein Leben in Gefahr sein?", wandte Gabe Bradley ein. „Wer von seinem Wissen und seiner Erfahrung profitieren will, sollte nicht die Gans töten, die die goldenen Eier legt."

„Er hatte Angst, man könnte ihn entführen", erklärte Jameson. „Andere Regierungen sind nicht zimperlich, wenn es darum geht, Menschen unter Drogen zu setzen und sie zu verschleppen, damit sie an ihren wissenschaftlichen Projekten arbeiten, wissen Sie."

„Nun, wenn dem so ist und Klausen auf dem Weg nach Fives Castle abgefangen und verschleppt wird, kann ich nur hoffen, dass Sie die Papiere an einem sicheren Ort aufbewahrt haben, Buchanan." Lord Strathmerrick sprach halb im Scherz, doch der Außenminister nickte ernst.

„Oh ja, sie sind gut weggeschlossen", bestätigte er. „Wer sie finden will, muss sich Mühe geben."

„Na dann", seufzte Aubrey Nash, „können wir jetzt nur noch auf Klausens Ankunft warten - falls er überhaupt kommt."

Sandy Buchanan stand auf und ging zum Fenster. Es schneite immer noch heftig.

„Keine Sorge, er wird kommen", sagte er.

Kapitel Sieben

AM NÄCHSTEN MORGEN war Angela bereits angezogen und bürstete sich gerade vor dem Spiegel die Haare, als es an ihrer Zimmertür klopfte.

„Darf ich reinkommen?" Gertie, mit rosigen Wangen und leuchtenden Augen, steckte den Kopf zur Tür hinein.

„Die Jungs haben mich heute Morgen aus dem Bett gezerrt", erklärte sie. „Wir haben einen Schneemann gebaut. Ehrlich, Angela, es ist der schönste Tag, den man sich vorstellen kann, einfach atemberaubend. Der Schnee liegt stellenweise drei Fuß hoch."

Sie lief zum Fenster und schaute hinaus, und Angela folgte ihr. Es war tatsächlich ein wunderschöner Tag. Die Morgensonne funkelte auf der dicken weißen Schneedecke und ließ alles klar und sauber wirken. Bei ihrer Ankunft war es schon zu dunkel gewesen, sodass sie kaum etwas hatte sehen können, doch nun bemerkte Angela, dass Fives Castle auf einem Hügelkamm lag und auf eine tiefe, dicht mit Tannen bewachsene Schlucht hinausblickte. Unter ihrem Fenster befand sich eine ausladende Terrasse, von der aus eine Treppe zu einer abschüssigen Rasenfläche führte. Vor ihr erstreckte sich die Landschaft, die unter dem frisch gefallenen Schnee verborgen lag. Auf dem Rasen tollten Gus und Bobby um einen halbfertigen Schneemann herum und bombardierten sich gegenseitig mit Schneebällen. Ihr Gelächter schallte bis zu ihr hinter ihrem Fenster und weckte in ihr das Verlangen, es ihnen gleichzutun.

„Eigentlich wollte ich eine Zigarette schnorren", gestand Gertie. „Seit dem Zwischenfall im Copernicus Club musste ich meinem Vater versprechen, nicht mehr zu rauchen, da er es nicht gutheißt, wenn Frauen rauchen. Wenn ich zu Hause bin, muss ich also andere um Zigaretten anbetteln."

„Claude scheint der gleichen Meinung zu sein wie Ihr Vater." Angela reichte Gertie ihr Zigarettenetui.

Gertie zuckte mit den Schultern. „Ach, Claude, die Krämerseele. Ständig sagt er Priss, was sie zu tun oder zu lassen hat."

„Glauben Sie, dass er und Priss gut zusammenpassen?", fragte Angela zögernd.

„Das sollte man nicht meinen, nicht wahr?", sagte sie. „Aber Priss scheint es zu glauben, immerhin hat sie seinen Antrag angenommen. Kommen Sie, lassen Sie uns frühstücken und dann rausgehen."

Das Glück ihrer älteren Schwester schien ihr gleichgültig zu sein, also gab Angela es auf und folgte Gertie aus dem Zimmer.

Nach dem Frühstück zogen sie ihre wärmsten Sachen an und gingen in den Garten, wo Gus und Bobby immer noch begeistert kreischend umherliefen. Inzwischen hatte sich Clemmie zu ihnen gesellt, die ausnahmsweise nicht mürrisch maulte, sondern wie ihre Brüder fröhlich durch den Schnee tollte.

„Unser Schneemann ist fertig", sagte Bobby zu Angela. „Er sieht allerdings ein bisschen schief aus. Gertie war weg und wir haben es nicht geschafft, den Kopf richtig aufzusetzen."

„Dann bringen wir das in Ordnung", versprach Angela. Sie machte sich an die Arbeit und trat dann zurück, um das Ergebnis zu begutachten. „So - das ist doch schon etwas besser, oder?"

„Oh, ja", sagte Gus überzeugt.

„Aber der Schneemann sieht furchtbar einsam aus", fuhr Angela fort. „Ich glaube, er braucht eine Schnee-frau, die ihm Gesellschaft leistet."

„Eine Schneefrau, eine Schneefrau!" Gus und Bobby stürzten sich mit Feuereifer in das neue Projekt.

Zu fünft hatten sie bald eine weitere rundliche Schneegestalt neben die erste gebaut.

„Eine wahre Schönheit", sagte Angela, obwohl die Dame trotz aller Bemühungen einen unschönen Buckel aufwies.

„Sie braucht einen Hut!", sagte Gus. Die beiden Jungen liefen ins Schloss, um nach einem passenden Accessoire zu suchen. In der Zwischenzeit rauchte Gertie hinter einem Baum versteckt eine weitere von Angelas Zigaretten.

„Ich verstehe nicht, warum Priss rauchen darf und ich nicht", sagte sie mürrisch.

„Weil Priss keinen Unfug macht", sagte Clemmie.

„Das stimmt nicht", sagte Gertie. „Sie macht jede Menge Unfug."

„Na ja, wenigstens lässt sie sich nicht dabei erwi-schen", sagte ihre Schwester.

„Das ist wahr", sagte Gertie betrübt. „Ich lasse mich ständig erwischen. Wenn ich meine Sünden wenigstens vor der Welt geheim halten könnte! Aber ich begehe sie immer, wenn alle hinsehen. Vielleicht sollte ich mir ein Beispiel an Priss nehmen."

„Gestern beim Abendessen hat sie es ein bisschen übertrieben, fand ich", sagte Clemmie.

„Was meinst du damit?", sagte Gertie.

„Na, dass sie wie verrückt mit Freddy geflirtet hat."

„Ach, Freddy", sagte Gertie abschätzig. „Alle flirten mit Freddy. Und Freddy flirtet mit jedem. Kann man überhaupt mit Freddy reden, ohne mit ihm zu flirten?"

„Schwierig", musste Clemmie einräumen. „Du hast aber auch ziemlich offensichtlich mit Sandy Buchanan geflirtet."

„Blödsinn", sagte Gertie.

„Oh doch, das hast du. Du hast an seinen Lippen gehangen und dich wie eine Idiotin aufgeführt. Sie war furchtbar in ihn verknallt, wissen Sie", sagte Clemmie zu Angela. „Als er geheiratet hat, war sie am Boden zerstört."

„Das ist wahr", gab Gertie zu. „Ich dachte, dass ich nach dem Tod seiner ersten Frau vielleicht eine Chance hätte, aber das war leider nicht der Fall."

„Ist er nicht ein bisschen zu alt für Sie? Er muss mindestens fünfzig sein", sagte Angela amüsiert.

„Ich mag ältere Männer", antwortete Gertie verträumt. „Sie sind so souverän und erfahren."

„Und er mag offensichtlich jüngere Frauen - nur dich nicht", merkte Clemmie unverblümt an.

„Ich frage mich, wo er sie aufgetrieben hat", überlegte Gertie. „Eleanor, meine ich. Wissen Sie etwas über sie? Ich habe keine Ahnung, wer sie ist. Was findet er nur an ihr? Sie erinnert mich an ein wildes Tier, das nach Feinden Ausschau hält - mit schmalen Augen und wachsamem Blick. Irgendetwas behagt ihr nicht."

„Wir wahrscheinlich", sagte Clemmie. „Wir waren gestern Abend beim Essen ein bisschen laut."

Sie verstummten, als ein Diener nach dem anderen mit Stühlen und Tischen über die Terrasse marschierte.

„Sind die für den Tanz?", fragte Angela.

„Ja", sagte Gertie. „Wahrscheinlich müssen wir früher oder später mitanpacken."

„Wie viele Leute erwarten Sie?", fragte Angela.

„Schwer zu sagen, bei diesem Schnee", erwiderte Gertie, „aber mit der Dienerschaft und den Leuten aus dem Dorf kommen wir sicher auf hundert oder sogar hundertfünfzig. Sie müssen natürlich mitmachen, ebenso wie die anderen Gäste. Sie sollten mal sehen, wie Vater einen Reel tanzt, Angela, das ist ein unvergesslicher Anblick."

„Ich freue mich schon darauf", sagte Angela.

In diesem Moment hörten sie ihre Namen rufen. Sie drehten sich um und sahen, wie Aubrey Nash und Gabe Bradley in Begleitung von Gus und Bobby über den Rasen zu ihnen kamen. Die Jungen waren mit Schals und Hüten beladen.

„Ich frage mich, was mit dem dänischen Professor los ist", sagte Angela. „Er sollte doch gestern schon hier sein, oder nicht?"

„Vielleicht liegt er tot unter einer Schneewehe – erfroren", sagte Gertie.

„Wen meinst du?", wollte Clemmie wissen.

„Irgendein Professor oder so. Ich glaube, er heißt Klausen", sagte Gertie. „Vielleicht sollten wir einen Suchtrupp losschicken."

„Professor Lars Klausen? Der berühmte Physiker?“, rief Clemmie plötzlich.

„Ich habe keine Ahnung“, sagte Gertie. „Warum, kennst du ihn?“

„Wenn es tatsächlich *dieser* Professor Klausen ist, dann ja, natürlich kenne ich ihn. Er ist weltberühmt. Erinnerst du dich nicht? Er hat vor ein paar Jahren den International Prize für Physik gewonnen, für seine Arbeiten über atomare Strukturen.“

Gertie war deutlich anzusehen, dass atomare Strukturen ihr völlig gleichgültig waren.

„Er ist brillant“, sagte Clemmie begeistert. „Sollte er wirklich kommen? Warum hat mir das niemand gesagt? Seine Theorien sind in aller Munde.“

„Nun, inzwischen dürfte er es kaum noch schaffen, sich nach Fives Castle durchzuschlagen“, sagte Gertie. „Die Straße ist unpassierbar. Hallo, Mr Nash“, begrüßte sie den Botschafter. „Hat man Sie beauftragt, die Zufahrt zu räumen?“

„Wenn Sie möchten, kann ich das tun, Lady Gertrude“, antwortete Aubrey Nash freundlich, „aber zunächst gilt es, einen Schneemann und seine Gefährtin aus einer misslichen Lage zu befreien.“

Gus und Bobby sahen kichernd zu, wie Gabe der Schneefrau eine schäbige alte Mütze aufsetzte, die mindestens fünfzig Jahre aus der Mode war. Der restliche Vormittag verging unter fröhlichem Gelächter und allgemeiner Heiterkeit. Nach einer heftigen Schneeballschlacht spielten sie Fangen, nach komplizierten Regeln, die Gertie erfunden hatte. Selbst Angela brach immer wieder in mädchenhaftes Gekicher aus. Zur Mittagszeit kehrten sie alle lachend und mit rosigen Wangen ins Schloss zurück, wo Lord Strathmerrick in der Eingangshalle stand, den Dienern knappe Anweisungen gab und ansonsten äußerst übellaunig wirkte. Er warf den Neuankömmlingen einen ungeduldigen Blick zu und hastete davon.

„Was ist mit Vater los?", fragte Gertie, als sie den Salon betraten. „Er sieht nicht gerade glücklich aus."

„Oh, es ist wahrscheinlich wegen des Telefons", antwortete Lady Strathmerrick. „Wie es scheint, hat der Schnee die Telegrafenleitungen lahmgelegt und das Telefon funktioniert nicht."

„Dann sind wir wohl völlig von der Außenwelt abgeschnitten", sagte Gabe. „Die Straße ist unpassierbar und die Kommunikation ist zusammengebrochen."

„Nein, ganz so übel ist es nicht", erklärte Gertie. „Die Straße ist nur für Autos unpassierbar, aber es gibt einen Weg zwischen den Bäumen hinter dem Schloss. Es sollte also möglich sein, zu Fuß ins Dorf zu kommen - vor allem mit Skiern. Schließlich ist es weniger als eine halbe Meile entfernt. Wie gesagt, wir waren schon öfter eingeschneit und es war nie wirklich schlimm. Außerdem werden die Leitungen sicher bald repariert."

„Allerdings nicht heute oder morgen", sagte Lady Strathmerrick, „und ich glaube, das ist es, was deinem Vater Sorgen bereitet. Wir warten immer noch auf einen Gast, und ich glaube, er befürchtet, dass der Professor auf dem Weg hierher im Schnee stecken geblieben sein könnte."

Gus und Bobby sahen sich mit großen Augen an, sagten aber nichts.

Sie aßen schnell zu Mittag, da die Vorbereitungen für den Tanz am Abend Vorrang hatten. Und dann verschwanden die meisten Männer zu zweit oder zu dritt in unterschiedlichen Räumen, vermutlich um wichtige Staatsangelegenheiten zu besprechen.

„Ich glaube, ich drehe eine Runde im Schnee", kündigte Freddy an. „Was gibt es Schöneres, als als Erster in den unberührten Schnee zu treten? Es hat etwas unfassbar Befriedigendes, die Füße in gleißendes Weiß zu stecken, dem Knirschen zu lauschen und auf die Spur von deutlichen Fußabdrücken zurückzublicken, die von unermüdlichem Pioniergeist zeugt. Wenn der Mensch jemals zum Mond reist, wird er sich wohl ganz ähnlich fühlen."

Gertie schnaubte.

„Idiot", sagte sie. „Wann bist du denn aufgestanden? Wir anderen waren den ganzen Morgen im Garten und haben den kompletten Schnee umgepflügt. Du musst auf die Wiese im Westen gehen, wenn du nur deine eigenen Fußabdrücke sehen willst."

„Dann gehe ich auf die Wiese im Westen", sagte Freddy unbeirrt. Er stand auf und ging in sein Zimmer, um sich seine Stiefel anzuziehen. Angela stieß in der Halle mit ihm zusammen, als er die Treppe herunterkam. Er sah sich mit Verschwörermiene um, legte einen Finger auf die Lippen und zog sie in eine kleine Nische.

„Was haben Sie herausgefunden?", sagte er in einem Bühnenflüsterton.

„Herausgefunden? Worüber?", fragte sie.

„Na, über das geheime Treffen natürlich", sagte er.

„Nichts", antwortete sie.

Er schnalzte ungeduldig mit der Zunge.

„Und Sie nennen sich Detektivin?", fragte er.

„Nein, auf keinen Fall", sagte Angela, aber er hörte gar nicht zu.

„Um diese Jahreszeit sind gute Geschichten Mangelware. Ich möchte herausfinden, was hier vor sich geht, damit ich etwas für den alten Bickerstaffe habe, wenn ich wieder im Büro des Clarion bin. Trotz meiner erstaunlichen Erfolge in letzter Zeit gelte ich immer noch als unerfahrener Anfänger, und ich möchte meinen guten Ruf zementieren.“

„Aber sollten Sie eine Sache von nationaler Bedeutung in Ihrem Klatschblättchen veröffentlichen?“

„Der Clarion ist ein hoch angesehenes Presseorgan“, sagte Freddy würdevoll.

„Natürlich ist er das“, sagte Angela freundlich.

„Und selbstverständlich würden wir keine vertraulichen Informationen veröffentlichen. Aber verstehen Sie denn nicht? Es hat nichts damit zu tun, was in die Zeitung kommt. Ich möchte Bickerstaffe beweisen, dass Frederick Pilkington-Soames immer mit einem Notizbuch in der Hand zur Stelle ist, wenn sich etwas Interessantes ereignet.“

„Oh, ich verstehe“, sagte Angela. „Es geht Ihnen nicht darum, eine Geschichte zu veröffentlichen. Sie wollen nur bei Ihrem Chef Eindruck schinden, indem Sie ihm zeigen, dass Sie etwas wissen, was er nicht weiß.“

„*Précisément*,“ sagte Freddy. „Und aus diesem Grund brauche ich Ihre Hilfe. Sie wollen doch sicher nicht, dass der Sohn Ihrer ältesten Freundin seinen Job wegen eines beklagenswerten Mangels an journalistischem Material verliert. Schließlich ist es nicht seine Schuld, oder?“

Die Beschreibung von Cynthia Pilkington-Soames als ihre älteste Freundin ließ Angela unkommentiert durchgehen.

„Aber was soll ich denn jetzt tun?“, fragte sie.

„Halten Sie einfach Augen und Ohren offen und

sehen Sie, was Sie herausfinden können. Ihr Freund vom Geheimdienst wäre ein guter Anfang."

„Wenn Sie glauben, dass ich Henry Jameson nach Informationen in Bezug auf die nationale Sicherheit aushorche, dann irren Sie sich gewaltig", sagte Angela. „Außerdem, wenn er gut in seinen Job ist - und ich weiß, dass er gut darin ist – wird er schweigen wie ein Grab."

„Und was ist mit diesem Nash? Um der alten Zeiten willen sollten Sie zumindest etwas aus ihm herausholen können."

„Was genau meinen Sie damit?", fragte Angela.

Freddy tippte sich grinsend an die Nase.

„Ich weiß mehr, als Sie denken", sagte er, und als Angela ihn misstrauisch ansah, fuhr er fort, „und Selma Nash weiß es auch."

„Was?" Angela war alles andere als erfreut über die Wendung, die das Gespräch genommen hatte.

„Oh, sie und Aubrey haben keine Geheimnisse voreinander. Sie sind ein sehr offenes Paar. Sie weiß alles über sein Leben vor ihrer Hochzeit. Sie waren recht gut mit ihm befreundet, bevor er Selma kennenlernte, nicht wahr?" Sein Ton klang lässig, aber in seinen Augen lag ein schelmisches Funkeln.

„Hmm", sagte Angela, die es vorzog, wenn ihre privaten Angelegenheiten privat blieben. „Das geht Sie überhaupt nichts an. Und überhaupt", fuhr sie fort, um von sich selbst abzulenken, „was soll dieses ganze ‚Selma' dies und ‚Selma' das? Sie haben sie gerade erst kennengelernt."

Freddy hüstelte, antwortete aber nicht, und Angela schüttelte verärgert den Kopf. „Wie lange sind Sie hier?", fragte sie. „Achtzehn Stunden? Sie haben es aber eilig."

„Die Zeit spielt keine Rolle, wenn es um die Regungen des menschlichen Herzens geht", sagte Freddy mit einem sentimentalen Seufzer.

„Unfug", sagte Angela. „Reicht Ihnen eine Frau nicht?"

„Selma ist sehr nett. Und auch klug. Natürlich nicht so nett oder so klug wie Sie", sagte er und tippte ihr spielerisch auf die Nase.

Wie es der Zufall wollte, kam Lady Strathmerrick in diesem Moment in Begleitung von Eleanor Buchanan vorbei. Die Countess schürzte die Lippen, als sie die beiden sah, ging aber ohne Kommentar weiter. Angela schlug Freddys Hand verärgert weg.

„Hören Sie auf damit?", zischte sie. „Das haben Sie absichtlich gemacht."

Freddy riss erstaunt die Augen auf.

„Wie kommen Sie bloß darauf?", sagte er. Er sah den beiden Frauen nachdenklich nach. „Nun, da ist noch etwas, das wir untersuchen könnten."

„Was meinen Sie?", fragte Angela.

„Eleanor Buchanan. Warum ist sie so misstrauisch? Ihnen ist sicher aufgefallen, wie angespannt sie ist. Ich frage mich, was es damit auf sich hat."

„Ich weiß es nicht", sagte Angela.

„Dann müssen wir versuchen, es herauszufinden. Ich gebe dieses Rätsel gerne in Ihre fähigen Hände."

In diesem Moment kam Selma Nash in soliden Stiefeln und in warme Pelze gehüllt die Treppe herunter.

„Ich bin so weit", rief sie Freddy zu.

Freddy verbeugte sich. „Stets zu Diensten, Mylady."

Zu Angela gewandt sagte er leise: „Gehen Sie und umgarnen Sie Aubrey. Er wird sicher überglücklich sein - und Selma teilt gerne."

„Freddy, Sie sind wirklich schlimm", zischte Angela, die nicht wusste, ob sie lachen oder ihn böse ansehen sollte. Freddy wackelte munter mit den Augenbrauen.

„Nun, es ist Ihre Entscheidung. Machen Sie, was Sie wollen. In der Zwischenzeit hinterlassen wir auf der Wiese im Westen ein paar Fußabdrücke."

Er hakte sich bei Selma unter und gemeinsam gingen sie hinaus.

Kapitel Acht

NACHDEM DIE TÜR hinter Freddy und Selma ins Schloss gefallen war, stand Angela in der Eingangshalle und überlegte, was sie nun anfangen sollte. Priss, Gertie und Clemmie mussten beim Aufbauen im Ballsaal helfen und alle anderen schienen ihren eigenen Vorlieben nachzugehen. Angela dachte kurz daran, ihre Hilfe anzubieten, kam aber zu dem Schluss, dass sie eher im Weg stehen würde als alles andere. Was nun? Sie öffnete die Tür und schaute hinaus in den hellen, frischen Nachmittag. Der Schnee war sehr verlockend und so beschloss sie, hinauszugehen und sich umzusehen.

Einige Minuten später trat sie unter dem Säulengang hervor, ging die steinernen Stufen hinunter zur Zufahrt mit dem vagen Plan, einen Aussichtspunkt zu finden, von dem aus das Schloss gut sichtbar war. Der beste Platz schien ihr die Kuppe eines nahen Hügels zu sein, aber bis dort ging es steil bergauf und bergab. Sie stapfte einige Minuten lang durch den Schnee und genoss die Stille, die nur durch ihr eigenes Atemgeräusch und das Knirschen unter ihren Stiefeln unterbrochen wurde. Leider wartete die schöne Schneedecke mit Tücken auf, wie sie feststellen musste, als sie plötzlich bis zu den Knien einsank.

„Oh je, das war wohl keine gute Idee", murmelte sie, als sie sich mühsam aus den Schneemassen befreite. In ihren Stiefeln breitete sich sofort eine eisige, nasse Kälte aus, daher humpelte sie zu einem Baum, lehnte sich dagegen und schüttete, auf einem Fuß balancierend, erst den einen, dann den anderen Stiefel aus.

„Vielleicht halte ich mich besser an die ausgetretenen Pfade", sagte sie sich. „Schließlich will ich nicht in einer Schneewehe verschwinden."

Sie ging zum Haus zurück, durchquerte die Eingangshalle und trat auf den Rasen, wo ihr eine in Schals gehüllte Gestalt mit einem seltsamen breitkrempigen Hut auffiel, die die beiden Schneemänner interessiert musterte. Es war Miss Foster. Sie blickte auf, als Angela näher kam.

„Hallo, Mrs Marchmont", sagte sie fröhlich. „Genießen Sie den Schnee?"

Als Angela bejahte, fuhr sie fort: „Ich selbst mag ihn nicht, aber ich komme mit meinem letzten Kapitel nicht weiter, und da dachte ich, eine Runde an der frischen Luft könnte meine Fantasie anregen."

„Und - hat es gewirkt?", fragte Angela lächelnd.

„Nicht so, wie ich erwartet hatte. Als ich herauskam, fiel mein Blick als Erstes auf diese beiden Schneefiguren, die mich auf ganz andere Gedanken brachten. Sie erinnern mich an ein tragisches Liebespaar, das dazu verdammt ist, gemeinsam in der Hitze der Sonne zu sterben."

„Darauf wäre ich gar nicht gekommen", sagte Angela, „aber ich nehme an, Sie haben recht."

„Das ist natürlich alles sehr romantisch", sagte Miss Foster, „aber es hilft mir bei meinem Problem nicht weiter. Ich überlege, wie meine Heldin aus einem verschlossenen Zimmer entkommen kann, ohne die Tür offen zu lassen. Sonst merken ihre Entführer sofort, dass sie entflohen ist."

„Ein Dietrich aus einer Haarnadel?", schlug Angela vor.

„Ja, an so etwas hatte ich auch schon gedacht. Aber leider wurde die Dame im vorigen Kapitel von einem gefährlichen Fieber befallen, an dem sie fast gestorben wäre, und deshalb wurde ihr der Kopf kahl geschoren. Sie braucht also keine Haarnadeln mehr."

„Ich verstehe", sagte Angela. „Für Ihre Geschichte ist das natürlich ziemlich ungünstig."

„Ja, das stimmt leider, aber die Sache mit dem Fieber kann ich nicht ändern, sie ist ein wesentlicher Teil der Handlung. Ihre Krankheit verhindert, dass sie ihren Geliebten nicht wie versprochen auf den Zinnen treffen konnte. Er hat nun den Eindruck, dass sie ihn verlassen und sich dem bösen Sir Willoughby Edgerton zugewandt hat. In seiner Verzweiflung zieht er in die Schlacht von Culloden. Nein ...", fuhr Miss Foster fort, „... ich glaube, sie muss durch das Fenster fliehen, auch wenn man sie ganz oben im Nordturm eingesperrt hat, hundert Fuß über dem Boden. Vielleicht kann ich sie am Efeu hinunterklettern lassen."

„Haben Sie schon einen Titel für Ihr Buch?", fragte Angela höflich.

„Lucinda im Königreich der Inseln", antwortete

Miss Foster. „Es ist ein historischer Roman, der in der Zeit des Jakobitenaufstandes spielt."

„Und hoffen Sie, ihn veröffentlichen zu lassen?"

Miss Foster stieß ein vornehmes kleines Lachen aus und hielt sich die Hand vor den Mund.

„Oh, Mrs Marchmont, Sie schmeicheln mir", sagte sie. „Das Schreiben ist für mich eine bloße Liebhaberei. Ich kann nicht leugnen, dass es ein Traum von mir ist, meine Werke eines Tages gedruckt zu sehen, aber dieser Tag liegt noch in weiter Ferne. Meine Talente und Fähigkeiten reichen im Moment dafür noch nicht aus."

„Liest denn niemand Ihre Geschichten?", fragte Angela und hätte sich im nächsten Moment am liebsten die Zunge abgebissen, weil sie befürchtete, Miss Foster würde ihr nun eines ihrer Werke aufnötigen. Glücklicherweise schien dieser Kelch an ihr vorüberzugehen.

„Oh ja, es gibt eine kleine Gruppe von Freunden, die lesen, was ich schreibe. Ich revanchiere mich, indem ich ihre Geschichten lese", erklärte Miss Foster.

„Sie meinen eine Art Autorenzirkel?", fragte Angela.

„Ja", strahlte Miss Foster. „Genau das ist es. Meist tauschen wir uns per Brief aus, aber ein- oder zweimal im Jahr treffen wir uns zu einem Abend mit Literatur und Poesie, vielleicht mit ein, zwei Gläsern selbst gemachtem Holunderwein. Aber nicht mehr", schloss sie und wedelte neckisch mit dem Finger.

„Natürlich nicht." Angela erschauderte bei dem Gedanken an selbst gemachten Holunderwein. „Und Sie nehmen Ihre Werke gegenseitig kritisch unter die Lupe?"

„Oh ja. Das ist ein wesentlicher Teil des Arrangements. Jedes Mitglied der Gruppe erklärt sich bereit, pro Monat ein Kapitel fertigzustellen, das an ein anderes

Mitglied des Zirkels geschickt wird, das es liest und eine wohlüberlegte Einschätzung des Kapitels selbst abgibt und seinen Platz in der Geschichte als Ganzes beurteilt."

„Was sind das für Leute in diesem Autorenzirkel? Sind es ausschließlich Frauen?"

„Überhaupt nicht. Die Idee selbst stammt von einem Mann. Mr Adams leitet einen kleinen Verlag in London und hat den Zirkel mit der Idee gegründet, aufstrebenden Autoren bei der Vervollkommnung ihrer Fähigkeiten zu helfen, sodass ihre Werke eines Tages gut genug für eine Veröffentlichung sind."

„Das ist sehr nett von ihm, aber ich könnte mir vorstellen, dass er noch ein anderes Motiv hat", sagte Angela lächelnd. „Zweifellos ist es für ihn von Vorteil, Ihre Fortschritte im Auge zu behalten, denn so kommt er vielleicht an neue Bücher für seinen Verlag."

„Sie haben natürlich recht", sagte Miss Foster. „Aber selbst wenn es in meinem Fall nicht so weit kommt, ist es ein großes Privileg, dass mir ein Experte mit seiner Erfahrung sowie Rat und Tat zur Seite steht." Sie seufzte ein wenig und fuhr fort: „Schade, dass der Schnee so hoch liegt. Mein neues Kapitel ist fast fertig, ich könnte es bald losschicken. Aber vielleicht kann ich in der Zwischenzeit noch ein paar Änderungen vornehmen."

In diesem Moment hörte sie laute Kinderstimmen: Gus und Bobby kamen mit einem seltsamen Sammelsurium von Gegenständen auf sie zugerannt.

„Wir sind ein Suchtrupp", verkündete Gus atemlos, als er Miss Fosters fragenden Blick sah. „Wir gehen auf die Suche nach Professor Klausen. Er hat sich verirrt."

„Vermutlich ist er irgendwo in einer Schneewehe begraben", sagte Bobby. „Er ist wahrscheinlich halb erfroren. Wir werden ihn retten, bevor er im Eis eingeschlossen wird wie ein Wollmammut."

„Meine Güte", sagte Angela. „Das darf auf keinen Fall passieren, nicht wahr?"

„Könnte es nicht sein, dass der Professor angesichts des Wetters beschlossen hat, lieber zu Hause zu bleiben, statt zu versuchen, sich nach Fives Castle durchzuschlagen?", sagte Miss Foster unerwartet praktisch.

„Das kann natürlich sein", sagte Gus zweifelnd, „aber es ist wohl am besten, wenn wir nachsehen, um ganz sicherzugehen."

„Möchten Sie mitkommen, Mrs Marchmont?", fragte Bobby, dem Angela gut gefiel.

„Sehr gerne." Angela hielt es für ratsam, die Jungen zu begleiten und dafür zu sorgen, dass sie nicht in Schwierigkeiten gerieten.

„Prima", sagte Gus. „Ich denke, wir haben alles, was wir brauchen."

„Ja, das sehe ich", sagte Angela und betrachtete amüsiert das seltsame Sortiment an Werkzeugen und Eisenwaren. Gus hatte sich ein Seil um die Hüfte geschlungen und hielt in der einen Hand eine Fackel und in der anderen eine Kohlenschaufel, während Bobby einen Hammer, einige Nägel und eine Axt bei sich trug.

„Wozu braucht ihr einen Hammer?", fragte sie.

„Wenn wir ihn ausgegraben haben, müssen wir ihm einen Unterschlupf bauen", erklärte Bobby. „Wir hacken mit der Axt ein paar Äste ab und bauen ihm einen Unterstand. Ich habe auch Streichhölzer dabei, damit wir ein Feuer machen können."

„Der Schnee ist sehr tief", gab Angela zu bedenken. „So schwer beladen werdet ihr Schwierigkeiten haben, das Gleichgewicht zu halten. Vielleicht solltet ihr ein paar Dinge hierlassen. Wir können sie holen, wenn wir sie brauchen, aber ihr müsst unterwegs sehr aufmerksam sein, und es hilft nicht, wenn ihr zu viel mit euch schleppt."

Die Jungen ließen sich schließlich überreden, alles bis auf das Seil, die Fackel und die Streichhölzer zurückzulassen. Miss Foster murmelte, dass Lady Strathmerrick sie erwarte, und kehrte ins Schloss zurück.

„In welche Richtung sollen wir gehen?", fragte Angela. „Vermutlich wäre es sinnvoll, mit der Auffahrt anzufangen, aber ich habe vor ein paar Minuten versucht, in diese Richtung zu gehen und bin stecken geblieben. Dafür bräuchten wir Skier, zu Fuß kommen wir nicht weiter. Sollen wir zuerst woanders suchen?"

Gus überlegte einen Moment.

„Es gibt einen Weg durch den Wald", sagte er. „Er führt zum Dorf. Der Professor könnte auf diesem Weg gekommen sein, aber wenn er aus London angereist ist, hatte er wahrscheinlich einen Wagen dabei, nicht wahr?"

„Vielleicht hat er ihn im Dorf stehen lassen und wollte die letzte halbe Meile zu Fuß gehen", schlug Bobby vor.

Schließlich einigten die drei sich darauf, ihre Suche auf dem Waldweg zu beginnen, und brachen auf. Der Weg führte zwischen Bäumen hindurch, deren kahle Äste sich oben zu einem Tunneldach verwoben. Auf einer Seite war ein Zaun zu sehen, auf der anderen Seite rauschte ein dunkler Bach. Ihre Expedition legte eine kurze Pause ein, weil die Jungen unbedingt Stöcke ins Wasser werfen und versuchen wollten, einen interessant aussehenden Stein ins Wanken zu bringen.

„Haltet nach Signalen Ausschau", sagte Gus, als sie zögernd weitergingen. „Vielleicht hat er sein Taschentuch an einen Zaunpfahl gebunden oder eine Spur aus Brotkrumen hinterlassen. So würde ich es machen, wenn ich mich im Schnee verirrt hätte."

„Es hat sowieso keinen Sinn, nach Fußspuren zu suchen", sagte Bobby. „Die Leute aus dem Dorf, die bei den Vorbereitungen für heute Abend helfen, haben den Schnee zertrampelt."

„Das stimmt." Gus starrte verärgert auf die zahllosen Fußabdrücke, die darauf hindeuteten, dass an diesem Tag ein steter Strom von Menschen zum Schloss gegangen war. „Sie haben jede Chance zunichte gemacht, die Spuren des Professors zu finden."

„Wenn er hier entlanggekommen wäre, hätte ihn längst jemand gefunden", sagte Bobby. Sie blieben stehen und sahen sich unsicher an.

„Vielleicht sollten wir es woanders versuchen", sagte Gus.

„Oh, seht mal", sagte Angela.

„Oh!", sagte Bobby. „Fußabdrücke!"

An dieser Stelle machte der Bach einen weiten Bogen um eine große Erle. Die meisten Fußspuren verliefen geradeaus auf dem Weg zum Schloss, eine Spur führte jedoch über den Schnee zum Bach.

Die drei betrachteten die Spuren eingehend. Ihrer Größe nach zu urteilen, stammten sie von einem Mann. Am anderen Ufer des Baches setzten sie sich fort, der Mann musste also ein wenig hin- und hergelaufen sein, während er sich an dem Baum festhielt und den Stein als Tritt benutzte.

„Das muss der Professor sein!", rief Bobby aufgeregt.

„Und seht mal, er ist in den Bach gefallen!" Gus zeigte auf das andere Ufer. Dort deutete das Gewirr an Fußabdrücken tatsächlich darauf hin, dass der Mann von dem schneebedeckten Stein auf die andere Seite gesprungen und dann rückwärts ins Wasser geglitten war.

„Er muss ziemlich nass geworden sein", sagte Angela.

Bobby schnaubte. „Was für ein Idiot", sagte er, und bevor Angela ihn aufhalten konnte, sprang er leichtfüßig auf den Stein im Wasser und gelangte mit einem weiteren Satz auf das andere Bachufer. Gus folgte ihm auf dem Fuße.

„Ich weiß nicht, ob ich das schaffe", sagte Angela ein wenig verlegen. „Ich bin nicht so trittsicher wie ihr beiden."

„Oh, es ist ganz einfach", versicherte ihr Bobby, der zum Beweis mehrmals hin- und hersprang.

„Ich könnte das Seil an diesem Baum hier festbinden und es Ihnen zuwerfen. Dann fallen Sie nicht ins Wasser, wenn Sie das Gleichgewicht verlieren", schlug Gus nach kurzer Überlegung vor.

Damit war Angela einverstanden. Gus befestigte das eine Ende des Seils an einem stabil aussehenden Baum, der über das Wasser ragte.

„Bitte sehr", sagte er. „Das hält. Und jetzt — aufgepasst!"

Er warf das andere Ende über den Bach zu Angela, die es auffing, tief Luft holte und dann möglichst behände auf den Stein im Wasser sprang. So erreichte sie tatsächlich das andere Ufer, ohne in den Bach zu fallen.

„Sehen Sie, Sie brauchten das Seil gar nicht",

bemerkte Bobby freundlich. „Mit ein bisschen Übung würden Sie es ebenso leicht schaffen wie wir."

„Da könntest du recht haben", sagte Angela. Sie nahm nicht eine Sekunde lang an, dass die Spuren wirklich von Professor Klausen stammten, aber die Jungen hatte sie mit ihrer Neugier angesteckt und sie wollte wissen, wohin sie führten.

„Hier entlang", sagte Gus, während er sich das Seil wieder um die Taille wickelte.

Auf dieser Seite des Baches standen die Bäume dichter und ließen weniger Licht durch, das im Laufe des Nachmittags ohnehin immer schwächer geworden war. Die Schneedecke war lückenhafter, teilweise war gar der Waldboden zu sehen, wo der Schnee nicht durch die Bäume gedrungen war. Die Spur des geheimnisvollen Mannes war trotzdem leicht zu verfolgen. An manchen Stellen führten die Fußspuren zunächst in eine Richtung und machten nach ein paar Metern wieder kehrt, wenn der Mann auf ein Dickicht oder ein anderes Hindernis stieß, aber sie hatten nur ein Ziel: Fives Castle.`

„Ich frage mich, warum er hier entlanggegangen ist, anstatt auf dem Weg zu bleiben", sagte Bobby.

Angela vermutete, dass die Spuren von einem Wilderer oder jemandem stammten, der nicht entdeckt werden wollte, aber sie antwortete nur: „Vielleicht wollte er auf einem Umweg zum Schloss gelangen, um sich einen besseren Überblick zu verschaffen."

Bobby schien nicht überzeugt.

„Aber den besten Blick hat man von der anderen Seite des Baches", sagte er. „Vom Wald aus kann man nichts sehen."

Das stimmte, und Angela musste einräumen, dass ihre Theorie unwahrscheinlich klang.

„Ich glaube, der Professor hat sich in der Dunkelheit verirrt", überlegte Gus. „Letzte Nacht war es stockdunkel, und er hätte leicht vom Weg abkommen können."

„Ich glaube nicht, dass es an der Dunkelheit lag", sagte Angela. „Diese Fußabdrücke entstanden, nachdem es aufgehört hat zu schneien - und wahrscheinlich irgendwann im Laufe des heutigen Tages. Ist euch nicht aufgefallen, dass sie die anderen Spuren dort hinten überlagern? Das bedeutet, dass unser Mann als Letzter auf dem Weg gegangen ist, nach all den Leuten, die zum Schloss wollten."

Bobby war beeindruckt. „Das ist ganz schön schlau von Ihnen, Mrs Marchmont. Darauf wäre ich nicht gekommen."

„Es wird langsam dunkel", sagte Gus. „Wir sollten uns beeilen, wenn wir den Professor finden und rechtzeitig zum Tee zurück sein wollen."

Sie gingen weiter. Nach kurzer Zeit lichtete sich der Wald, und bald darauf gelangten sie zu einer Wiese, von der aus das Schloss in seiner ganzen Pracht zu sehen war. Es bot wirklich einen großartigen Anblick. Das offene Gelände war von einer dicken Schneedecke überzogen, sodass sie keine Schwierigkeiten hatten, den Fußspuren zu folgen. Sie führten um den Waldsaum herum zu einer kleinen Hütte, die mit einem rostigen Bolzen gesichert war.

„Seht mal!", rief Bobby. „Er muss versucht haben, in die Hütte zu kommen."

„Er hat es aber nicht geschafft." Gus wies auf die Spuren, die zurück über die Wiese führten.

„Nein", sagte Angela. „Dieser Bolzen ist festgerostet."

„Was ist das auf dem Boden?", fragte Bobby plötzlich. „Es sieht aus wie Blut."

„Stimmt!", sagte Gus aufgeregt. „Vielleicht ist er schwer verletzt."

„Wohl kaum", sagte Angela, während sie die spärlichen roten Flecken zu ihren Füßen betrachtete. „Dafür gibt es nicht genug Blut. Er hat sich wahrscheinlich nur die Hand aufgeschürft, als er den Bolzen zurückziehen wollte."

„Oh", sagte Gus enttäuscht.

„Aber ich kann mir vorstellen, dass er schlechte Laune hatte, nachdem er ins Wasser gefallen ist und sich die Knöchel zerkratzt hat", tröstete Angela ihn. „Auf jeden Fall wissen wir jetzt, dass er erst vor Kurzem hier vorbeigekommen ist. Die Blutspuren sind ganz frisch."

„Stimmt", sagte Gus. „Kommt, vielleicht können wir ihn noch einholen."

Sie stapften weiter, so schnell es ging. Sie waren aufgeregt, denn sie spürten, dass sie bald am Ziel ihrer Suche sein würden. Die Spuren führten beharrlich in gerader Linie auf Fives Castle zu und waren für einige Zeit die einzigen Fußabdrücke, die zu sehen waren. Nach etwa fünfzig Metern kreuzten jedoch zwei weitere Abdrücke die Spur und führten gemeinsam weg vom Schloss. Bobby ging hinüber, um sie zu betrachten.

„Wer mag das sein?", fragte er. „Seht mal – diese Abdrücke sind viel kleiner als die anderen."

„Wahrscheinlich ein Mann und eine Frau", mutmaßte Gus.

„Wo sind wir?", fragte Angela plötzlich.

„Auf der Westwiese", sagte Bobby.

„Ah", sagte Angela.

„Lasst uns nachsehen", sagte Gus. Er folgte den neuen Spuren ein Stück weit und beugte sich dann vor, um sie genau zu betrachten. „Hier sind sie stehen geblieben und haben sich zueinander umgedreht", sagte er. „Sie müssen ziemlich nahe beieinandergestanden haben."

„Vielleicht hatte einer von den beiden etwas im Auge, und der andere hat ihm geholfen, es herauszuholen", sagte Angela. „Sollen wir weiter nach dem Professor suchen? Ich glaube nicht, dass diese beiden gerettet werden müssen, und außerdem wird es bald dunkel, wir sollten uns also beeilen, wenn wir ihn finden wollen."

Gemeinsam gingen sie weiter. Bald wurde ihnen jedoch klar, dass ihre Suche aussichtslos war, denn sie befanden sich nun ganz in der Nähe des Schlosses. Hier verloren sie zu ihrer Enttäuschung die Spur, da sie sich mit Hunderten anderer Fußabdrücke vermischte, die den Schnee plattgetrampelt und ihn an manchen Stellen in einen grauen Brei verwandelt hatten.

„Reine Zeitverschwendung", sagte Bobby mürrisch. „Wir sind ihm den ganzen Weg gefolgt, und er hat es ohne uns zum Schloss geschafft."

Angela war froh, zurück zu sein, denn sie hatte kalte, nasse Füße und brauchte dringend einen heißen Tee und gebutterte Muffins. In der Eingangshalle trafen sie auf Lord Strathmerrick und Henry Jameson. Der Earl starrte seine Söhne verdutzt an und schien eine Weile zu brauchen, bis er sich erinnerte, wer sie waren.

„Wir sind der Spur von Professor Klausen gefolgt", platzte Bobby heraus. Er war immer noch voller Tatendrang. „Er ist aber vor uns hier angekommen."

Die beiden Männer sahen sich überrascht an.

„Er ist angekommen?“, sagte Lord Strathmerrick. „Guter Gott, warum hat mir das niemand gesagt? Robert, wann ist Professor Klausen angekommen?“, fragte er einen vorbeieilenden Diener.

„Er ist noch nicht da, Mylord“, antwortete Robert. „Zumindest nicht, soweit ich weiß.“

„Oh“, sagte Gus verwirrt. „Wessen Fußspuren sind wir dann gefolgt?“

„Ich habe nicht die geringste Ahnung“, sagte der Earl, „aber ihr solltet euch besser vor dem Tee waschen, sonst schimpft eure Mutter.“

Die Jungen liefen davon, doch man konnte hören, wie sie lautstark überlegten, wo der Professor stecken mochte. Angela ging nach oben, um sich umzuziehen und ihre Zehen am Feuer zu wärmen. Sie hatte ihr kleines Abenteuer mit den Jungen genossen, war sich aber ziemlich sicher, dass es sich bei den Spuren nicht um die des Professors handelte.

Kapitel Neun

ALS ANGELA nach einem frühen Abendessen den Ballsaal betrat, stellte sie fest, dass Gertie und ihre Schwestern ganze Arbeit geleistet hatten: Der Raum war hell erleuchtet und mit Girlanden aus Tannenzapfen, mit Kränzen und Bändern geschmückt, während in der hinteren Ecke ein großer Weihnachtsbaum stand, in dem Kugeln, Schleifen und Glocken glitzerten und funkelten. Jemand hatte den übellaunig dreinblickenden Hirschkopf aus der Eingangshalle an die Wand gehängt, ihm einen Hut auf das Geweih gesetzt und ein großes, handgeschriebenes Schild mit der Aufschrift „1928" um den Hals gehängt. Er starrte böse in die Runde, als wollte er sagen: „Wagt bloß nicht, zu lachen!" An den langen Tischen, die an den Wänden aufgebaut worden waren, saßen vielleicht hundert fröhliche, ausgelassene Menschen. Sie waren offensichtlich satt und gut gelaunt und warteten nun darauf, dass der Tanz eröffnet wurde.

„Wohin sind Sie heute Nachmittag verschwunden?", fragte eine Stimme an Angelas Ohr. Es war Freddy.

„Ich bin der Spur eines vermissten Mannes gefolgt“, sagte sie geheimnisvoll.

„Ach ja? Wem?“

„Professor Klausen.“

„Und haben Sie ihn gefunden?“

„Nein, aber ich habe ordentlich gefroren und nasse Füße bekommen.“ Sie berichtete von den Fußabdrücken und fuhr fort: „Ich vermute, dass sie von einem Wilderer stammen, aber ich habe es nicht übers Herz gebracht, den Jungen den Spaß zu verderben. Und was ist mit Ihnen? War es ein schöner Spaziergang mit Selma?“

„Ja, es war ein sehr schöner Spaziergang“, antwortete er und sah dabei unerträglich selbstgefällig aus, „aber Sie sind doch nicht etwa eifersüchtig?“

Angela wollte ihm gerade eine unmissverständliche Antwort geben, doch in diesem Moment wurde es laut. Die Musiker begannen, ihre Instrumente zu stimmen, und alle Gäste erhoben sich wie ein Mann von ihren Plätzen.

„Kommen Sie, schwingen wir das Tanzbein“, sagte Freddy und nahm ihre Hand.

„Oh, von mir aus“, sagte Angela, obwohl sie gar nicht so widerwillig war, wie sie sich anhörte, denn sie hatte sich sehr auf diesen Abend gefreut.

Schon bald erklangen die Geigen, der Tanz war in vollem Gange und alle amüsierten sich prächtig - oder gaben sich zumindest den Anschein. Priss tanzte mit einem jungen Knecht nach dem anderen und bekam nach und nach einen glasigen Blick, während sie versuchte, so zu tun, als machte es ihr Spaß. Lady Strathmerrick runzelte ununterbrochen die Stirn wie eine Frau, die fest damit rechnet, dass etwas schiefgeht.

Alles in allem war die Party jedoch ein voller Erfolg. Gertie tanzte einen hinreißenden Jig mit einem bärtigen alten Mann, der unbedingt mit den jungen Leuten mithalten wollte. Gus und Bobby bildeten ein Paar und tanzten mit Begeisterung den Achter-Reel mit. Die Stimmung war ausgelassen und der Lärm war ohrenbetäubend. Angela tanzte mit allen, die sie aufforderten, bis sie sich kaum noch auf den Beinen halten konnte und eine Pause an einem der Tische einlegen musste. Henry Jameson, ihr Tanzpartner, setzte sich zu ihr, und natürlich konnte sie der Versuchung nicht widerstehen, ihm einige Informationen zu entlocken, so sehr sie Freddy gegenüber beteuert hatte, dass sie nichts dergleichen tun würde.

Sie begann also, Mr Jameson von ihrem nachmittäglichen Abenteuer mit Gus und Bobby zu erzählen. Den Gedanken, dass der Professor in einer Schneewehe feststecken könnte, tat sie mit einem Lachen ab. Zu ihrer Überraschung hörte Jameson aufmerksam zu und erkundigte sich nach Einzelheiten zu den Fußspuren.

„Sie nehmen doch nicht im Ernst an, dass es Professor Klausen war?", fragte Angela.

„Nein, nein, das glaube ich nicht", erwiderte er. „Ich fand Ihre Geschichte nur so spannend, das ist alles." Er schien das Thema wechseln zu wollen, doch Angela ließ sich nicht so leicht abschütteln. Sie warf ihm einen Seitenblick zu.

„Vermutlich werden Sie mir nicht sagen, warum Sie wirklich hier sind", sagte sie. Henry Jameson sah sie stirnrunzelnd an, sagte jedoch nichts. „Nein, das hatte ich eigentlich nicht erwartet", fuhr sie fort. „Mir können Sie allerdings nichts vormachen. Ich weiß, dass etwas im Gange ist. Warum machen Sie sich alle solche Sorgen um diesen Professor? Sie und die anderen Männer stehen zusammen, murmeln seinen Namen und blicken ständig auf Ihre Uhren. Er ist ein wichtiger Mann, nicht wahr?"

Henry zögerte.

„Wissen Sie, wer er ist?", fragte er vorsichtig.

„Clemmie sagt, er sei ein berühmter Wissenschaftler, der alles, was wir über Atome wissen, auf den Kopf stellen wird. Ehrlich gesagt, weiß ich nichts über Atome, daher kann er bei mir nichts auf den Kopf stellen", räumte sie ein. „Ich glaube, es ist alles ziemlich abstrus."

„Ja, das ist es. Ich verstehe selbst nichts davon."

„Er kommt aber nicht nach Fives, um einen Reel zu tanzen, oder? Und Sie sind auch nicht deswegen hier."

„Nein", antwortete er. Ihre Blicke trafen sich, sie verstanden einander. Henry lächelte. „Sagen wir einfach, dass ich heilfroh bin, wenn Professor Klausen endlich auftaucht." Damit war das Thema für ihn beendet.

Dann erhob er sich, um mit Eleanor Buchanan zu tanzen, während Angela sitzen blieb. Freddy tanzte mit Selma Nash. Die beiden schienen sich sehr wohl miteinander zu fühlen.

„Du hast noch gar nicht mit mir getanzt, Angela", sagte Aubrey Nash, der plötzlich neben ihr auftauchte. Sie nahm lächelnd seine Hand und ließ sich auf die Tanzfläche führen. Freddy zwinkerte ihr zu, was sie geflissentlich ignorierte. Später folgte Aubrey ihr auf den Flur und zündete sich und ihr eine Zigarette an. Angela lehnte an der Wand, die Arme vor der Brust verschränkt, und rauchte wortlos, ohne ihn anzusehen. Er musterte sie eindringlich.

„Du siehst gut aus, Angela", sagte er. „Es ist lange her, nicht wahr?"

Angela pflichtete ihm bei: Ja, es war tatsächlich lange her.

„Seltsam, wie sich manche Dinge entwickeln", sagte Aubrey nachdenklich. „Wer hätte gedacht, dass Selma und ich heiraten? Oder dass du diesen Burschen – wie hieß er noch gleich? – heiratest."

„Tja, wer hätte das gedacht?", sagte Angela ironisch.

Aubrey räusperte sich. „Ich nehme an, er ist nicht mehr aktuell. Dein junger Mann, dieser Freddy -"

„Er ist nicht ‚mein junger Mann' – wie um alles in der Welt kommst du darauf?"

„So, wie du mit ihm flirtest …"

„‚Alle flirten mit Freddy. Und Freddy flirtet mit jedem'", zitierte Angela lächelnd. „Sei nicht albern, Aubrey. Ich versichere dir: Da ist nichts zwischen uns."

„Umso besser, da er sich ausgezeichnet mit Selma zu verstehen scheint. Das macht mir nichts aus", fügte er hinzu, als er ihren Blick bemerkte. „Selma und ich – nun, wir haben eine Abmachung."

„Aha", sagte Angela vorsichtig. Sie sahen einander schweigend an, dann trat er einen Schritt näher und hob die Hand, als wollte er ihr übers Haar streichen.

Was passiert wäre, wenn Lady Strathmerrick nicht just in diesem Moment aus dem Ballsaal in den Flur getreten wäre, darüber kann man nur mutmaßen. Wieder einmal stieg Angela das Blut in die Wangen, als die Countess wie angewurzelt stehen blieb und sie mit weit aufgerissenen Augen ansah.

„Lady Strathmerrick", sagte Aubrey aalglatt. „Ich habe Sie schon überall gesucht – Sie haben noch gar nicht mit mir getanzt."

Er nahm sie beim Arm und führte sie in den Ballsaal, während Angela allein im Flur zurückblieb. Ihre
Gedanken wirbelten wild durcheinander – und das nicht
nur, weil sie sich wieder einmal vor ihrer Gastgeberin
blamiert hatte. Und Aubrey – damit hatte sie nun wirklich nicht gerechnet. Hoffentlich machte er keine
Probleme.

„Das wird mir alles ein wenig zu kompliziert“, sagte
sie leise.

Mittlerweile war es kurz vor Mitternacht und im
Ballsaal erreichte die allgemeine Heiterkeit ihren Höhe-
punkt. Als die Uhr Mitternacht schlug, zählten Bedien-
stete, Pächter und Hausgäste im Chor die
Glockenschläge herunter. Unter lautem Jubel und
Glockengeläut vom Turm der Schlosskapelle wurde das
alte Jahr verabschiedet und das neue willkommen gehei-
ßen. Natürlich wurde mehr oder weniger melodisch das
traditionelle „Auld Lang Syne“ gesungen und nach einer
feierlichen Ansprache von Lord Strathmerrick, dem
kaum jemand zuhörte, leerte sich der Ballsaal allmählich. Die Diener zogen sich in ihre Zimmer zurück, das
Festessen, der Punsch und die ungewohnte körperliche
Anstrengung forderten ihren Tribut. Die Gäste von
außerhalb hüllten sich in ihre Mäntel, um durch den
frisch gefallenen Schnee nach Hause zu stapfen.

Schließlich waren nur noch die Familie und ihre
Hausgäste übrig. Einer nach dem anderen kehrte in den
Salon zurück, der nach der Hitze und dem Lärm im
Ballsaal angenehm kühl und ruhig war. Miss Foster
verabschiedete sich nach kurzer Zeit, mit der Begrün-
dung, dass sie wirklich sehr, sehr müde sei. Auch
Clemmie ging bald zu Bett, während Lady Strathmer-
rick mühsam ein Gähnen unterdrückte. Da die meisten

Gäste keine Anzeichen von Erschöpfung zeigten, gebot es der Anstand, dass sie im Salon sitzen blieb. Glücklicherweise erbarmte sich Gertie ihrer Mutter und versicherte ihr, niemand werde es ihr übel nehmen, wenn sie sich zurückzöge. Der Earl und Henry Jameson gingen ins Arbeitszimmer, die Buchanans und die Nashs spielten eine Partie Whist und Priss und Freddy hatten kichernd die Köpfe zusammengesteckt. Claude Burford war nirgends zu sehen, doch man vermutete, dass auch er zu Bett gegangen sei.

„Mir ist langweilig", verkündete Gertie plötzlich. „Wer hat Lust, ein Spiel zu spielen?"

„Unheilvolle Worte, bei denen jedem vernünftigen Menschen in England der Schreck in die Glieder fährt", sagte Freddy mit theatralischer Stimme. „Wenn Lady Gertrude McAloon aus dem noblen Hause derer von Strathmerrick vorschlägt, man solle ein Spiel spielen, ist es höchste Zeit, die Feuerwehr zu alarmieren und ein Infanterieregiment anzufordern."

„Red keinen Unsinn", erwiderte Gertie. „Ich schlage ‚Sardinen verstecken' vor."

„Ja, ja, Sardinen verstecken!", brüllten Gus und Bobby. Sie durften ausnahmsweise so lange aufbleiben wie alle anderen und waren zappelig und aufgedreht. Ihre Begeisterung war jedoch ansteckend und es dauerte nicht lange, bis Priss, Freddy, Angela und Gabe Bradley sich bereiterklärten, mitzuspielen.

„Wunderbar", sagte Gertie zufrieden. „Ich verstecke mich als Erste. Gebt mir fünf Minuten und dann kommt ihr und sucht mich, in einem Zimmer im Erdgeschoss."

Mit einem schelmischen Funkeln in den Augen ging sie hinaus. Sie hatte etwas mitgenommen, aber niemand sah, was es war. Die anderen warteten wie verabredet fünf Minuten, bevor sie sich auf die Suche machten.

„Jeder sucht alleine", sagte Bobby, als er sah, dass Freddy und Priss zusammen losziehen wollten.

„Im Versteckspielen bin ich nicht gut", sagte Priss. „Freddy muss mir helfen."

Bobby ärgerte sich über diesen unfairen Vorteil, entdeckte aber bald ein vielversprechendes Versteck und lief los, um nachzusehen. Die anderen schwärmten in verschiedene Richtungen aus und Angela war bald allein. Es war kalt ihm Flur und sie bereute ihre anfängliche Begeisterung bereits. Sie stieg die Treppe hinauf, um sich ein Schultertuch aus ihrem Zimmer zu holen. Als sie den Treppenabsatz erreichte, sah sie Claude Burford in der ersten Etage. Er kam aus einem der Schlafzimmer. Ohne sie zu bemerken, überquerte er den Korridor und verschwand in einem anderen Schlafzimmer. Kurze Zeit später kam jemand aus dem ersten Schlafzimmer und ging auf die Treppe zu.

„Oh, Mrs Marchmont", sagte Eleanor Buchanan. Angelas Anblick schien sie ein wenig aus der Fassung zu bringen. „Ich wollte nur meine Zigaretten holen." Sie hielt ein Zigarettenetui hoch und eilte die Treppe hinunter, während Angela ihr mit offenem Mund nachstarrte. Von allen Merkwürdigkeiten war ein Techtelmechtel zwischen Claude Burford und Eleanor Buchanan sicher die merkwürdigste. Angela holte ihr Schultertuch und lief die Treppe hinunter, wobei sie immer noch verwundert den Kopf schüttelte.

Nun galt es, Gertie zu finden. Angela warf einen Blick in ein oder zwei Zimmer, sah aber nichts, wo sich mehrere Personen verstecken könnten. Sie überlegte einen Moment und ging dann zum Billardzimmer, da sie sich vage erinnerte, dass es dort ein oder zwei große Möbelstücke gab, die bestens geeignet wären. Und tatsächlich! Als sie den schwach beleuchteten Raum betrat, hörte sie gedämpftes Kichern, gefolgt von einem „Pst!“. Zu ihrer Rechten stand eine große Eichentruhe, und einen Moment lang dachte sie, Gertie habe sich darin verstecken, doch dann ertönte ein lautes Knarzen aus einem altersschwachen Schrank in der Ecke.

„Hallo?“, sagte sie, als sie die Schranktür öffnete. Dahinter saßen Gertie und Gus inmitten von Billardqueues und Tennisschuhen und platzten fast vor unterdrückter Heiterkeit. Gertie hielt eine Flasche in der Hand.

„Schnell! Kommen Sie rein!“, zischte sie. Angela schob einen Tennisschläger beiseite und zwängte sich neben die beiden. „Jetzt müssen wir alle noch einen Schluck trinken“, sagte Gertie und ließ ihren Worten sogleich Taten folgen.

„Was ist das?“, fragte Angela.

„Vaters bester Whisky“, antwortete Gertie und reichte die Flasche an Gus weiter, der einen Schluck trank und das Gesicht verzog. „Sagen Sie es ihm nicht, ja?“

„Solltest du das wirklich trinken?“, sagte Angela zu Gus, einem vagen Pflichtgefühl folgend.

„Ach, es wird ihm nicht schaden.“ Gertie zog die Tür zu. Angela nahm die Flasche und so saßen sie reglos und schweigend in der Dunkelheit, abgesehen von einem gelegentlichen Schubs und gezischten Ermahnungen von Gus oder Gertie. Bevor sie alle Wadenkrämpfe bekamen, wurden sie von Gabe Bradley entdeckt, der bereits mehr getrunken hatte, als er gewohnt war, und seine Gliedmaßen nicht mehr vollkommen unter Kontrolle hatte, sich aber trotzdem zu ihnen gesellte. Auf Gerties Drängen hin tranken sie alle einen weiteren Schluck Whisky. Gabe flüsterte Gertie etwas ins Ohr und sie kreischte leise auf und kicherte. Dann hörte es sich an, als würde eine Hand weggeschlagen. Gus hatte einen Schluckauf und Angela überlegte, dass sie eigentlich immer recht gerne Whist gespielt hatte.

Nach einer gefühlten Ewigkeit, in der die Flasche mehrmals die Runde machte, fanden Freddy und Priss sie.

„Sind wir die Letzten?", fragte Freddy.

„Nein, Bobby fehlt noch", sagte Gertie. „Kommt rein und trinkt einen Schluck."

Priss und Freddy zwängten sich gehorsam in den Schrank, der nun mit sechs Insassen sehr voll und sehr ungemütlich war.

„Mir ist schlecht", verkündete Gus. Ein Ruck ging durch die anderen fünf, die versuchten, sich so weit wie möglich von ihm zu entfernen.

„Hast du getrunken?", fragte Priss. „Gertie, du Dummkopf, warum in aller Welt hast du ihm Whisky gegeben?"

„Es ist Hogmanay", sagte Gertie bockig. „Es war nur ein kleiner Spaß."

„Du verschwindest besser, alter Knabe", sagte Freddy.

„Nein!", flüsterte Gertie. „Hört!" Sie verstummten; jemand war ins Zimmer gekommen. „Das muss Bobby sein."

Der Neuankömmling hielt einen Moment lang inne, er schien außer Atem zu sein. Sie hörten einen leisen Schlag, gefolgt von einem Knarren. Bobby schaute offenbar als Erstes in der Eichentruhe nach. Dann folgten ein Rascheln und ein Schnauben, dann ein weiterer dumpfer Schlag, diesmal etwas lauter, und dann hörten sie, wie der Deckel der Truhe vorsichtig geschlossen wurde. Doch anstatt die Schranktüren aufzureißen, verließ Bobby den Raum, denn sie hörten, wie die Tür leise geschlossen wurde.

Plötzlich stieß Gus einen unheilvollen Laut aus.

„Mir ist schlecht", rief er und stürzte aus dem Schrank. Die anderen Versteckspieler schälten sich ebenfalls aus ihrem Versteck und machten einen großen Bogen um den unglücklichen jungen Erben von Strathmerrick, der gerade die Reste seines Abendessens auf dem Boden verteilte.

„Das kannst du aufwischen", sagte Priss angewidert zu Gertie. „Es ist deine Schuld."

Gertie war das schlechte Gewissen deutlich anzusehen. Sie tätschelte ihrem elend stöhnenden Bruder sanft den Kopf und suchte im Schrank nach einem geeigneten Lappen, um die Sauerei zu beseitigen. In diesem Moment ging die Tür auf und Bobby kam herein.

„Da seid ihr ja", sagte er entrüstet. „Ich suche euch schon eine halbe Ewigkeit. Bin ich der Letzte?" Er verstummte, als er merkte, dass etwas nicht in Ordnung war. „Was ist denn mit Gus los?"

„Er hat etwas gegessen, was ihm nicht bekommen ist", erklärte Freddy. „Du bringst ihn besser zu Bett."

Bobby ließ sich überreden, seinen älteren Bruder in sein Zimmer zu begleiten, und Priss und Gertie gingen unter heftigem Streiten los, um Mopp und Eimer zu holen. Freddy und Angela konnten sich aussuchen, ob sie bleiben oder gehen wollten. Freddy reckte sich vorsichtig.

„In dem Schrank war es ganz schön unbequem“, sagte er. „Wo ist eigentlich Gabe abgeblieben?“ Ein Schnarchen verriet ihnen, dass Gabe Bradley im Schrank eingeschlafen war. „Angela, sollen wir ihn einsperren?“

„Was?“ Angela war mit ihren Gedanken nicht bei Gabe. Sie durchquerte das Zimmer und hob den schweren Deckel der Eichentruhe an. Schweigend starrte sie hinein.

„Was zum Teufel tun Sie da?“, fragte Freddy.

Sie wandte sich zu ihm um, den Deckel immer noch in der Hand.

„Ich glaube, ich habe Professor Klausen gefunden“, sagte sie.

Kapitel Zehn

FREDDY TRAT zu ihr und warf einen Blick in die Truhe.
Dort, auf einem Haufen Decken, lag ein Mann. Er war
jung und zierlich, hatte einen Schnurrbart und helles
Haar, das an den Schläfen bereits schütter geworden
war.

„Ist er tot?", fragte Freddy.

„Ich denke schon." Angela deutete auf den Blutfleck, der sich um ein Loch in der Brust des Mannes
ausgebreitet hatte und eher wie ein dunkles Wachssiegel
aussah. Sie lehnte den schweren Klappdeckel der Truhe
vorsichtig gegen die Wand, griff dann hinein und fühlte
nach seinem Puls. Sie schüttelte den Kopf.

Freddy starrte den toten Mann ohne erkennbare
Gefühlsregung an.

„Sind Sie sicher, dass es der Professor ist?", fragte er.
„Kennen Sie ihn?"

„Nein, aber das scheint mir die logische Schlussfolgerung zu sein."

„Wir sollten Lord Strathmerrick hinzuziehen", sagte

er, „auch wenn mir der Gedanke nicht behagt, ihn um diese Uhrzeit aus dem Bett zu holen."

„Er war vorhin mit Henry Jameson im Arbeitszimmer", sagte Angela. „Vielleicht sind sie noch dort. Warum gehen Sie nicht nachsehen?"

Angela blieb allein in dem schummrigen Raum zurück, nachdem sich Freddy auf den Weg in das Arbeitszimmer gemacht hatte. Sie betrachtete den toten Mann, während sie angestrengt nachdachte. Er trug Winterkleidung und solide Stiefel. Wer hatte ihn in die Truhe gelegt? Und warum hatte man ihn getötet?

Plötzlich hatte sie eine Idee. Sie griff nach unten und tastete vorsichtig seine Taschen ab.

„Wo sind denn die anderen?", sagte eine undeutliche und verschlafene Stimme hinter ihr. Mit einem entsetzten Aufschrei wirbelte Angela herum. Sie legte erleichtert die Hand aufs Herz, als ihr klar wurde, dass es nur Gabe Bradley war, der offensichtlich gerade aufgewacht war. Er kroch mühsam aus dem Schrank und sah sich benommen um.

„Die anderen sind schon zu Bett gegangen", erklärte Angela. „Dort gehören Sie ebenfalls hin."

„Vielleicht haben Sie recht", sagte er. „Ich fühle mich ein wenig angeschlagen."

„Sie brauchen eine Runde Schlaf, dann fühlen Sie sich morgen früh wie neu geboren", flunkerte sie fröhlich.

„Prima Idee. Gute Nacht." Er ging leicht schwankend hinaus. Warum Mrs Marchmont in einer alten Truhe herumgewühlt hatte, schien ihn nicht zu interessieren.

Nach dem Whisky war auch Angela etwas mulmig zumute, doch sie straffte die Schultern und wandte sich wieder dem Mann in der Truhe zu. Er lag auf dem Rücken und hatte die Knie angewinkelt - vermutlich, weil er sonst nicht in die Truhe gepasst hätte, denn sie war nicht groß genug, um ihn ausgestreckt hineinzulegen. Angela holte tief Luft, griff beherzt nach seinem rechten Knöchel und hob das Bein an. Es ließ sich ohne Probleme bewegen. Sie betrachtete eindringlich die Schuhsohle, dann ließ sie das Bein vorsichtig in die Truhe zurücksinken und nahm sich seine Hände vor. Sie schüttelte leicht den Kopf.

Als Freddy mit Lord Strathmerrick und Henry Jameson zurückkehrte, stand sie am Fenster und schaute hinaus.

„Es hat aufgehört zu schneien", sagte sie. „Ich hoffe, der Schnee liegt nicht zu hoch, sodass man ins Dorf gelangen und die Polizei holen kann."

„Das dürfte im Moment unser geringstes Problem sein", sagte Henry Jameson und durchquerte den Raum, um in die Truhe zu schauen. „Ja, er ist es."

Lord Strathmerrick gesellte sich zu ihm und die beiden Männer starrten wortlos auf die Leiche herab. Der Earl sah sehr ernst aus.

„Ich nehme nicht an, dass er noch …", sagte er leise mit einem vielsagenden Hüsteln.

Henry tastete die Taschen des Mannes ab, dann schüttelte er den Kopf. Die Blicke der Männer trafen sich.

„Wie ich hörte, haben Sie irgendein Spiel gespielt", sagte er. Dann zog er die Nase kraus. „Was ist das für ein Gestank?", fragte er. „Hat sich jemand übergeben?"

„Das war Gus", erklärte Freddy. „Er hat etwas gegessen, das ihm nicht bekommen ist. Der arme kleine Kerl ist ins Bett gegangen. Wo sind Gertie und Priss? Sie sollten heißes Wasser holen, um den Boden zu wischen.“

„Ich habe sie vor ein paar Minuten nach oben gehen sehen“, sagte Henry. „Ich hatte den Eindruck, dass sie zu Bett gehen wollten.“

„Na, ist denn das die Möglichkeit!“, sagte Freddy empört.

„Ja, ja, lassen wir das erst einmal beiseite“, sagte Lord Strathmerrick. „Ich würde gerne wissen, wer diese Leiche hierhergebracht hat. Sie haben sich alle im Schrank versteckt, wenn ich das recht verstehe. Haben Sie etwas gesehen?“

Angela, der nur zu deutlich bewusst war, dass Frauen in ihrem Alter sich im Allgemeinen nicht in Schränken verstecken und Whisky aus der Flasche trinken, errötete ein wenig.

„Wir haben jemanden reinkommen hören“, erläuterte sie. „Wir dachten, es sei Bobby, und haben keinen Laut von uns gegeben. Es klang, als würde der Neuankömmling etwas Schweres tragen. Er öffnete die Truhe, ließ seine Last hineingleiten und ging dann hinaus.“

„Und Sie haben keine Ahnung, wer es war?“, fragte Henry.

Angela und Freddy schüttelten die Köpfe.

„Lässt sich dieser Raum abschließen?“, fragte Jameson. Er ging zur Tür. „Ah, ja, ich sehe, hier ist ein Schlüssel.“ Er wandte sich an Angela und Freddy. „Nun gut, im Moment sind uns die Hände gebunden. Es ist schon zwei Uhr durch, und ich kann mir vorstellen, dass Sie beide müde sind, deshalb rate ich Ihnen, zu Bett zu gehen. Wie ich höre, ist das Telefon immer noch außer Betrieb, und wie Sie so richtig sagen, Mrs Marchmont, könnte es schwierig sein, bei dieser Schneedecke ins

Dorf zu kommen, also schlage ich vor, dass wir alles so lassen, wie es ist, und in der Frühe überlegen, wie es weitergeht. In der Zwischenzeit schließe ich die Tür ab, damit niemand den Raum betreten kann."

Er sprach ruhig und bestimmt, und Angela musste unwillkürlich lächeln, denn in diesem Moment erinnerte Henry Jameson sie sehr an seinen Bruder.

„Gut", sagte sie. „Wir überlassen Ihnen alles Weitere."

„Und bitte" setzte Henry hinzu, als Angela und Freddy zur Tür gingen, „kein Wort zu den anderen. Ich kann mir vorstellen, dass es sich bald herumspricht, aber mir wäre es lieber, wenn die Nachricht nicht von Ihnen kommt."

Sie versprachen, Stillschweigen zu bewahren, und ließen Henry Jameson und Lord Strathmerrick im Billardzimmer zurück.

„Meinen Sie, die beiden wischen den Boden auf?", überlegte Freddy, als sie in die Eingangshalle traten. Angela wollte die Treppe hinauf zu ihrem Zimmer gehen, aber er hielt sie zurück. „Wohin wollen Sie?"

„Ins Bett natürlich", sagte Angela. „Es ist schon spät und ich bin sehr müde. Und um ehrlich zu sein, fühlt sich mein Kopf nach dem vielen Whisky ein bisschen seltsam an."

„Das geht vorbei", sagte Freddy. „Kommen Sie, wir müssen reden."

Sie folgte ihm widerstrebend in den leeren Salon, der nur von der erlöschenden Glut des Feuers erhellt wurde. Er knipste eine Lampe an, setzte sich und zündete sich eine Zigarette an.

„Erzählen Sie mir zuerst, was die Untersuchung der Leiche erbracht hat", sagte er. „Behaupten Sie nicht, dass Sie sie sich nicht genau angesehen haben, als ich weg war, denn das würde ich Ihnen nicht glauben."

„Ich habe nicht viel herausgefunden", sagte sie. „Ich habe sie mir tatsächlich angesehen, aber ich wollte nur wissen, ob der Professor der mysteriöse Mann ist, dessen Fußspuren die Jungs und ich heute Nachmittag gefolgt sind."

„Und war er es?"

„Nein", sagte sie.

„Sind Sie sicher?"

„Ich glaube schon. Der Professor hatte ziemlich kleine Füße und die Sohlen seiner Stiefel hatten gerade Rillen, während die Fußspuren von heute Nachmittag ein Kreuzmuster aufwiesen und viel größer waren. Außerdem sah der rechte Stiefelabdruck aus, als stecke ein Nagel oder etwas anderes darin. Unser geheimnisvoller Unbekannter muss eine Schürfwunde oder einen Schnitt an der Hand haben, von einem rostigen Bolzen, aber die Hände des Professors waren unversehrt."

„Wer war der Mann, dessen Spur Sie verfolgt haben?", fragte Freddy nachdenklich.

„Vermutlich niemand von Bedeutung", sagte Angela. „Wir haben keinen Grund zu der Annahme, dass er etwas mit dieser Sache zu tun hat. Was ich allerdings gerne wüsste, ist: Wann ist der Professor hier angekommen und was ist nach seiner Ankunft passiert? Er muss heute Abend eingetroffen sein, wahrscheinlich während des Tanzes, sonst hätte er sich sicher vorgestellt."

„Das können wir nicht ausschließen", sagte Freddy. „Die Dienerschaft könnte ihn gesehen haben - oder sogar einer der Gäste."

„Nun, er hatte offensichtlich keine Gelegenheit,

Lord Strathmerrick seine Aufwartung zu machen, bevor jemand auf ihn geschossen hat", sagte Angela.

„So sieht es aus", sagte Freddy. Er tastete seine Taschen ab. „Verdammt, ich habe mein Notizbuch oben gelassen."

„Sie werden doch nicht etwa einen Artikel schreiben?"

„Natürlich werde ich einen Artikel schreiben", sagte er. „Der Mann war doch weltberühmt. Das wird der größte Knüller meiner bisherigen Laufbahn - wenn ich ihn denn veröffentlichen darf."

Daran hatte Angela nicht gedacht. Natürlich war der Tod des bedeutenden Professors Klausen eine Nachricht, die um die Welt gehen würde.

„Oh je", sagte sie. „Da hat Mr Jameson sich alle Mühe gegeben, das Treffen geheim zu halten – und nun hat sich der gute Professor ermorden lassen. Die Zeitungen werden alles daransetzen, herauszubekommen, was hier auf Fives Castle geplant war."

„Das werden sie ganz sicher", sagte Freddy. „Sie helfen mir, es herauszufinden, nicht wahr?"

„Das werden wir sehen", sagte Angela. „Im Moment möchte ich nur noch ins Bett." Sie stand auf.

„Ich dachte, Priss wäre vielleicht noch auf", sagte Freddy wehmütig.

Angela schnaubte ungeduldig.

„Bilde ich mir das nur ein oder lassen es alle in diesem Haus an gutem Benehmen mangeln, außer mir?", sagte sie.

Freddy schaute sie von der Seite an.

„Wenn Sie Lust haben, es ebenfalls an gutem Benehmen mangeln zu lassen, geben Sie mir Bescheid.

Ich bin immer gerne bereit, Ihnen zu helfen", sagte er leichthin.

„Seien Sie nicht albern, Freddy, so betrunken bin ich nun auch wieder nicht." Sprach's und ging hinaus.

„Ein gelungener Abgang", sagte Freddy in den leeren Raum hinein. Er rauchte seine Zigarette zu Ende und beschloss dann, alles auf eine Karte zu setzen und an Priss' Tür zu klopfen.

Kapitel Elf

„DAS IST SCHRECKLICH!“, rief Aubrey Nash.

„Das ist es ganz sicher“, bestätigte Lord Strathmerrick nüchtern.

Am frühen Vormittag des Neujahrstages hatten sich Aubrey, der Earl, Henry Jameson und Sandy Buchanan im Billardzimmer versammelt, um über das weitere Vorgehen zu beraten. Sie sahen alle sehr müde aus: Der Botschafter und der Außenminister waren nach nur wenigen Stunden Schlaf geweckt worden, während Jameson und Lord Strathmerrick gar nicht zu Bett gegangen waren. Der unglückselige Professor Klausen lag immer noch in der Truhe, da sich niemand entscheiden konnte, wo man ihn stattdessen aufbewahren sollte. Außerdem hatte die Totenstarre eingesetzt, sodass man ihn eine Weile nicht würde herausholen können, ohne dabei Schaden an der Leiche anzurichten. Der Deckel war heruntergelassen worden, und die Männer taten ihr Bestes, die Truhe zu ignorieren, obwohl sie immer wieder verstohlene Blicke darauf warfen.

„Wie ist das passiert? Wir haben auf ihn gewartet. Wie kommt es, dass ihn jemand abgefangen hat, bevor wir überhaupt wussten, dass er da ist?", fragte Aubrey.

„Das wissen wir nicht", antwortete Henry Jameson. „Wir haben mit den Bediensteten gesprochen, und niemand hat ihn kommen sehen. Er scheint jedoch kurz nach seiner Ankunft umgebracht worden zu sein, denn er hatte noch seinen Mantel und seine Stiefel an, als er starb."

„Er muss während des Tanzes angekommen sein", überlegte Sandy Buchanan. „Es wäre kein Problem gewesen, das Haus zu betreten, ohne dass es jemand mitbekommt. Ich nehme an, das war seine Absicht - ohne großes Aufsehen zu erscheinen. Diese verfluchte Heimlichtuerei! Hätte er uns von seiner Ankunft unterrichtet, wäre er vielleicht noch am Leben."

„Vermutlich ist der Mörder längst über alle Berge", sagte der Botschafter. „Er muss sich nach der Tat unbemerkt hinausgeschlichen und durch den Schnee davongemacht haben."

„Da bin ich mir nicht so sicher", sagte Henry. „Als der Tanz vorbei war, hat es heftig geschneit, und alle Dorfbewohner haben zugesehen, dass sie schnell nach Hause kommen. Als die Leiche entdeckt wurde, hatte der Schneefall aufgehört. Ich habe mich bei Tagesanbruch umgesehen und konnte keine Spuren ins Dorf finden. Natürlich könnte er auch in eine andere Richtung gegangen sein, aber wie Sie wissen, ist die Auffahrt so gut wie unpassierbar, und alle anderen Wege, die vom Anwesen wegführen, sind tief verschneit und in der Dunkelheit nicht leicht aufzuspüren."

„Könnte er über den Pfad geflohen sein, über den man zum Dorf gelangt, während es noch schneite?", fragte Buchanan. „Dann hätte der Schnee seine Spuren verdeckt."

„Das glaube ich nicht", sagte Jameson. „Ich bin den Weg hinuntergegangen, so weit ich konnte, musste aber umkehren, weil ich auf ein Hindernis stieß: Durch die Schneelast ist ein Baum umgestürzt, der im Fallen eine Menge Geröll mitgerissen hat. Ich habe mit einem der Gärtner gesprochen und er sagte, dass ein oder zwei Nachzügler aus dem Dorf kurz nach ein Uhr versucht hatten, nach Hause zu kommen, und zum Schloss zurückkehren mussten, weil der Baum den Weg versperrte. Da die meisten Leute, die letzte Nacht diesen Weg genommen haben, bereits kurz nach Mitternacht aufgebrochen sind, können wir wohl davon ausgehen, dass der Erdrutsch irgendwann zwischen Mitternacht und ein Uhr passiert ist. Nach Aussage von Mrs Marchmont und Mr Pilkington-Soames war es jedoch weit nach zwei Uhr, als der geheimnisvolle Unbekannte ins Zimmer kam und – wie wir annehmen - Klausen in dieser Truhe deponiert hat, während sie sich im Schrank versteckt hielten. Zu diesem Zeitpunkt war der Weg zum Dorf bereits nicht mehr passierbar."

„Wollen Sie damit sagen, dass sich der Mörder immer noch auf Fives Castle befindet?", fragte der Earl.

„Ich denke, die Wahrscheinlichkeit ist hoch, ja", sagte Henry.

„Dann müssen wir sofort eine Suche starten", sagte Aubrey Nash aufgeregt. „Wenn es stimmt, was Sie sagen, Jameson, dann sind wir weitgehend von der Außenwelt abgeschnitten, und wenn wir uns beeilen, können wir den Übeltäter erwischen, bevor er mit den Plänen entkommt."

Sandy Buchanan hatte Henry Jameson die ganze

Zeit schweigend beobachtet und meldete sich nun zu Wort.

„Sind Sie ganz sicher, dass es ein Außenstehender war, Jameson?“, fragte er.

Henry verstand sofort, was er damit andeutete.

„Nicht unbedingt, obwohl wir es auch nicht ausschließen können“, antwortete er und wiederholte, was Angela ihm über die Spurensuche mit Gus und Bobby erzählt hatte.

„Aha“, sagte Buchanan nachdenklich. „Jemand ist also gestern auf Umwegen zum Schloss gekommen, obwohl er ohne Weiteres den direkten Weg hätte nehmen können. Vermutlich wollte derjenige nicht gesehen werden.“

„Ich wage zu behaupten, dass es Klausen selbst war“, sagte Lord Strathmerrick. „Ich werde mir von den Jungen die Spuren beschreiben lassen. Wenn ihre Angaben zu Klausens Stiefeln passen, können wir davon ausgehen, dass er es war. Mrs Marchmont werde ich nicht befragen, es wäre besser, wenn sie keinen Zusammenhang zwischen dieser schrecklichen Angelegenheit und den Fußspuren herstellt.“

„Es sollte mich nicht wundern, wenn sie das nicht längst getan hat. Sie ist nicht dumm“, bemerkte Henry Jameson.

„Hören Sie, Jameson“, sagte Sandy Buchanan. „Was wissen wir wirklich über diese Mrs Marchmont? Sie sagten, dass sie im Krieg für den Geheimdienst gearbeitet hat, aber wie können wir sicher sein, dass sie in der Zwischenzeit nicht die Seiten gewechselt hat? Finden Sie es nicht seltsam, dass sie ausgerechnet jetzt auftaucht, während hier in aller Verschwiegenheit ein wichtiges Treffen stattfinden soll?“

„Angeblich ist sie eine Freundin von Gertie", sagte Lord Strathmerrick, „aber soweit ich weiß, haben sie sich erst vor ein paar Monaten kennengelernt, über diesen Pilkington-Soames. Wollen Sie andeuten, dass sie die Bekanntschaft absichtlich eingefädelt hat, um hierher eingeladen zu werden?"

„Das würde mich nicht wundern", sagte Buchanan. „Es wäre ja auch ganz einfach. Gertie ist nicht auf den Kopf gefallen, aber sie ist sehr vertrauensselig. Ich kann mir gut vorstellen, dass sie eine neue Freundin spontan nach Fives einlädt, ohne den leisesten Verdacht zu hegen, dass sie einem geschickten Manöver auf den Leim gegangen ist."

Henry Jameson mochte Angela, doch er war klug und erfahren genug, um zu wissen, dass Attraktivität und Charme nicht zwangsläufig mit Vertrauenswürdigkeit einhergingen.

„Alles, was ich Ihnen sagen kann, ist, dass ihre Integrität und Loyalität vor zehn Jahren außer Zweifel standen", sagte er langsam. „Ich weiß nicht, was sie seitdem gemacht hat, aber ich kann mir kaum vorstellen, dass sie sich so sehr verändert hat."

Jetzt meldete sich Aubrey Nash zu Wort.

„Ich denke, ich kenne sie besser als jeder andere hier", sagte er mit fester Stimme, „und ich kann Ihnen versichern, dass sie aufrichtig ist."

„Oh", sagte der Earl. „Sie ist eine alte Freundin von Ihnen, nicht wahr?"

„Das stimmt", sagte Aubrey. Er hüstelte. „Wir waren sogar einmal verlobt."

Die anderen sahen ihn erstaunt an.

„Großer Gott", sagte Sandy Buchanan. „Warum haben Sie das nicht früher gesagt? Wann war das?"

„Vor vielen Jahren. Es spielt keine Rolle – die ganze Sache hat nicht lange gehalten, aber ich kann Ihnen versichern, dass ich nicht die Angewohnheit habe, mich mit Spioninnen einzulassen."

„Das glaube ich Ihnen aufs Wort", sagte Buchanan, „aber hatten Sie Kontakt zu ihr, seit die Verlobung gelöst wurde?"

„Wir haben uns nach meiner Eheschließung eine Zeit lang recht häufig gesehen - sie und Selma waren gut befreundet. Seit zwei oder drei Jahren ergaben sich jedoch weniger Gelegenheiten zu gegenseitigen Besuchen."

„Mit Verlaub – damit ist mein Einwand keineswegs entkräftet", wandte Buchanan ein. „Wenn Sie nicht genau sagen können, was sie in letzter Zeit getrieben hat - wie können Sie dann so sicher sein, dass sie nicht verdächtig ist? Sie könnte in der Zwischenzeit korrumpiert worden sein. Die Gegenseite bedient sich äußerst heimtückischer Methoden, um Einfluss auf Menschen auszuüben."

„Wie ich mir sicher sein kann? Ich kenne sie", gab Aubrey schlicht zurück, „und ich kann einfach nicht glauben, dass sie die Seiten wechseln würde."

„Im Grunde sind diese Überlegungen überflüssig", gab Henry Jameson zu bedenken. „Wir wissen, dass weder sie noch Freddy Pilkington-Soames Professor Klausen ermordet haben, denn mehrere Zeugen saßen zu der Zeit mit ihnen im Schrank."

„Sie könnte die Dokumente gestohlen haben", beharrte Buchanan. „Sie sagen, dass sie nach dem Auffinden der Leiche kurze Zeit allein im Raum war. Sie hätte seine Taschen durchsuchen und die Papiere an sich nehmen können."

„Das glaube ich nicht." Aubrey blieb hartnäckig.

„Was ist mit diesem Pilkington-Soames?", fragte Buchanan. „Sicher hätte er eine Gelegenheit dazu finden können. Es wäre ein Kinderspiel gewesen. Ich finde, das würde durchaus zu ihm passen. Er hat etwas Zwielichtiges an sich, meinen Sie nicht auch? Ich persönlich traue ihm nicht. Nicht nur, weil er jeder Frau in diesem Haus schöne Augen macht." Er hielt inne, als ihm klar wurde, dass einigen seiner Zuhörer diese Bemerkung nicht gefallen würde.

„Ich nehme an, Sie haben sich die Leiche genau angesehen", sagte Aubrey nach einer kurzen Pause an Jameson gewandt.

„So weit es mir möglich war", antwortete Henry. „Ich würde sagen, dass er mit einem Schuss aus einer kleinkalibrigen Waffe getötet wurde."

„Ohne dass es jemand gehört hat?"

„Selbstverständlich haben wir noch nicht alle Leute befragt, aber gestern Abend ging es im Schloss sehr laut zu, da ist sicher manches ungewöhnliche Geräusch untergegangen. Außerdem wissen wir nicht, wo Professor Klausen getötet wurde. Vermutlich nicht hier im Billardzimmer und auch den Ballsaal können wir natürlich ausschließen, aber es könnte fast überall sonst passiert sein, außerhalb jeglicher Hörweite."

„Sicherlich kommt kein entlegener Winkel des Schlosses infrage", sagte Aubrey. „Denken Sie daran, dass der Mörder Klausens Leiche hierherbringen musste, um sich ihrer zu entledigen. Tote sind schwer, und je länger die Strecke war, desto größer war das Risiko, entdeckt zu werden."

„Das stimmt", räumte Henry ein.

„Wir sollten nach Blutspuren suchen", schlug der Earl vor, doch Henry schüttelte den Kopf.

„Ich glaube nicht, dass wir welche finden würden", sagte er. „Für mich sieht es eher nach inneren Blutungen aus. Sehen Sie."

Er öffnete den Deckel der Truhe. Die vier Männer starrten mit einer Mischung aus Mitleid und Abscheu auf das, was darin lag.

„Ja, ich verstehe, was Sie meinen", sagte Buchanan. „Da ist nicht viel Blut, oder? Gibt es eine Austrittswunde?"

„Ich habe noch nicht nachgesehen", sagte Henry. „Wir müssen abwarten, bis die Leichenstarre nachlässt, bevor wir ihn herausholen und ihn genau untersuchen können. Bis dahin kann er hierbleiben. Wenn wir es irgendwie verhindern können, sollte sich die Nachricht nicht im ganzen Schloss verbreiten."

In diesem Moment klopfte es leise an der Tür und Claude Burford betrat den Raum, gefolgt von einem verlegen wirkenden Gabe Bradley, der ein wenig mitgenommen aussah.

„Ah", sagte Aubrey. „Unser erster Zeuge. Sie scheinen nicht in Bestform zu sein, Gabe."

Gabe murmelte etwas von „nicht ganz auf dem Posten", doch Claude unterbrach ihn aufgeregt.

„Ich habe es gerade erst gehört. Stimmt es, dass Professor Klausen tot ist?" Er musterte die ernsten Mienen der anderen Herren, als suche er die Antwort auf seine Frage in ihren Augen.

„Ich fürchte ja, Claude", sagte Lord Strathmerrick. „Und als wäre das nicht schon schlimm genug, scheint er auch keine Dokumente bei sich zu haben."

Claude starrte ihn an.

„Wollen Sie damit sagen, dass die Pläne gestohlen wurden?"

„Es sieht ganz danach aus", bestätigte Buchanan.

„Es sei denn, er hatte sie gar nicht dabei", warf Henry ein.

„Oh, bestimmt hatte er die Dokumente dabei", sagte Lord Strathmerrick. „Er wäre doch sicher nicht ohne sie hierhergekommen?"

„Nein", sagte Buchanan. „Wir sollten eher davon ausgehen, dass er sie bei sich hatte und deswegen getötet wurde."

Dagegen erhob keiner der anderen Anwesenden ernsthafte Einwände.

„Aber wer hat ihn umgebracht?", fragte Claude. „Ist die Polizei benachrichtigt worden?"

„Die Telefonleitungen sind weiterhin unterbrochen", sagte der Earl.

„Oh, das hatte ich vergessen. Haben Sie denn jemanden in das Dorf geschickt? Wir müssen so schnell wie möglich handeln, sonst macht der Täter sich aus dem Staub."

Als Henry ihm erklärte, was es mit dem umgestürzten Baum und der mutmaßlichen Tatzeit auf sich hatte, beruhigte er sich, zeigte sich aber beleidigt, dass man ihn nicht früher benachrichtigt hatte.

„Nun, Gabe", sagte Aubrey Nash. „Sie sind so etwas Ähnliches wie ein Tatzeuge. Warum erzählen Sie uns nicht, was passiert ist?"

Gabe berichtete von dem Versteckspiel, musste allerdings einräumen, dass seine Erinnerung daran recht lückenhaft war. Dann schaute er beschämt zu Boden und gestand, dass er im Schrank eingeschlafen sei und deshalb nichts mitbekommen habe.

„Einen Moment mal“, rief Claude verblüfft. „Wollen Sie wirklich behaupten, dass sechs Leute letzte Nacht in diesem Schrank gesessen haben, als dieser Kerl hereinkam?“

Gabe bestätigte, dass dies der Fall gewesen sei.

„Und keiner von Ihnen hat etwas gesehen?“

„Nein. Zumindest nehme ich das an – ich habe jedenfalls nichts gesehen. Wie gesagt, ich bin eingeschlafen.“

„Ich verstehe“, sagte Claude.

„Nun, das lässt sich nicht ändern“, meinte Sandy Buchanan. „Sie sind eingenickt, dann sind Sie aufgewacht und haben das Zimmer zusammen mit den anderen verlassen, bevor Mrs Marchmont und Mr Pilkington-Soames die Leiche entdeckt haben, stimmt das?“

„Nicht ganz, Sir.“ Gabe sah aus, als fühle er sich äußerst unwohl in seiner Haut. „Außer Mrs Marchmont war niemand im Zimmer, als ich wach geworden bin. Zuerst wusste ich nicht, wo ich war, und als mir klar wurde, dass ich immer noch im Schrank saß, dachte ich, ich lege mich besser schlafen, also sagte ich Gute Nacht und ging hinaus.“

Buchanan und der Earl tauschten einen Blick.

„Was hat Mrs Marchmont gemacht, als Sie mit ihr gesprochen haben?“, fragte der Earl.

Gabe zögerte, dann schluckte er. Ihm wurde allmählich klar, welch ein Chaos er angerichtet hatte.

„Sie schien in der Truhe nach etwas zu suchen“, sagte er schließlich. „Sie schrie erschrocken auf, als sie mich sah.“ Er wurde rot, als er bemerkte, dass alle Augen auf ihn gerichtet waren.

„Haben Sie sie nicht gefragt, was sie da macht?", wollte Lord Strathmerrick wissen.

Gabe schüttelte den Kopf.

„Haben Sie gesehen, wie sie etwas aus der Truhe genommen hat?", fragte Buchanan.

„Nein", sagte Gabe, „aber um ehrlich zu sein, hatte ich nicht alle meine Sinne beisammen."

„Das haben wir auch schon gemerkt", sagte der Botschafter trocken.

„Nun, wir haben keinerlei Beweise", sagte der Earl zu Jameson gewandt, „aber es sieht mir sehr verdächtig aus. Zumindest müssen wir Mrs Marchmont genau im Auge behalten und dafür sorgen, dass sie nicht versucht, zu entwischen. Wir müssen diese Pläne zurückbekommen. Wenn sie dem Feind in die Hände fielen, wäre der Schaden unermesslich."

„Es tut mir leid", sagte Gabe kläglich. „Ich schwöre, ich hatte keine Ahnung, was vor sich ging. Ich habe es wohl vermasselt."

„Es hat keinen Sinn, sich Vorwürfe zu machen", sagte Sandy Buchanan. „Das Wichtigste ist, dass wir die Dokumente finden, bevor der Dieb — oder die Diebin - sich damit aus dem Staub macht."

Kapitel Zwölf

AM NEUJAHRSMORGEN ERWACHTE ANGELA FRÜHER, als sie erwartet hatte. Ein paar Minuten lang lag sie mit geschlossenen Augen da, in der Hoffnung, wieder einschlafen zu können, doch die Ereignisse der Nacht drängten sich unerbittlich in ihre Gedanken, sodass sie bald hellwach war.

„Nun, es hat keinen Sinn, im Bett zu bleiben", sagte sie sich. „Der Tag bringt sicher jede Menge Aufregung. Alle werden wie kopflos umherlaufen und hinter vorgehaltener Hand tuscheln. Außerdem wird man mich vermutlich misstrauisch beäugen, sobald Gabe erzählt, dass ich die Taschen des Professors durchsucht habe - was er zweifellos tun wird. Nun gut, ich werde meinen leuchtendsten Lippenstift auftragen – dann lohnt sich das Anstarren für die anderen wenigstens. Ich hoffe nur, meine Augen sind heute Morgen nicht allzu rot."

Zehn Minuten später betrat sie den Frühstücksraum und sah so frisch und heiter aus, wie es ihr unter den Umständen möglich war. Henry Jameson saß am Tisch

und spielte lustlos mit den Resten gebratener Lamm-
nieren auf seinem Teller.

„Sie sehen sehr müde aus", begrüßte sie ihn. „Waren
Sie die ganze Nacht wach?"

„Ich fürchte ja", antwortete er.

Sie nahm sich eine Scheibe Toast.

„Die Frage, was seit unserem letzten Gespräch
passiert ist, erübrigt sich vermutlich", sagte sie nach
kurzem Schweigen listig.

„Tatsächlich hat sich sehr wenig getan", antwortete
er, „denn im Moment scheinen wir gänzlich vom Dorf
abgeschnitten zu sein."

Als sie ihn fragend ansah, erzählte er ihr von dem
umgestürzten Baum.

„Dann haben Sie die Polizei noch nicht benachrichtigen können?", fragte sie.

„Nein, wir werden später jedoch den Weg frei-
räumen lassen."

„Später?", wiederholte sie überrascht, doch dann
begriff sie. „Natürlich." Dahinter steckte das Bemühen,
über die Ereignisse der vergangenen Nacht Stillschweigen zu bewahren und die Polizei so lange wie
möglich herauszuhalten.

Henry warf ihr einen unbehaglichen Blick zu, beendete hastig sein Frühstück und verabschiedete sich.

„Sie werden feststellen, dass mein Zimmer ordentlich aufgeräumt ist", konnte Angela sich nicht verkneifen
und freute sich insgeheim, als seine Mundwinkel
zuckten.

Eine Weile saß sie allein im Esszimmer und betrachtete die weiße Winterlandschaft vor dem Fenster, als
Aubrey hereinkam.

„Frühstückt ihr heute einer nach dem anderen?“, fragte Angela.

„Nein, ich habe dich gesucht“, antwortete er und setzte sich neben sie. „Du solltest vorsichtig sein“, sagte er in vertraulichem Ton. „Du stehst unter Verdacht.“

„Oh ja, damit hatte ich gerechnet – es würde mich sogar wundern, wenn man mich nicht verdächtigen würde.“

„Gabe hat berichtet, dass er aufgewacht ist – oder sollten wir sagen: zu sich gekommen ist? – und gesehen hat, wie du dich über die Truhe gebeugt hast, als würdest du etwas suchen. Stimmt das?“

„Ja, ich habe die Taschen des Professors durchsucht“, erwiderte Angela ungerührt.

Aubrey sah sie entgeistert an. „Aber warum?“

„Warum wohl? Ich war neugierig, vermutlich das Ergebnis von zu viel Whisky und einer unstillbaren Wissbegierde. Hättest du es nicht genauso gemacht? Und jeder andere auch?“

„Hast du etwas gefunden?“

„Nichts, absolut nichts, abgesehen von dem üblichen Kleinkram wie Taschentücher, ein paar Münzen und dergleichen. Aber ich habe nichts weggenommen, das schwöre ich.“

„Bist du sicher, dass du nur seine Taschen durchsucht hast?“

„Nein“, antwortete Angela, „ich habe mir auch seine Schuhsohlen und die Handrücken angesehen, weil ich wissen wollte, ob er der Mann war, dessen Spuren die Jungen und ich gestern gefolgt sind.“

„Hm“, sagte Aubrey kopfschüttelnd. „Henry Jameson hatte recht. Er war überzeugt, dass du die

Zusammenhänge erkennen würdest. War es derselbe Mann?"

„Nein. Ich weiß nicht, wessen Spuren es waren, doch es war mit Sicherheit nicht der Professor", sagte Angela. „Meinst du, es war der Mörder?"

„Das können wir nicht ausschließen", sagte Aubrey, „doch in diesem Fall hätten wir unsere liebe Mühe, ihn zu finden. Nicht zuletzt, weil der letzte Schneefall seine Fußabdrücke überdeckt haben dürfte. Und außerdem -" Er unterbrach sich.

„Du willst sagen, dass vermutlich einer von uns der Täter ist, nicht wahr?" Als Audrey stumm blieb, fuhr sie fort: „Wenigstens können mehrere Leute bezeugen, dass ich ihn nicht umgebracht habe. Ob ich mit jemandem unter der Decke stecke, wird sich allerdings nicht so leicht beweisen oder widerlegen lassen."

„Ich habe ihnen natürlich sofort gesagt, dass du völlig unschuldig bist", sagte Aubrey.

„Das hast du getan? Ich weiß nicht, ob das klug war", erwiderte Angela.

„Warum nicht?"

„Wie kannst du dir so sicher sein, dass ich unschuldig bin?"

„Sei nicht albern!"

„Ich bin keineswegs albern. Wir haben uns einige Jahre nicht gesehen. Wer weiß schon, was ich in dieser Zeit ausgeheckt habe. Ich könnte mich mit den falschen Leuten eingelassen haben oder dem unwiderstehlichen Charme eines faszinierenden Verbrechers erlegen sein. Vielleicht erpresst mich jemand und zwingt mich zu ruchlosen Taten. Woher willst du wissen, dass ich nicht der Drogensucht verfallen bin und sogar einen Mord begehen würde, um an meinen nächsten Schuss zu kommen?"

„Und? Bist du der Drogensucht verfallen?"

„Natürlich nicht, aber ich kann es nicht beweisen, daher solltest du vom Schlimmsten ausgehen – vor allem in einem Fall wie diesem."

„Warum bestehst du darauf, dass ich dich verdächtige?"

„Es mag sich seltsam anhören, aber du bist mir keineswegs so gleichgültig, dass ich deinen Ruf und deine Stellung kompromittieren wollte", sagte sie. „Denk doch mal nach, Aubrey: Du bist der Botschafter, der höchste Vertreter der amerikanischen Regierung hierzulande. Ein getrübtes Urteilsvermögen ist das Letzte, was du dir leisten kannst. Selbst jetzt hast du mir schon mehr erzählt, als du hättest erzählen sollen. Dass ausgerechnet ich die Leiche des Professors gefunden habe, ist dein Pech, aber du hättest mir nicht zeigen müssen, wie groß dein Interesse an dem armen Mann ist. Außerdem hast du mehr oder weniger durchblicken lassen, dass euch der mögliche Inhalt seiner Taschen Sorgen bereitet. Ich hatte schon vermutet, dass hier etwas streng Geheimes im Gange war, aber du hast gerade eine weitere Frage aufgeworfen. Was meinst du, wie deine Dienstherren darüber denken würden, wenn sich herausstellen sollte, dass ich bei dieser Sache die Finger im Spiel habe."

„Du hast nicht die Finger im Spiel, und ich wollte dich nur vorwarnen", sagte Aubrey. „Wie es aussieht, bist du in einer schwierigen Lage."

„Danke, aber das wäre nicht nötig gewesen. Ich kann auf mich selbst aufpassen. Und du bist derjenige, der sich um seine Lage sorgen sollte, nicht ich."

Er ergriff ihre Hand. „Ich weiß, dass dich keine Schuld trifft."

„Das weiß ich auch", sagte sie lächelnd. Sie zog sanft ihre Hand zurück. „Mach dir keine Gedanken. Ich habe keine Angst. Und jetzt solltest du besser wieder an die Arbeit gehen, ich vermute, es gibt viel zu tun."

„Mach dich nicht aus dem Staub oder stelle andere Dummheiten an", mahnte Aubrey halb im Spaß.

„Versprochen", erwiderte sie. „Außerdem könnte ich mich gar nicht aus dem Staub machen, selbst wenn ich wollte. Wir sind von der Außenwelt abgeschnitten, hast du das schon vergessen?"

Er verabschiedete sich lächelnd und Angela blieb allein im Esszimmer zurück. Ihre Gedanken waren alles andere als erfreulich. Natürlich hatte sie nichts zu verbergen, doch die Vorstellung, dass man sie verdächtigte, behagte ihr gar nicht. Glücklicherweise wussten bisher nur wenige vom Tod des Professors, doch die Nachricht würde sich sicher bald herumsprechen.

Im Schloss herrschte an diesem Morgen eine seltsame Stimmung, eine merkwürdige Mischung aus Lustlosigkeit und Anspannung, Lethargie und Aktivität. Alles schien anders als sonst. Im Laufe des Vormittags kamen die Bewohner des Schlosses mehr oder weniger gesund und munter aus ihren Zimmern. Es war Sonntag, doch es hieß, der Schnee sei durch das alte Dach der Kapelle ins Innere gedrungen und habe die Gebetsbücher und Sitzkissen beschädigt, sodass der Gottesdienst dort ausfallen müsse. Da der Weg zur Kirche im Dorf blockiert war, saßen sie also tatenlos im Haus herum, bis sich jemand erbarmte und für Unterhaltung sorgte. Das ausgelassene Treiben der vergangenen Nacht hatte bei

Gertie besonders deutliche Spuren hinterlassen. Sie war bleich wie ein Gespenst und saß eine geschlagene Stunde im Salon, starrte an die Wand und rauchte eine Zigarette nach der anderen, ohne auf ihre Mutter zu achten, die mit missbilligenden Blicken nicht sparte. Priss sah wie üblich mürrisch aus und reagierte einsilbig auf Selma Nashs Versuche, sie ins Gespräch zu ziehen. Wo Clemmie war, wusste man nicht genau, doch vermutlich saß sie mit der Nase in einem Buch in der Bibliothek. Eleanor Buchanan war seit ihrer Ankunft ein wenig aufgetaut, doch nun hatte sie selbst diesen zarten Anflug von Lebhaftigkeit verloren, stand am Fenster und starrte hinaus, während sie gedankenverloren mit dem Medaillon an ihrer Halskette spielte. Selbst Miss Foster, die recht früh zu Bett gegangen war, schien mit ihrer Arbeit nicht voranzukommen. Sie gab bald den Versuch auf, ihr neuestes Romankapitel zu bearbeiten, und wanderte stattdessen mit einem Bündel beschriebener Seiten in der Hand im Raum umher, setzte sich gelegentlich die Brille auf die Nase und ordnete die Blätter neu, bis sie mit der Reihenfolge zufrieden war.

Es war bereits nach elf Uhr, als Freddy endlich auftauchte. Er ließ sich gähnend in einen Sessel sinken – und schwieg, ganz gegen seine Gewohnheit. Nach einer Weile bemerkte Angela, dass er versuchte, ihre Aufmerksamkeit zu wecken. Sie war jedoch nicht in der Stimmung, mit ihm zu reden, und schüttelte kaum merklich den Kopf. Schließlich entschied er sich für die direkte Methode.

„Hören Sie, Mrs M.", sagte er, „wollten Sie mir nicht das Buch zurückgeben, das ich Ihnen geliehen habe? Sie sagten, dass es oben liegt, nicht wahr? Ich will Sie nicht drängen, aber ich hatte es Bradley versprochen."

Dank Bradleys Abwesenheit war er mit dieser Lüge auf der sicheren Seite. Angela widerstand dem Drang, die Augen zu verdrehen. Sie versprach, das Buch zu holen, und ging in die Eingangshalle, dicht gefolgt von Freddy. Er öffnete versuchsweise eine Zimmertür, die in einen anscheinend selten genutzten Salon führte.

„Gehen wir hier hinein", sagte er. „In der Halle ist zu viel Betrieb für private Unterhaltungen. So, und jetzt: Was haben Sie herausgefunden?"

„Meinen Sie im Ernst, dass sie mir etwas erzählen würden?"

„Nein, aber ich war fest davon überzeugt, dass Sie im Morgengrauen aufgestanden sind und Blutflecken vermessen haben und auf den Knien durch das Billardzimmer gerutscht sind, um Spuren zu suchen. Wollen Sie etwa sagen, dass Sie das nicht getan haben?"

„Ich glaube, ich habe meine Lupe und das Maßband zu Hause vergessen. Wie nachlässig von mir!", schmunzelte Angela.

„Das nächste Mal denken Sie gefälligst daran, Watson."

„Von nun an dürfen wir uns dem Billardzimmer wahrscheinlich sowieso nicht mehr nähern", gab Angela zu bedenken. „Schließlich sind wir verdächtig, unsere Finger im Spiel zu haben – oder ich bin es zumindest."

„Was? Tatsächlich? Warum? Und woher wissen Sie das?"

„Aubrey hat es mir gesagt, aber ich hatte es mir sowieso gedacht."

„Nur, wessen verdächtigt man uns? Den Mord können wir nicht begangen haben, immerhin saßen außer uns vier weitere Leute im Schrank. Sie wissen, dass wir es nicht getan haben."

„Nein, unter Mordverdacht stehen wir nicht, aber während Sie letzte Nacht Hilfe holten, ist Gabe Bradley aufgewacht und hat mich dabei ertappt, wie ich – äh – die Taschen des Professors durchsucht habe."

„Mrs Marchmont ist eine gerissene Taschendiebin, wer hätte das gedacht!" Freddy grinste. „Durchsucht das Hab und Gut eines toten Mannes. Davon haben Sie mir gar nichts gesagt."

„Weil ich nichts gefunden habe", sagte sie.

„Wonach haben Sie gesucht?"

„Ich weiß es nicht. Aber alle haben so gespannt auf die Ankunft des Professors gewartet, dass ich dachte, er bringt sicher etwas Wichtiges mit."

„Und mit Ihrem untrüglichen detektivischen Spürsinn wollten Sie natürlich wissen, was das war."

„Natürlich."

„Aber Gabe hat Sie gesehen und sich seinen Teil gedacht."

„So ist es", musste Angela einräumen. „Nun denken sie, dass ich – und Sie vermutlich ebenfalls – nach Fives Castle entsandt worden bin, um den Professor abzufangen und das geheime Ding zu stehlen, was immer es auch sein mag."

„Den Herren ist hoffentlich klar, dass wir ihn nicht umgebracht haben."

„Nein ... genau genommen können wir nur beweisen, dass wir uns nicht der Leiche entledigt haben. Wir wissen nicht, wann und wo der Professor ermordet wurde – und ich habe keinesfalls ein Alibi für den ganzen Abend, ebenso wenig wie Sie, vermute ich. Einer von uns hätte den Mann umbringen und es einem Komplizen überlassen können, die Leiche zu verstecken."

„Das klingt alles ziemlich kompliziert. Mir persönlich wäre das zu viel Arbeit."

„Das glaube ich Ihnen gerne. Ich sage Ihnen nur, was die anderen denken werden. Betrachten Sie es von ihrer Warte: Alle anderen Gäste sind über jeden Verdacht erhaben, aber wir sind praktisch fremd hier. Und da wir eingeschneit sind und das Telefon nicht funktioniert, können sie nichts über uns und unseren Hintergrund herausfinden."

„Sie haben recht. Was meinen Sie – werden sie uns in unseren Zimmern einsperren?"

„Das glaube ich kaum, aber vermutlich durchsuchen sie sie gerade."

„Ach, wirklich?", fragte Freddy interessiert. „Ich wünschte, Sie hätten mir das früher gesagt. Dann hätte ich etwas Verdächtiges verstecken können – vielleicht einen Handschuh oder eine leere Patronenhülse."

„An Ihrer Stelle würde ich darüber keine Witze reißen", sagte Angela. „Man scheint die Sache äußerst ernst zu nehmen. Schließlich ist ein Mann zu Tode gekommen."

„Stimmt, das ist Pech für ihn. Ich frage mich, was er mitgebracht hat. Sind Sie sich ganz sicher, dass Sie in seinen Taschen nichts gefunden haben?"

„Ja, natürlich."

„Aber was haben Sie gesucht?"

„Wie ich schon sagte: Ich weiß es nicht. Lord Strathmerrick und Henry wussten allerdings, was es war. Erinnern Sie sich nicht? Sie haben Klausens Taschen ebenfalls durchsucht. Das bedeutet, dass es nicht besonders groß gewesen sein kann."

„Dokumente vielleicht?", schlug Freddy vor.

„Das nehme ich an", meinte Angela. „Eine wichtige Abhandlung oder bedeutende Forschungsergebnisse."

„Oder eine neue Erfindung, eine Industriemaschine oder eine Waffe."

„Vielleicht weiß Clemmie mehr", meinte Angela. „Ich frage sie später."

„Gute Idee." Auf Freddys Gesicht breitete sich ein hinterhältiges Grinsen aus. „Wenn Sie unter Verdacht stehen, begreife ich nicht, warum Aubrey Sie davon in Kenntnis setzt. Haben Sie ihn mit Ihrem Charme verzaubert? Wird er Selma sitzen lassen und Sie auf Knien anflehen, mit ihm durchzubrennen?"

„Lieber Himmel, hoffentlich nicht!" Angela behagte der Gedanke gar nicht.

„Aber Sie waren einmal mit ihm verlobt, nicht wahr?"

„Ja, vor vielen Jahren. Es war keine ernste Sache."

„Weiß er das?"

„Das will ich hoffen", erwiderte sie trocken.

Freddy musterte sie eindringlich.

„Eines Tages, Angela, mache ich Sie sturzbetrunken, und dann erzählen Sie mir alles über sich, in allen erdenklichen Einzelheiten."

„Oh nein, das glaube ich nicht", antwortete Angela. „Und selbst wenn – ich bin mir sicher, dass ich Sie zu Tode langweilen würde. Ich fürchte, unter dieser exotischen und faszinierenden Fassade verbirgt sich eine sehr uninteressante Frau."

„Unsinn", sagte Freddy. „Ich wette, Sie haben eine wahnsinnig aufregende Vergangenheit. Es würde mich nicht wundern, wenn Sie eine Spur aus blutüberströmten Feinden und verzweifelten Liebhabern hinterlassen haben."

„Natürlich habe ich das, Schätzchen, aber haben wir das nicht alle?"

Sie warf ihm eine spöttische Kusshand zu und ging davon, bevor er weitere Fragen stellen konnte.

Kapitel Dreizehn

Als Angela nach dem Mittagessen auf ihr Zimmer ging, machte sich Marthe gerade an dem Kleid zu schaffen, das Angela zum Silvesterfest getragen hatte.

„Ah, *Madame*", sagte sie angewidert, „ich versuche zu begreifen, warum Ihr Kleid so staubig ist. Ist Schottland ein besonders staubiges Land?"

„Nicht, dass ich wüsste", sagte Angela. „Es tut mir leid, Marthe, aber ich habe mich leider hinreißen lassen, beim ‚Sardinen verstecken' mitzuspielen. Dabei ist das Kleid wahrscheinlich schmutzig geworden."

„Sardinen? Fisch?", fragte Marthe verständnislos. „Das ist ein Spiel?"

Angela versuchte, ihr die Regeln zu erklären, doch obwohl Marthe höflich zuhörte, verstand sie offenbar nicht, warum erwachsene Männer und Frauen mitten in der Nacht wie alberne Kinder umherrannten und sich allesamt an Orten versteckten, wo gar kein Platz für sie war.

„Auf jeden Fall saßen wir zum Schluss in einem

Schrank im Billardzimmer, der vermutlich ziemlich staubig war."

„Im Billardzimmer? Aber dort wurde die Leiche gefunden, *n'est-ce pas*?"

„Woher wissen Sie von der Leiche?", fragte Angela überrascht.

„Natürlich reden alle Dienstboten davon", antwortete Marthe. „Es heißt, dass ein berühmter Wissenschaftler von einer Dame erschossen und in einer Holztruhe versteckt wurde. Ich persönlich glaube nicht, dass eine Dame so etwas tun und dabei ihr Kleid ruinieren würde."

„Das erzählt man sich?", fragte Angela. „So viel zum Thema Geheimhaltung. Wie haben die Dienstboten das herausgefunden?"

„Dienstboten wissen alles", antwortete Marthe schlicht.

„Nicht alles", wandte Angela ein. „Sie wissen nicht, wer es getan hat."

„*Non?* Wer ist denn die Dame, die ihn angeblich erschossen hat?"

Angela hüstelte.

„Ich, nehme ich an", sagte sie.

„Ah. Und? Haben Sie es getan?", fragte Marthe ungerührt.

„Natürlich nicht."

„Dann sage ich den anderen das, *Madame*, und höre künftig nicht mehr auf ihr Geschwätz."

„Oh, bitte hören Sie weiterhin zu. Wenn sie von der Leiche in der Truhe wissen, bekommen sie sehr wahrscheinlich viele andere Einzelheiten mit, die nützlich sein könnten. Sperren Sie die Ohren auf und sagen Sie mir Bescheid, wenn Sie etwas erfahren."

„Was könnte das sein?"

„Zum Beispiel wüsste ich gern, was der Professor mitbringen sollte."

„Was meinen Sie damit, *Madame?*"

„Es scheint, als sei etwas aus seinen Taschen entwendet worden, vermutlich vom Mörder, aber ich habe keine Ahnung, was das sein könnte. Vielleicht weiß die Dienerschaft mehr."

„Vielleicht. Ich sehe, was ich herausfinden kann."

„Hervorragend", sagte Angela. Dann kam ihr eine Idee. „Oh, und da ist noch etwas. Versuchen Sie, etwas über Eleanor Buchanan in Erfahrung zu bringen, die Frau des Außenministers. Ich wüsste gerne mehr über sie."

„Ich weiß, welche Dame Sie meinen", sagte Marthe. „Ihr Mädchen ist ebenfalls Französin, sie spricht bestimmt mit mir. Glauben Sie, sie ist die Mörderin?"

„Ich habe nicht die geringste Ahnung", erwiderte Angela. „Ich hatte angenommen, dass sie schüchtern und zurückhaltend ist und deshalb so unfreundlich wirkt. Letzte Nacht habe ich jedoch etwas gesehen, das sie in einem anderen Licht erscheinen lässt. Vielleicht gibt es dafür einen einfachen Grund, doch ich wüsste gern, was es damit auf sich hat."

Marthe nickte zustimmend, dann befahl sie Angela, stillzustehen, während sie sie mit einer Kleiderbürste attackierte. Angela gehorchte brav und nutzte die Zeit, über ihre Beobachtung der vergangenen Nacht nachzudenken. Warum hatte sich Eleanor Buchanan heimlich mit Claude Burford getroffen? Claude schien ihr der Typ zu sein, der genau wusste, woher der Wind wehte. Er war mit der schönen Tochter eines einflussreichen Aristokraten verlobt und zudem der Protegé des Außenministers höchstpersönlich. Warum sollte er all das aufs Spiel setzen, indem er sich mit der Frau seines Förderers einließ? Es ergab keinen Sinn, es sei denn, Eleanor Buchanan fühlte sich auf irgendeine Weise zu ihm hingezogen – was für sich genommen eine seltsame Idee war. Angela konnte sich keinen Reim darauf machen.

Als Marthe mit ihr fertig war, ging sie die Treppe hinunter. In der Eingangshalle stieß sie auf Gertie, die nach einem deftigen Mittagessen ein wenig besser aussah als am Vormittag. Sie hielt etwas in der Hand.

„Sehen Sie sich das an", grinste sie. „Miss Fo muss es verloren haben."

Es war ein Notizbuch, das von der ersten bis zur letzten Seite vollgekritzelt war. Offenbar hatte der Platz nicht für all ihre Ideen gereicht, denn zwischen den Seiten lagen noch zahlreiche lose Blätter, die ebenfalls mit ihrer Handschrift bedeckt waren. Angela nahm eins in die Hand und versuchte, zu entziffern, was dort geschrieben stand:

„‚Doch nun hinfort mit Euch, mein werter McCavity, denn hört - die Engländer erstürmen bereits den Hügel!' Ihr bebender Busen -'" Sie drehte das Blatt um. „Oh, wie schade, es geht nicht weiter. Diese Szene spielt wahrscheinlich, bevor Lucinda an dem tödlichen Fieber erkrankt und sich den Kopf kahl scheren lassen muss."

Gertie nahm ihr das Blatt ab und stopfte es in das Notizbuch, das sie einem vorbeieilenden Dienstboten reichte. „Geben Sie das bitte Miss Foster." Zu Angela gewandt sagte sie: „Ist es nicht hinreißend? Warten Sie's ab: Bei der nächsten sich bietenden Gelegenheit kesselt sie Sie in einer Ecke ein und zwingt Sie, sich die ersten zehn Kapitel anzuhören, mit dem entsprechenden Pathos vorgetragen."

„Wunderbare Aussichten“, meinte Angela.

„Haben Sie Lust auf einen Spaziergang im Garten?“, fragte Gertie. „Ich brauche etwas frische Luft, um einen klaren Kopf zu bekommen. Im Haus ist es so drückend. Außerdem würde ich gerne etwas mit Ihnen besprechen.“

Ein paar Minuten später traten sie warm eingepackt durch die großen Eichentüren ins Freie, umrundeten das Schloss und kamen schließlich zur Terrasse. Auf dem Rasen davor zogen sich Gus und Bobby abwechselnd auf einem alten Holzschlitten durch den Schnee. Gus hatte sich offenbar von den unangenehmen Begleiterscheinungen des Whiskygenusses erholt und kreischte und tobte ebenso vergnügt wie sein Bruder. Angela verspürte einen Anflug von Neid angesichts der Widerstandsfähigkeit der Kinder und wollte gerade etwas in dieser Richtung zu Gertie sagen, als die junge Frau ihrerseits das Wort ergriff.

„Also, schießen Sie los. Erzählen Sie mir von dem Mord.“

„Gibt es in diesem Haus irgendjemanden, der noch nicht Bescheid weiß?“

„Oh, wahrscheinlich hat der eine oder andere noch nichts mitbekommen. Mutter hat vermutlich keine Ahnung und ich werde es ihr auf keinen Fall sagen.“

„Wie haben Sie davon gehört?“

„Ich habe an der Tür zum Arbeitszimmer gelauscht“, erwiderte Gertie ungerührt. „Sehen Sie, ich war mir sicher, dass etwas Seltsames im Gange war – seltsamer als die normalen politischen Mauscheleien, meine ich. Es fing an, als ich nach unten kam. Ich hatte fürchterliche Kopfschmerzen und wäre lieber im Bett geblieben, aber ich hatte ein schlechtes Gewissen, weil ich letzte Nacht davongelaufen und Gus' Sauerei den Dienstboten überlassen hatte. Daher wollte ich im Billardzimmer nachsehen, ob sich schon jemand erbarmt und den Dreck aufgewischt hatte, aber natürlich stand ich vor verschlossener Tür. Dann kam Vater zur Tür, öffnete sie einen Spalt und spähte hinaus – er dachte, ich sei eines der Dienstmädchen. Er war total erschrocken, als er mich sah, und natürlich scheuchte er mich sofort davon. Ich tat so, als hätte ich nichts gemerkt, aber sobald sich die Herren ins Arbeitszimmer zurückzogen, rannte ich sofort hin und hielt mein Ohr ans Schlüsselloch. Und dabei habe ich ein paar interessante Sachen erfahren."

„Was haben Sie gehört?", fragte Angela, die sich ihrerseits nicht scheute, an Schlüssellöchern zu horchen, wenn die Situation dies erforderte.

„Natürlich habe ich nicht alles mitbekommen, aber ich glaube, dass Sie Professor Klausen in der alten Truhe gefunden haben, nachdem wir alle den Raum verlassen hatten, stimmt das?"

Angela nickte.

„Dann war es das, was wir gehört haben, als wir dachten, Bobby sei hereingekommen", rief Gertie. „Es war der Mörder, der die Leiche verstaut hat. Aber wie ist der Professor gestorben?"

„Durch einen Schuss ins Herz", sagte Angela.

„Ehrlich? Wie aufregend!"

„Für den Professor eher nicht."

„Nein", räumte Gertie ein. „Man sollte etwas Mitleid zeigen, aber ich habe den Mann nicht kennengelernt, daher fällt es mir schwer, die nötige Ernsthaftigkeit aufzubringen. Mir tut es leid, dass er tot ist, aber das ist eher ein vages Gefühl. Wenn Vater erschossen worden wäre, sähe die Sache natürlich anders aus. Wie dem auch sei", fuhr sie munter fort, „der Professor hatte wohl etwas dabei, das nun verschwunden ist."

„Ah", sagte Angela. „Haben Sie gehört, was das war?"

„Einige Dokumente, glaube ich. Ich weiß nicht, was darin stand, aber ich weiß, dass Vater und Sandy schreckliche Angst haben, die Papiere könnten dem Feind in die Hände fallen."

„Lieber Himmel!"

„Übrigens haben sie Sie im Verdacht, der Feind zu sein", meinte Gertie. „Entweder Sie oder Freddy. Sie sprachen davon, Ihre Zimmer zu durchsuchen. Ich hoffe, Sie haben nichts Belastendes in Ihren Koffern."

„Nein, ich denke, an meinem Gepäck ist nichts auszusetzen, daher können sie es gerne durchsuchen. Außerdem wäre ich kaum so dumm, gestohlene Dokumente in meinem Zimmer zu verstecken."

„Nein, das würden Sie nicht. Und Freddy auch nicht. Was meinen Sie – warum verdächtigen sie Sie beide?"

„Vermutlich, weil wir die einzigen Fremden im Schloss sind", erwiderte Angela. Sie hielt es nicht für nötig zu erwähnen, dass man sie dabei beobachtet hatte, wie sie die Taschen des Toten durchsuchte.

„Ich frage mich, wer es wirklich war", überlegte Gertie. „Oh je!", rief sie plötzlich. „Clemmie wird untröstlich sein, dass ihr Held ein tragisches Ende gefunden hat. Ich glaube, sie wollte ihn um ein Autogramm bitten. Das kann sie nun vergessen."

„Oh, aber wir dürfen es ihr nicht sagen. Sein Tod soll geheim bleiben – obwohl er sich schneller herumgesprochen zu haben scheint, als den Herren lieb sein dürfte. Ich glaube, Ihr Vater und Henry wollen sich selbst als Detektive betätigen, bevor der Weg geräumt ist und sie die Polizei benachrichtigen müssen. Vermutlich hoffen sie auch, den Zweck von Professor Klausens Besuch vertuschen zu können."

„Sind Sie sicher, dass wir ihr es nicht erzählen können? Wenn jemand erraten kann, was in diesen Dokumenten stand, dann ist es Clemmie."

Angela schüttelte zweifelnd den Kopf, doch bevor sie antworten konnte, stürmten Gus und Bobby auf sie zu. Sie wollten einen Iglu bauen, erklärten sie.

„Geht es dir wieder gut?", fragte Angela den größeren Jungen.

Gus errötete. „Ja, danke, Mrs Marchmont", sagte er. „Heute früh war mir ein bisschen mulmig, doch nach dem Frühstück war es schon besser. Aber ich werde nie wieder Whisky trinken!"

„Dann hatte die ganze Sache doch etwas Gutes", meinte Angela lächelnd. „Wenn du älter bist, hast du reichlich Gelegenheit, einen guten Single Malt zu genießen. Dann wirst du vermutlich lieber aus einem Glas trinken statt aus der Flasche. Bis dahin kannst du dich amüsieren, ohne dass dir hinterher übel wird."

„Siehst du?", sagte Bobby zu seinem Bruder. „Hab ich dir doch gesagt, dass sie kein Theater macht. Nicht wie Claude." Zu Angela und Gertie gewandt fuhr er empört fort: „Claude hat uns heute früh eine Standpauke gehalten, wegen des Whiskys. Dabei habe ich gar keinen getrunken!"

„Oh je", sagte Angela, „wie hat er davon erfahren?"

„Priss hat es ihm erzählt, diese Petze." Gus war empört. „Das war gemein von ihr – und sie sollte aufpassen, dass sie nicht eines Nachts Frösche in ihrem

Bett findet. Das werde ich ihr nicht so schnell verzeihen."

„Wahrscheinlich hat sie nicht nachgedacht", sagte Gertie belustigt. „Ich glaube nicht, dass sie euch in Schwierigkeiten bringen wollte. Was hat Claude gesagt?"

„Er meinte, wir hätten uns sehr schlecht benommen und müssten ihm genau sagen, was letzte Nacht passiert ist, sonst würde er Vater und Mutter von der Sache mit dem Whisky erzählen, und dann würde mich Vater versohlen und das geschähe mir ganz recht. Es ist schäbig, so mit einem kranken Mann umzugehen! Es ist ja nicht so, als hätte ich mich absichtlich schlecht benommen."

Angesichts von Gus' Entrüstung hatte Angela Mühe, nicht loszulachen.

„Was genau wollte Claude wissen?", fragte sie.

„Das weiß ich nicht", antwortete Gus. „Er hat lauter seltsame Fragen gestellt: Was wir im Schrank gemacht hätten, was wir gehört und gesehen hätten, als wir da saßen, und ob ich gesehen hätte, wer ins Billardzimmer gekommen ist und in die Truhe geschaut hat, und ich sagte: ‚Meinst du Bobby?' und -"

„- und ich sagte, das war ich nicht", unterbrach Bobby.

„- und *ich* sagte, das wüsste ich nicht, und Claude fragte, wer es dann gewesen sei, wenn es nicht Bobby war, und ich sagte, ich hätte keine Ahnung -"

„- aber er ließ sich nicht davon abbringen, dass Gus etwas durch einen Spalt in der Schranktür gesehen haben müsse, stimmt's, Gus?"

„Ja, das stimmt. Ich habe ihm immer wieder beteuert, dass ich nichts gesehen habe, und habe ihm gesagt, dass er Gertie und Mrs Marchmont fragen soll, ob sie etwas gesehen haben, und er meinte, das würde er tun. Ich begreife nicht, was ihn an der alten Truhe so interessiert."

„Dann hat er mich ausgefragt: Ob ich jemanden im Schloss gesehen hätte, als ich euch gesucht habe", berichtete Bobby mit verächtlichem Schnauben. „Natürlich habe ich das. Ich habe jede Menge Leute gesehen. Kaum jemand war zu Bett gegangen – Mr und Mrs Buchanan und die Amerikaner haben im Salon Karten gespielt und Vater und Mr Jameson waren im Arbeitszimmer. Und dann war da ein ziemlich dreckiger Bursche, der sich auf dem Nachhauseweg nach der Party im Schloss verlaufen hat. Keine Ahnung, wer das war. Außerdem war Claude selbst noch lange wach – warum hat er nichts mitbekommen?"

Angela warf Gertie einen Blick zu.

„Kannst du uns mehr über diesen Mann sagen, der sich verlaufen hat?", fragte sie.

„Ich bin fast mit ihm zusammengestoßen, als ich aus dem Jagdzimmer kam. Er hat sich furchtbar erschrocken. Ich habe ihm gesagt, das sei die falsche Richtung, die Tür sei in der anderen Richtung, und er solle sich beeilen, bevor alle Wege zugeschneit seien. Er hat nur genickt und ist weggelaufen."

„Kam er aus dem Dorf?", fragte Gertie. „Ich dachte, wir kennen alle Leute, die beim Tanz waren."

„Ich glaube nicht, dass er aus der Gegend kommt", meinte Bobby stirnrunzelnd. „Jedenfalls hatte er keinen schottischen Akzent, er hat eher so gesprochen wie wir, aber er war sehr schmutzig, als hätte er im Freien geschlafen."

Angela und Gertie tauschten erneut einen Blick.

„Jung oder alt?", wollte Gertie wissen.

„Eher jung, würde ich sagen", antwortete Bobby.

„Hast du Claude von ihm erzählt?"

„Ja, aber er war nicht sonderlich interessiert", berichtete Bobby.

Angela hob die Augenbrauen. Entweder hatte Claude nicht richtig zugehört, als Bobby den geheimnisvollen Mann erwähnte, oder er hatte seine Gründe, weshalb er seinem Erscheinen keine Bedeutung beimaß – weil er jemand anderen im Verdacht hatte.

„Was meinen Sie", sagte Gertie, als die Jungen mit dem Bau des Iglus begonnen hatten, „könnte dieser Mann der Mörder sein? Nach Bobbys Schilderung ist er niemand, den wir kennen. Er war kein Dorfbewohner – und die Einzigen, die hier wie wir sprechen, sind wir, falls Sie verstehen, was ich meine."

„Ja", sagte Angela nachdenklich. Gertie musterte sie aufmerksam.

„Kommen Sie, spucken Sie's aus", sagte sie. „Was denken Sie gerade?"

„Ich denke, dass die Spuren, die die Jungen und ich gestern gefunden haben, möglicherweise bedeutsamer sind, als ich zunächst angenommen hatte", erwiderte Angela. „Erst dachte, sie müssten von jemandem aus dem Dorf stammen, aber jetzt bin ich mir nicht mehr so sicher."

„Sie vermuten, dass es der Mann gewesen sein könnte, den Bobby gesehen hat?"

„Ja, und dann ist da noch eine Bemerkung von Clemmie an unserem ersten Abend, erinnern Sie sich? Sie erwähnte einen verdächtig aussehenden Fremden, der von einem Diener verjagt wurde."

„Oh ja, natürlich! Vielleicht war es derselbe Mann.

Glauben Sie, dass er sich in der Nähe des Schlosses herumgetrieben und auf die Ankunft von Professor Klausen gewartet hat, um ihn umzubringen und die Dokumente zu stehlen?"

„Es wäre möglich, meinen Sie nicht auch?"

„Aber wir sind seit letzter Nacht eingeschneit. Das heißt, dass er immer noch hier ist", sagte Gertie.

„Ja."

„Dann sollten wir ihn suchen", schlug Gertie vor.

Sie sahen sich an.

„Wir brauchen einen Revolver", sagte Angela.

Kapitel Vierzehn

Im Schloss hatten sich Lord Strathmerrick, Sandy Buchanan, Henry Jameson und Claude Burford zu einem vertraulichen Gespräch zusammengefunden.

„Das ist verdammt unangenehm, man kann es nicht anders sagen", meinte der Earl. „Warum zum Teufel hat uns niemand vorgewarnt, dass es eine Verbindung zwischen Nash und Mrs Marchmont gibt? Ich hätte sie nie eingeladen, wenn ich von einem möglichen Interessenkonflikt gewusst hätte."

„Na, na, Strathmerrick", sagte der Außenminister. „Sie konnten schließlich nicht vorhersehen, dass Klausen umgebracht werden würde."

„Nein, aber selbst wenn alles nach Plan gelaufen wäre, ist die Situation extrem heikel. Die Tatsache, dass hier eine attraktive Geschiedene - oder Witwe oder was sie auch immer sein mag - mit einem früheren Liebhaber im Schlepptau ungehindert herumläuft, macht die Sache nicht einfacher. Und zu allem Überfluss ist dieser Liebhaber ausgerechnet der amerikanische Botschafter."

„Dann meinen Sie also, dass sich Nash zu einem Fehltritt hat hinreißen lassen?", fragte Buchanan.

„Ich habe keine Ahnung", antwortete Lord Strathmerrick. „Ich hoffe nicht, immerhin hat er seine Frau mitgebracht. Allerdings lässt sich nicht leugnen, dass ihm diese Marchmont keineswegs gleichgültig ist, daher weiß ich nicht, ob man seinem Urteil trauen kann."

„Demnach gehen Sie davon aus, dass sie und Pilkington-Soames in die Sache verwickelt sind?", fragte Henry Jameson.

„Ich persönlich bin überzeugt, dass sie ihre Finger im Spiel haben, Sir", sagte Claude an den Earl gewandt. „Über diese Mrs Marchmont weiß ich nur sehr wenig, doch Pilkington-Soames kenne ich seit unserer gemeinsamen Schulzeit als durch und durch charakterloses Subjekt. Er war mir damals als persönlicher Dienstbote zugeteilt, und ich habe ihn nie gemocht, er war ein durchtriebener, vorlauter Bursche und hat sich allerlei unnatürlichen Umtrieben hingegeben, da bin ich mir sicher, auch wenn ich es nicht beweisen konnte. Ich habe jede sich bietende Gelegenheit genutzt, um ihm diese Neigungen auszutreiben, doch keine noch so heftige Tracht Prügel konnte ihm das freche, selbstgefällige Grinsen aus dem Gesicht wischen. Ich wusste immer schon, dass es übel enden würde mit ihm. Und er und Mrs Marchmont sind dicke Freunde – wenn nicht gar mehr. Wenn sie schuldig ist, dann handelt sie gewiss nicht allein, sondern steckt mit ihm unter einer Decke. Zweifellos ist sie seinem Einfluss erlegen und gehorcht ihm aufs Wort."

Angesichts dieser Darstellung von Angela hob Henry Jameson skeptisch die Augenbrauen, sagte aber nichts.

„Haben Sie feststellen können, ob die Teilnehmer des Versteckspiels vom Schrank aus etwas gesehen haben?"

„Priss hat nichts gesehen, und Gus und Bobby auch nicht", antwortete Claude. „Bradley hat alles verschlafen. Mit Gertie habe ich noch nicht gesprochen und natürlich hat es keinen Sinn, die anderen beiden zu befragen, da sie sicher nicht die Wahrheit sagen würden."

„Sie geben beide an, nichts gesehen zu haben", warf Henry ein, „und ich bin geneigt, ihnen zu glauben."

„Nun gut", sagte der Außenminister. „Ich glaube, wir haben alles herausgefunden, was sich im Moment herausfinden lässt. Die Männer suchen draußen nach Fußspuren, die vom Gut wegführen, ich nehme jedoch nicht an, dass sie welche entdecken werden. Wir müssen überlegen, was als Nächstes zu tun ist. Können wir die Situation irgendwie retten, etwa indem wir den Tod des Professors vorerst geheim halten? Was meinen Sie, Strathmerrick? Würde sich die örtliche Polizei dazu bewegen lassen, ein wenig großzügiger mit der Wahrheit umzugehen?"

„Darum kümmere ich mich", sagte Henry. „Ich bin autorisiert, der Polizei Weisungen zu geben, wenn die nationale Sicherheit es erforderlich macht. Tatsächlich würde ich vorschlagen, die hiesigen Gesetzeshüter gar nicht einzubeziehen. Wir informieren sie lediglich davon, dass es sich um eine delikate Angelegenheit mit politischer Tragweite handelt und wir sie direkt an Scotland Yard übertragen haben. Schade, dass mein Bruder nicht hier ist", sagte er nachdenklich. „Bei ihm wäre der Fall in sicheren Händen."

„Aber sagten Sie nicht, dass er mit Mrs Marchmont befreundet ist?", fragte Buchanan.

„Ich verstehe, dass Sie ein gewisses Misstrauen der Dame gegenüber hegen", antwortete Henry geduldig, „aber ich bin mir nicht sicher, dass wir uns ausschließlich auf sie konzentrieren sollten. Wenn sich herausstellt, dass sie nichts mit der Sache zu tun hat, ist der wahre Täter vielleicht schon über alle Berge."

„Sie haben recht", pflichtete der Earl ihm bei, der im Grunde seines Herzens ein fairer Mann war. „Wir sollten die anderen Möglichkeiten nicht außer Acht lassen. Falls wir selbst nicht in der Lage sind, den oder die Täter zu finden, rufen wir Ihren Bruder zu Hilfe, Jameson."

„Viel wichtiger als die Suche nach dem Mörder sind jedoch die Dokumente", fuhr der Außenminister fort. „Wie Sie wissen, habe ich oben in meinem Zimmer eine Kopie, in dieser Hinsicht sind sie also in Sicherheit. Die Kopie, die der Professor dabeihatte, ist vermutlich gestohlen worden. Ich muss Ihnen wohl nicht sagen, dass wir die Papiere so schnell wie möglich finden und verhindern müssen, dass die Auftraggeber des Mörders sie bekommen. Es ist in unser aller Interesse, dass diese Forschungen allein in unserer Hand bleiben."

Die versammelten Herren nickten einträchtig.

„Jameson, haben Sie bereits eine Suche durchgeführt?", fragte der Earl.

„Ja, ich habe heute Morgen die Zimmer von Mrs Marchmont und Mr Pilkington-Soames durchsucht, habe jedoch nichts gefunden."

„Sind Sie sicher, dass sie keinen Verdacht schöpfen?"

„Ich bin überzeugt, dass sie bestens Bescheid wissen.

Mrs Marchmont hat mir sogar mehr oder weniger erlaubt, ihr Zimmer zu durchsuchen."

„Oh." Lord Strathmerrick wirkte befremdet.

„Selbstverständlich. Sie ist sich sehr wohl der Tatsache bewusst, dass sie unter Verdacht steht, und ich gehe davon aus, dass sie dem jungen Freddy gesteckt hat, dass man ihn ebenfalls verdächtigt."

„In diesem Fall dürfte sie die gestohlenen Dokumente kaum in ihrem Zimmer versteckt haben", sagte Buchanan.

„Nein", bekräftigte Henry.

„Wo könnten sie also sein? Wir müssen die Suche ausweiten."

„Grundgütiger, Mann!", lachte der Earl. „Haben Sie eine Vorstellung, wie unübersichtlich das Gelände ist? Das Schloss allein erstreckt sich auf über achtzehntausend Quadratmeter, dann kommen noch die Außengebäude und die Cottages der Pächter hinzu. Wo soll man da anfangen? Wenn wir planlos suchen, finden wir die Dokumente nie."

„Nein", sagte der Außenminister, „aber wenn wir wissen, wer sie an sich genommen hat, könnten wir eine gezielte Suche einleiten, indem wir die Bewegungen der Person seit der vergangenen Nacht nachvollziehen."

Claude Burford hüstelte.

„Da wir hier unter uns sind", sagte er, „möchte ich die Frage stellen, ob wir dem Botschafter und seinem Sekretär uneingeschränkt vertrauen können?"

Die anderen Herren sahen einander überrascht an.

„Wollen Sie damit andeuten, dass es sich um eine von den Amerikanern eingefädelte Verschwörung handelt?"

„Ich würde es jedenfalls nicht ausschließen", erwiderte Claude. „Meinen Sie nicht auch, dass es die ganze Sache wesentlich vereinfachen würde?"

„Aber das würde bedeuten, dass Mr Nash der Mörder ist – oder seine Frau", sagte Lord Strathmerrick, „und Botschafter haben normalerweise nicht die Angewohnheit, Leute umzubringen."

„Auch dann nicht, wenn sie im Auftrag ihrer Regierung handeln? Vielleicht plant Amerika, diese neue Waffe zu entwickeln, ohne sie mit anderen teilen zu müssen. Sie wissen alle, wie sehr sie die Möglichkeit fürchten, dass die Sozialisten an Einfluss gewinnen – die verheerenden Bombenanschläge vor zehn Jahren sind allen noch in Erinnerung. Außerdem hat der Spionageskandal im vergangenen Jahr unserem Ansehen in den Augen der restlichen Welt erheblich geschadet. Vielleicht sind sie zu dem Schluss gekommen, dass man uns nicht trauen kann, und wollen uns außen vor lassen."

Tiefes Schweigen breitete sich aus, während seine Zuhörer Claudes Einwände abwogen.

„Ich kann nicht glauben, dass die Amerikaner das tun würden", bemerkte Buchanan schließlich. „Immerhin sind wir ihre engsten Verbündeten. Können Sie sich den Skandal vorstellen, wenn sie tatsächlich für den Mord verantwortlich wären und alles herauskäme? Außerdem sind unsere Wissenschaftler die klügsten Köpfe der Welt. Die Amerikaner können nicht auf unsere Hilfe verzichten, wenn sie diese Waffe innerhalb der nächsten zwanzig Jahre entwickelt sehen wollen."

Claude fiel es offenkundig schwer, sich von seiner Theorie zu verabschieden. „Könnte der Botschafter für eine fremde Macht arbeiten?"

Diese Idee wurde noch entschlossener abgeschmettert, sodass er schließlich nachgeben musste.

„Auf die Gefahr hin, dass ich mich wiederhole", warf Sandy Buchanan ein, „uns läuft die Zeit davon. Auch wenn wir nicht herausfinden, wer die Dokumente gestohlen hat, müssen wir die Papiere selbst finden – und zwar schnell, bevor sie aus dem Schloss geschmuggelt und weitergereicht werden. Falls Sie irgendeine Vorstellung haben, wo sie versteckt sein könnten, flehe ich Sie an: Handeln Sie sofort!"

Nun meldete sich Henry Jameson zu Wort.

„Was ist mit Ihrer Kopie?", fragte er Buchanan. „Ich muss zugeben, dass mir nicht wohl dabei ist. Sollte sie nicht im Safe im Arbeitszimmer eingeschlossen werden? Nicht auszudenken, wenn wir auch diese Papiere verlieren sollten. Wir können uns zwar keinen Reim darauf machen, doch vermutlich gibt es Leute, die das können – wie etwa die Kollegen des Professors an der Universität. So wichtige Forschungen dürfen nicht verloren gehen."

Der Außenminister zögerte einen Moment. Er mochte es nicht, wenn man ihm Vorschriften machte, musste jedoch einräumen, dass dies nicht der rechte Moment war, seinen Kopf durchzusetzen.

„Also gut", sagte er, „ich hole sie."

Nach fünf Minuten kam er totenbleich zurück. Es war sofort offenbar, dass etwas passiert war.

„Die Papiere!", sagte er entgeistert. „Sie sind weg!"

Kapitel Fünfzehn

DERWEIL LIEF Angela keineswegs ungehindert im Schloss umher, sondern stapfte vielmehr mühsam und mit laufender Nase durch den Schnee. Mit Gertie war sie zur ostwärts gelegenen Wiese unterwegs. Hier wölbte sich ein sanfter Hügel, die Schneewehen waren nicht gar so hoch aufgetürmt, sodass sie schneller vorankamen. Auf der Kuppe des Hügels drehten sie sich um und betrachteten den Küchengarten, mehrere baufällige Cottages und das Schloss, das sich von dieser Warte nicht von seiner schönsten Seite zeigte.

„Könnte er in einem der Cottages sein?", fragte Angela.

„Nein, sie sind bewohnt, doch in dieser Richtung liegen einige leere Gebäude. Ich dachte, wir sollten dort nachsehen." Gertie warf Angela einen Blick zu, die eine Hand in der Tasche hatte.

Angela sah sich vorsichtig um, bevor sie den Revolver hervorzog. Es war ein zierliches kleines Ding, fast wie ein Spielzeug, doch zweifellos mit tödlicher Wirkung.

„Vielleicht hätte ich Vaters Gewehr mitbringen sollen", meinte Gertie, die Angelas Waffe interessiert beäugte.

„Ich glaube, mein Revolver reicht. Wir wollen den geheimnisvollen Fremden nicht umbringen, sondern nur dingfest machen."

„Warum haben sie ihn nicht gefunden, als sie Ihr Zimmer durchsucht haben? Ich könnte mir vorstellen, dass sie sich mit Begeisterung darauf gestürzt und Sie auf der Stelle in den Schlossturm gesperrt hätten."

„Das habe ich mir auch überlegt und deshalb habe ich ihn William zur Aufbewahrung gegeben."

„Das war schlau. Der Professor ist doch nicht damit erschossen worden?", fragte Gertie plötzlich.

„Das war auch mein erster Gedanke, doch ich habe nachgesehen – das Magazin ist noch voll. Außerdem habe ich die Tatsache, dass ich einen Revolver dabeihabe, nicht gerade herausposaunt. Daher kann ich mir nicht vorstellen, wie der Mörder davon hätte erfahren sollen."

Gertie nahm den Revolver, zielte in die Ferne und kniff ein Auge zu.

„Ob ich von hier aus etwas treffen könnte?", überlegte sie, bevor sie ihn Angela zurückgab. „Haben Sie damit schon mal auf jemanden geschossen?"

„Nicht mit diesem Revolver", antwortete Angela. „Mit einem baugleichen Exemplar habe ich zwei Mal auf einen Mann geschossen."

„Großer Gott! Haben Sie ihn umgebracht?"

„Nicht mit dem Revolver."

„Wow!" Gertie war sichtlich beeindruckt und hätte gerne mehr erfahren, doch etwas an Angelas Miene hielt sie zurück. „Und ich dachte, Hogmanay würde schrecklich langweilig werden! Dass wir einem Mörder nachstellen würden, hätte ich mir nicht träumen lassen."

„Ich auch nicht."

„Ehrlich, das ist so aufregend! Sie müssen nächstes Jahr unbedingt wiederkommen, Angela."

„Ich glaube kaum, dass man mich noch einmal einladen wird", bemerkte Angela trocken. „Ihr Vater hält mich für eine Spionin im Dienst einer ausländischen Macht und Ihre Mutter denkt, dass ich jedem Mann im Haus nachstelle."

„Ach, im Vergleich zu dem, was meine Eltern von meinen anderen Freunden denken, ist das kaum der Rede wert", versicherte Gertie ihr.

Sie kamen zu einem Zauntritt und standen auf der Ostwiese.

„Dort drüben bei den Bäumen sind eine Scheune und einige andere Gebäude. Ich schlage vor, dass wir dort nachsehen."

„Was hat MacDonald über den Mann gesagt, den er vor ein paar Tagen verjagt hat?"

„Nicht viel, außer dass er wohl kein Schotte war."

„Ich frage mich, ob es derselbe Mann ist. Es wäre durchaus möglich."

„Was meinen Sie, warum er hier ist?", fragte Gertie. „Hatte er von Anfang an vor, den Professor umzubringen, oder war es ein Unfall, als er versucht hat, die Papiere an sich zu nehmen?"

„Die Frage sollten Sie Ihrem Vater oder Mr Jameson stellen", erwiderte Angela. „Ich nehme an, sie hatten mittlerweile ausreichend Gelegenheit, die Leiche zu untersuchen und ihre Schlüsse zu ziehen."

„Das Problem ist nur, dass sie mir nichts verraten würden", murrte Gertie. „Wenn etwas Aufregendes passiert, bleiben wir Frauen außen vor. Aber diesmal drehen wir den Spieß um. Wir finden den Mörder, warten Sie's ab."

„Wir können uns nicht sicher sein, ob er über die Felder entkommen ist."

„Um zwei Uhr morgens in tiefster Dunkelheit durch fast einen Meter Neuschnee?", sagte Gertie. „Er wäre erfroren, wenn er es versucht hätte. Nein, ich bin überzeugt, dass er sich irgendwo versteckt hält."

„Wenn er halbwegs bei Verstand ist, hat er sich einen Unterschlupf im Schloss gesucht, wo es warm und trocken ist", wandte Angela ein.

„Hm, daran hatte ich nicht gedacht." Gertie war sichtlich verunsichert. „Meinen Sie, wir sollten ins Schloss zurückkehren?" Sie sah erst zur Scheune hinüber, dann zum Schloss.

„Jetzt sind wir den ganzen Weg hergekommen – wir können genauso gut nachsehen", sagte sie schließlich.

Als sie sich der Scheune näherten, tauschten sie einen Blick und verlangsamten in stummer Übereinkunft ihre Schritte.

„Hier – Fußspuren!", flüsterte Gertie.

Am Schnee vor der Scheune ließ sich deutlich erkennen, dass jemand dort gewesen war: Mehrere Spuren führten in das Gebäude und wieder hinaus. Die Spuren, die von der Scheune wegführten, verliefen in unterschiedliche Richtungen, doch die meisten wiesen in ein kleines Kiefernwäldchen in der Nähe. Angela ging in die Hocke und betrachtete sie eingehend, dann hob sie einen Finger, um Gertie zu signalisieren, dass sie alle von einer einzigen Person stammten. Sie blickte sich um, konnte jedoch niemanden sehen oder hören.

Gertie wies auf die Scheune und sah Angela fragend

an, die den Revolver aus der Tasche zog und den Finger an die Lippen legte. Gemeinsam spähten sie durch das halb offene Tor. Die Scheune war zur Hälfte mit Strohballen gefüllt, die alle zu einem einzigen Stapel aufgetürmt waren. Die beiden Frauen schlichen so leise wie möglich um die Ballen herum, sahen sich aufmerksam um, konnten jedoch niemanden entdecken.

„Hier ist niemand", sagte Gertie schließlich. „Er muss die Scheune vor einer Weile verlassen haben."

„Er war aber hier." Angela wies auf ein Strohlager auf dem Boden, wo jemand versucht hatte, es sich einigermaßen bequem zu machen und sich vor der Kälte zu schützen.

Gertie schüttelte sich. „Er muss halb erfroren sein. Ich frage mich, wer es ist."

„Der unbekannte Fremde treibt sich mindestens seit gestern in der Nähe des Schlosses herum", sagte Angela.

„Woher wissen Sie das?"

„Ich erkenne den Abdruck der Stiefel, es ist derselbe Mann, dessen Spuren Gus, Bobby und ich gestern verfolgt haben. In der rechten Stiefelsohle steckt ein Nagel."

„Das passt", sagte Gertie nach kurzem Überlegen. „Am Freitag hat er zum ersten Mal versucht, ins Schloss zu gelangen, und wurde von MacDonald verjagt. Dann kam er gestern vom Dorf hoch, schaffte es diesmal ins Schloss und wanderte durch die Flure, wo Bobby ihn entdeckt hat. Er hat Klausen erschossen, die Leiche in die Truhe gelegt, ist über die Wiese geflohen, als es noch geschneit hat, und hat die Nacht in der Scheune verbracht, um am nächsten Tag weiterzuziehen."

„Woher wusste der Fremde, wo er die Leiche deponieren sollte?", überlegte Angela.

„Oh, vielleicht hat er sich im Schloss nach einem geeigneten Platz umgesehen und ist dabei auf die Truhe im Billardzimmer gestoßen. Dass wir im Schrank saßen, war sein Pech."

„Hmm …" Angela war nicht überzeugt. Sie wollte gerade etwas erwidern, als sie plötzlich hinter sich ein Geräusch wahrnahmen, als würde jemand nach Luft schnappen. Sie wirbelten herum und sahen sich einer äußerst bizarren Erscheinung gegenüber. Die dunkle Gestalt trug eine schmutzige Jagdmütze, unter der zerzauste Haarsträhnen hervorlugten. Ein dicker Schal bedeckte Mund und Nase, sodass nur die weit aufgerissenen Augen zu sehen waren. An der verdreckten und zerknitterten Kleidung hingen Strohhalme.

„Oh!", sagte Gertie.

Die Erscheinung erwachte aus ihrer Schockstarre und sprintete aus der Scheune.

„Schnell! Ihm nach!", rief Angela.

Gertie ließ sich nicht lange bitten. Sie war schon halb zum Scheunentor hinaus, dicht gefolgt von Angela, doch als sie außer Atem ins Freie traten, blendete sie das Tageslicht, sodass der Fremde einen weiteren Vorsprung bekam.

„Da ist er!", rief Gertie und nahm die Verfolgung des Mannes auf, der über die Wiese zu entkommen versuchte. Angela schob den Revolver in die Tasche. Sie stapfte in einem Bogen durch den Schnee, in der Hoffnung, ihm den Weg abschneiden zu können. Als sich der Mann umwandte, erkannte er ihre Taktik sofort. Er schlug einen Haken und lief nun auf das Schloss zu. Am Zauntritt erreichte er mit einem großen Satz die andere Seite, doch Gertie war ihm auf den Fersen.

„Stehen bleiben!", rief sie, allerdings ohne Erfolg.

Statt weiter auf das Schloss zuzulaufen, folgte der Fremde nun dem Verlauf des Zaunes zu seiner Linken. Offenbar wollte er den Wald hinter der Scheune erreichen. So sehr Gertie sich auch mühte – er war ihr bald ein gutes Stück voraus und hatte den Schutz der Bäume fast erreicht.

Angela ahnte, was er vorhatte. Sie ging den Weg zurück, den sie gekommen war, in der Absicht, den Wald von der anderen Seite zu erreichen und ihn auf diese Weise abzufangen. Als sie an der Scheune ankam, blieb sie einen Moment schwer atmend stehen. Es hatte keinen Sinn, einen Mann zu verfolgen, der weit schneller war als sie, also stand sie still, horchte und dachte nach. Plötzlich hörte sie Gertie rufen. Hinter sich nahm sie ein Geräusch wahr. Sie schlich zur Rückseite der Scheune, um herauszufinden, was passiert war. Angela kletterte über den Zaun, der zwischen Scheune und Kiefernwald verlief, und verharrte reglos. Außer dem Krächzen einer Krähe und dem Pfeifen des Windes war kein Laut zu hören. Der Fremde musste sich im Wald versteckt haben.

Leise trat sie einen Schritt vor, den Revolver in der Hand. Unter den Bäumen lag der Schnee nicht so hoch, doch es war trotzdem kaum möglich, sich lautlos zu bewegen – was für den Verfolgten ebenso galt wie für die Verfolgerin. Angela entsicherte die Waffe und ging so geräuschlos wie möglich weiter. Dabei sah sie sich immer wieder um. Einen Revolver zu haben, war gut und schön, doch der Mann war mit Sicherheit ebenfalls bewaffnet, und sie hatte nicht vor, ihm als Zielscheibe zu dienen. Plötzlich war lautes Flügelschlagen und das Knacken von Zweigen zu hören, als ein Vogel aufgeregt aufflog. Angela fuhr erschrocken herum. Sie versteckte sich hinter einem Baum und sah in die Richtung, aus der das Geräusch gekommen war. Was hatte den Vogel aufgescheucht? Sie musste es herausfinden. Sie schlich zu der Stelle und kauerte sich hinter eine kleine Kiefer. Im nächsten Moment hätte sie beinahe aufgeschrien, als ihr Knie gegen etwas Weiches stieß, das einen erstickten Laut von sich gab und auf die Füße sprang. Angela hob die Waffe, ließ sie jedoch gleich wieder sinken und versuchte, tief und ruhig durchzuatmen.

„Verdammt, Angela", flüsterte Gertie erleichtert. „Ich wäre beinahe vor Angst gestorben."

Angela legte jedoch den Finger auf die Lippen und zeigte auf eine Stelle nicht weit von ihnen. Dort hockte ihre Beute unter einem Busch. Der Mann hatte ihnen den Rücken zugewandt, er vermutete seine Verfolger offensichtlich irgendwo vor sich. Angela und Gertie tauschten einen raschen Blick, dann schlichen sie näher heran.

„Keine Bewegung!", befahl Angela.

Der Mann drehte sich erschrocken um und hätte sicher erneut die Flucht ergriffen, wäre da nicht die todbringende Waffe gewesen, die die größere seiner beiden Verfolgerinnen auf seinen Kopf richtete.

„Nicht schießen!", flehte er. „Gertie, ich bin's!"

Er zog den Schal herunter, der sein Gesicht halb verdeckte.

„St. John!", rief Gertie erstaunt. „Was zum Teufel tust du hier?"

Kapitel Sechzehn

St. John Bagshawe saß in einem bequemen Sessel in Freddys Zimmer, bekleidet mit einem Schlafanzug, den jemand irgendwo ausgegraben hatte, und Freddys seidenem Morgenmantel. Er biss genussvoll in einen gebutterten Muffin.

„Hm, die sind hervorragend", murmelte er mit vollem Mund, „vor allem, wenn man in den vergangenen vierundzwanzig Stunden nichts außer Lakritz und Schnee gegessen hat."

Er blickte zu Gertie, Angela und Freddy auf, die um ihn herumstanden und ihn mehr oder weniger verärgert und neugierig anstarrten.

„St. John", sagte Freddy, „warum bist du hier?"

„Warum? Um Gertie zu sehen", antwortete St. John, ohne mit der Wimper zu zucken. „Du wolltest mich nicht zu Neujahr einladen, also habe ich beschlossen, mich auf eigene Faust auf den Weg zu machen."

„Aber warum hast du nicht einfach an die Tür geklopft?", fragte Gertie. „Ich hätte dich wohl kaum im

Schnee draußen stehen lassen – auch wenn es ein verlockender Gedanke ist", setzte sie nach kurzer Überlegung hinzu.

„Ich weiß – und darauf hatte ich gehofft, aber es ist alles schiefgelaufen. Ich wollte es nicht zu offensichtlich machen, daher hatte ich geplant, so zu tun, als sei ich auf einer Wandertour in Schottland. Ich dachte, ich komme hierher und gebe vor, mich auf dem Gut verlaufen zu haben. Dann wäre ich dir unvermutet begegnet und hätte behauptet, ich habe nicht gewusst, dass ich so nahe an Fives bin. Dann hättest du mich eingeladen, auf dem Schloss zu bleiben oder zumindest am Tanz teilzunehmen, und alle wären glücklich und zufrieden gewesen."

„Sagst du!", meinte Gertie verdrossen. „Was ist schiefgelaufen?"

„Euer finster dreinblickender Bediensteter mit seinem riesigen Schnauzbart und einem unverständlichen schottischen Akzent hat mich entdeckt, als ich mich auf der Terrasse herumgedrückt habe, und er hat mich weggescheucht. Jedenfalls nehme ich an, dass er wollte, dass ich verschwinde. Ich konnte kaum verstehen, was er gesagt hat, aber als er mit dem Gewehr auf mich zielte, habe ich die Beine in die Hand genommen."

„Das war MacDonald", sagte Gertie. „Der Fremde warst also du."

„Ja. Dann fing es an zu schneien, daher ging ich ins Dorf zurück, wo ich übernachtet hatte, und versuchte es am nächsten Tag noch einmal. Der Schnee lag viel höher, als ich erwartet hatte, aber auf dem Weg war er zertrampelt, weil dort schon viele Leute entlanggegangen waren. Er war also passierbar. Ich kam zum Schloss -"

Er unterbrach sich, um erneut von seinem Muffin abzubeißen und einen Schluck Tee zu trinken.

„Warum haben Sie den Pfad verlassen?"

„Woher wissen Sie das?", fragte er überrascht.

„Wir haben Ihre Fußspuren verfolgt", erklärte Angela. „Wir dachten, Sie seien jemand anderes."

„Großer Gott!" Er starrte sie an, die Teetasse stockte auf halbem Weg zum Mund. „Ja, ich bin vom Pfad abgekommen. Leider sah ich den alten Haudegen MacDonald auf mich zukommen und wollte keine zweite Begegnung mit ihm riskieren, daher bin ich über den kleinen Fluss gesprungen – und ins Wasser gefallen. Dann bin ich über die Wiese entwischt, habe mich aber verlaufen."

„Das dachte ich mir", meinte Angela. „Wir haben Ihre Spur bis zum alten Schuppen verfolgt. Bei dem Versuch, die Tür zu öffnen, haben Sie sich die Hand verletzt."

Sein bewundernder Blick ging zwischen Angela und dem Kratzer auf seinem Handrücken hin und her. „Man könnte denken, dass Sie dabei waren", sagte er. „Ja, es stimmt, ich bin triefnass aus dem Fluss gestiegen und wollte irgendwo meine Hose auswringen. Der Bolzen war festgerostet, deshalb bekam ich die Tür nicht auf. Wissen Sie, was ich als Nächstes getan habe?"

„Nein, das weiß ich nicht. Wir folgten Ihren Spuren bis zum Schloss, aber dann haben wir sie verloren."

„Ja, ich bin tatsächlich so weit gekommen, doch zu diesem Zeitpunkt war mir klar geworden, dass meine Geschichte nicht sehr glaubwürdig klang. Ich meine, es ist gut und schön, wenn man bei trockenem Wetter zufällig jemanden trifft, aber dass ich zum Spaß in meterhohem Schnee stapfe, während das Schloss praktisch von der Außenwelt abgeschnitten ist – wer würde mir das abnehmen? Daher dachte ich, es wäre besser, wenn ich Freddy um Rat bitte.“

„Ich hätte dir geraten, nach Hause zu fahren“, sagte Freddy.

St. John reckte das Kinn vor. „Wie dem auch sei … mir war furchtbar kalt, deshalb bin ich zur Vordertür hereingeschlüpft, als niemand in der Nähe war. Ich dachte, ich sehe dich irgendwo in einer Ecke herumhängen und könnte deine Aufmerksamkeit erregen. Ich bin allerdings keiner Menschenseele begegnet und irgendwann bin ich in ein leerstehendes Schlafzimmer im zweiten Stock geschlichen und habe beschlossen, abzuwarten, bis der Tanz beginnt. Ich wusste, dass es dabei laut zugehen würde, und dachte, dass ich mich unbemerkt unters Volk mischen könnte.“

Gertie musterte ihn entnervt. „Und warum hast du das nicht getan?“

„Ich bin eingeschlafen“, antwortete er. „Mein Bett im Gasthof im Dorf war schrecklich unbequem, sodass ich in der Nacht kaum geschlafen hatte und ziemlich müde war. Eine Stunde vor Mitternacht bin ich aufgewacht und dachte, ich würde noch den Rest der Festivitäten mitbekommen. Doch als ich mich im Spiegel sah, überlegte ich, dass ich mich in diesem Zustand kaum empfehlen würde – und so bin ich einfach geblieben, wo ich war“, schloss er lahm.

„Na, prima“, sagte Gertie.

„Was ist dann passiert?“, fragte Angela. „Wann haben Sie das Schlafzimmer verlassen?“

„Es muss kurz nach Mitternacht gewesen sein", antwortete St. John. „Ich wollte mit den anderen Besuchern unbemerkt das Schloss verlassen und zum Gasthof zurückkehren."

„Bobby sagt, er hat dich gesehen", bemerkte Gertie.

„Ist das der Name des kleinen Jungen? Ja, ich hatte mich verlaufen, und er hat mir gesagt, wie ich zur Tür komme."

„Aber warum hast du in der Scheune übernachtet?", wollte Freddy wissen.

„Das war so nicht geplant", erklärte St. John. „Ich wollte ins Dorf, aber der Weg war durch einen umgestürzten Baum versperrt. Mir sackte das Herz in die Hose, das kann ich euch sagen. Mir blieb nichts anderes übrig, als ins Schloss zurückzukehren, doch als ich dort ankam, waren die Vordertüren zugesperrt. Ich beschloss also, auf einem anderen Weg ins Dorf zu gelangen. Bis zur Scheune bin ich gekommen, dann habe ich aufgeben und die Nacht dort verbracht. Mitten im Winter auf einem Strohlager zu schlafen, ist kein Vergnügen, glaubt mir. Ich wollte gerade erneut zum Schloss aufbrechen, um es noch einmal zu versuchen, als Sie beide mich gejagt und mit Revolvern auf mich gezielt haben", sagte er beleidigt.

„Oh, du darfst Angela nicht böse sein", meinte Freddy, „sie ist aus Amerika, wo jede Frau gesetzlich verpflichtet ist, einen Revolver im Stumpfband zu tragen."

„Tut mir leid, Gertie, ich weiß, ich habe mich dumm benommen, aber das war nur, weil ich keine andere Möglichkeit wusste, dich auf mich aufmerksam zu machen. Ich habe dir so viele Gedichte geschickt, aber du hast sie zurückgeschickt. Ich dachte immer, Frauen mögen Lyrik und solche Sachen."

„Lyrik? So nennst du diesen Schund?" Gertie schnaubte verächtlich. „Unanständiges Geschmiere nenne *ich* das. Du scheinst dich in erster Linie auf die Körperteile zu konzentrieren, die man normalerweise nicht öffentlich zur Schau stellt. Und das eine oder andere Verb musste ich im Wörterbuch nachschlagen. Keine Ahnung, wo du diese Wörter gelernt hast, aber es war ganz gewiss nicht in der Sonntagsschule."

„Schäm dich, St. John!" Freddy konnte sich ein hämisches Grinsen nicht verkneifen, als sein Freund rot anlief.

„Wenn sich dein Geschreibe wenigstens reimen würde, könnte ich ihm vielleicht noch etwas abgewinnen, aber so ..." In Sachen Literatur hatte Gertie einen eher schlichten Geschmack.

„Haben Sie außer Bobby noch jemanden gesehen, während Sie im Schloss herumgelaufen sind?", fragte Angela, um das Gespräch in andere Bahnen zu lenken.

„Ja, ein paar Leute", sagte St. John. „Ich habe gesehen, wie Sie die Treppe hinaufgingen. Kurze Zeit später kam eine dunkelhaarige Frau herunter."

„Das muss Eleanor Buchanan gewesen sein", überlegte Angela, „wir sind uns auf der Treppe begegnet."

„Und dann war da eine etwas ältere Dame in einem Morgenrock. Sie führte Selbstgespräche und kritzelte etwas auf ein Blatt Papier. Sie war auf dem Weg nach oben, und als sie gegen eine Säule stieß, hat sie sich entschuldigt."

„Das war Miss Fo", sagte Gertie. „Sonst noch jemand?"

„Ich erinnere mich nicht. Aber was sollen diese

Fragen?" Er sah die Umstehenden verwirrt an. „Man könnte meinen, ich hätte das Familiensilber geklaut. Ich wollte Gertie sehen und habe es verpatzt, und jetzt muss ich mich wohl unauffällig aus dem Staub machen und ins Gasthaus im Dorf zurückkehren – es sei denn, ich werde zum Dinner eingeladen?"

Er blickte hoffnungsvoll auf, doch Gertie ließ sich nicht erweichen.

„Hast du einen Revolver?", fragte sie unvermittelt.

„Einen Revolver? Wieso sollte ich einen Revolver haben? Ich wollte dich beeindrucken, nicht erschießen."

„Das sagen sie alle. Vielleicht hat er ihn im Schnee vergraben", gab Freddy zu bedenken.

„Wovon zum Teufel redest du?" St. John verstand die Welt nicht mehr. „Wer sagt das angeblich? Ich habe keinen Revolver, das schwöre ich."

„Sollen wir es ihm sagen?", fragte Gertie.

„Das wäre durchaus angebracht, denke ich. Immerhin droht ihm der Galgen." Das Unbehagen seines Freundes bereitete Freddy großes Vergnügen.

„Was? Der Galgen?"

„Letzte Nacht ist im Schloss ein Mord geschehen, Mr Bagshawe", erläuterte Angela. „Ein Mann ist erschossen worden, vermutlich während Sie sich im Schloss herumgetrieben haben. An Ihrer Stelle würde ich mir schleunigst ein Alibi zurechtlegen, da Ihre Anwesenheit in der fraglichen Zeit äußerst verdächtig aussieht, um es vorsichtig auszudrücken."

St. John riss angstvoll die Augen auf. „Wer ist das Opfer? Ich habe es nicht getan", beteuerte er. „Freddy, du glaubst mir doch, oder?"

Freddys Blick drückte tiefstes Bedauern aus.

„Es steht schlecht um dich, mein Lieber", sagte er

betrübt. „Uns hat man allesamt von jedem Verdacht freigesprochen – du bist also als Einziger übrig. Kannst du beweisen, wo du zur Tatzeit warst?"

„Ach, lass ihn in Ruhe, Freddy", sagte Gertie. „St. John, du bist ein Idiot, aber ich nehme nicht an, dass du etwas mit der Sache zu tun hast. Leider wissen die betreffenden Herren das nicht, daher solltest du beten, dass der Schuldige gefasst wird – und zwar bald."

„Würde mir bitte jemand erklären, was los ist?", flehte St. John. „Wer ist umgebracht worden?"

Während St. John mit offenem Mund zuhörte, schilderte Angela kurz, was sich in der letzten Nacht zugetragen hatte.

„Aber das ist absurd", sagte er schließlich. „Natürlich hatte ich nichts damit zu tun."

„Leider sprechen deine jüngsten – äh, politischen Aktivitäten eine andere Sprache", warf Freddy ein.

„Was haben meine politischen Aktivitäten damit zu tun?", wollte St. John wissen.

„Du bist Kommunist, nicht wahr?", fragte Freddy.

„Jawohl, und darauf bin ich stolz." St. John straffte die Schultern.

„Stolz genug, um dein Land zu verraten, wenn fremde Mächte dich dazu auffordern?"

St. John zögerte. „Hm, ich glaube nicht, dass ich so weit gehen würde. Nein, auf gar keinen Fall. Ich bin durchaus patriotisch eingestellt, aber natürlich würde ich es begrüßen, wenn aus Großbritannien ein kommunistischer Staat werden würde. Dafür kämpfen wir – für das Recht eines jeden Mannes auf ein angemessenes Einkommen und ein Leben in Würde."

„Und was ist mit den Frauen?", fragte Angela sanft.

„Äh -" St. John musste kurz überlegen. „Ja, selbstverständlich spielen Frauen eine entscheidende Rolle. Sie unterstützen ihre Männer bei ihrem Kampf, das ist ihre heilige Pflicht. Sie meinen hoffentlich nicht, dass Frauen die Arbeit von Männern verrichten sollen! Nein", fuhr er mit wachsender Begeisterung fort, „eine Frau ist die treue Gefährtin und rückhaltlose Unterstützerin ihres Mannes. Ruhm und Ehre gewinnt sie nicht auf dem Schlachtfeld, sondern zu Hause, indem sie ein ruhiges und behagliches Heim schafft, in das Mann und Söhne nach einem langen Tag im Kampf um die gute Sache zurückkehren."

„Wie langweilig!", sagte Gertie. „Ich würde mich lieber ins Kampfgetümmel stürzen, wenn du nichts dagegen hast. Aber das ist jetzt alles unwichtig. Verstehst du nicht, worum es hier geht? Es ist allgemein bekannt, dass du ein dreckiger Bolschewik bist, daher fällt der Mordverdacht unweigerlich auf dich."

Schweigen breitete sich aus, während St. John bestürzt seine missliche Lage überdachte.

„Was soll ich tun?", fragte er kläglich. „Ihr müsst mir helfen, von hier wegzukommen. Ich will nicht festgenommen werden."

„Das geht nicht, wir sind eingeschneit", erklärte Freddy.

„Dann müsst ihr mich irgendwo verstecken, bis der Schnee geschmolzen ist und die Straßen frei sind."

„Red keinen Unsinn", wies Gertie ihn zurecht. „Du bleibst hier und stellst dich den Tatsachen wie ein Mann. Außerdem willst du bestimmt nicht das Dinner verpassen – unser Festessen zu Neujahr ist berühmt. Du wirst noch deinen Enkeln davon erzählen."

„Oh ja?" Die Aussicht auf ein gutes Essen verfehlte ihre belebende Wirkung nicht.

„Dieses Jahr wird es besonders gut, mit Hummer und Trüffeln und Fasanen und drei ganzen Truthähnen und Lammkoteletts und Roastbeef und Unmengen Champagner." Gertie rasselte die verlockende Aufzählung herunter, ohne einmal Luft zu holen. „Und wenn du dann noch nicht satt bist, gibt es Götterspeise, Baiser, verschiedene Sorten Eiscreme und Erdbeersahne."

St. John stöhnte. Die Muffins hatten kaum etwas gegen die gähnende Leere in seinem Bauch ausrichten können.

„Das klingt nicht schlecht", sagte er. „Das Essen im Gasthaus war schrecklich. Darf ich wirklich bleiben?"

„Selbstverständlich", sagte Gertie. „Ich sage Vater Bescheid und Freddy leiht dir einen Anzug."

Freddy zog angewidert die Nase kraus.

„Einen Anzug bekommt er erst, wenn er sich ordentlich gewaschen hat", sagte er. „Ich werde mich hüten, einem schlammverkrusteten Vagabunden meine besten Sachen zu überlassen."

„Keine Sorge", beruhigte St. John ihn. Er hatte sich von dem ersten Schrecken erholt und freute sich nun auf ein ausgiebiges Festmahl in Gerties Gesellschaft. „Ich werde sofort ein heißes Bad nehmen."

„Ein heißes Bad?" Freddy schüttelte missbilligend den Kopf. „Ich dachte, als Kommunist hättest du etwas derart Verschwenderischem abgeschworen. Solltest du nicht aus reiner Prinzipientreue mit einem Schwamm und kaltem Wasser vorliebnehmen?"

„Unter einer kommunistischen Regierung wird jeder heiß baden können, wann immer und so oft er will", erwiderte St. John. „Darum geht es ja gerade. Weißt du, die Sache ist die -"

„Lass gut sein, alter Junge", unterbrach Freddy ihn.

„Egal ob Bad oder Wasserschlauch – Hauptsache, du wirst sauber. Anschließend kommst du nach unten, damit wir dich den Löwen zum Fraß vorwerfen. Und wie Angela schon sagte: Leg dir in der Zwischenzeit ein glaubhaftes Alibi zurecht."

St. John klappte den Mund zu und die anderen nutzten die Gelegenheit, sich zu verabschieden.

Kapitel Siebzehn

LORD STRATHMERRICK LIEß sich seufzend auf seinen Stuhl sinken und schaute Henry Jameson auf der anderen Seite des Schreibtischs an. Bis zum Beginn des Festessens war es noch eine gute Stunde und die beiden Herren saßen bei einem exzellenten Sherry im Arbeitszimmer. Eigentlich hatte der Earl seinen besten Whisky kredenzen wollen, hatte jedoch feststellen müssen, dass in seinem Barschrank keiner mehr war, obwohl er hätte schwören können, dass sich am gestrigen Abend eine fast volle Flasche darin befunden hatte. Er würde den Butler dazu befragen müssen, doch im Moment ging ihm Wichtigeres durch den Kopf. Er räusperte sich.

„Also", setzte er an, „es sieht ganz so aus, als säßen wir in der Bredouille."

„Ja", bestätigte Henry.

„Wir haben nicht nur den armen Klausen verloren, sondern auch seine Kopie der Pläne und die im Besitz des Außenministers. Vor zwei Tagen hatte ich Buchanan angeboten, die Dokumente in sichere Verwahrung zu nehmen, doch davon wollte er nichts hören. Wenn sich eine Gelegenheit bietet, allen Ruhm an sich zu ziehen, kann er nicht widerstehen. Er ist ein guter Mann, ein brillanter Kopf, aber er hat auch seine Fehler, wie wir alle. Und er steht gern im Rampenlicht. Nun, diesmal hat er sich verkalkuliert, und obwohl er sich in aller Form dafür entschuldigt hat, ändert dies nichts an der Tatsache, dass es im Moment sehr schlecht für uns aussieht. Klausen ist tot, und wenn wir diese Dokumente nicht finden können, ist sein Lebenswerk mit ihm gestorben."

Henry nickte ernst.

„Bisher war ich nicht dafür, weil es mir wenig erfolgversprechend erschien", fuhr der Earl fort, „doch inzwischen habe ich meine Meinung geändert und schlage vor, eine groß angelegte Suchaktion im Schloss vorzunehmen. Sie müssen irgendwo sein – es sein denn, sie sind vernichtet worden."

„Oh nein, das glaube ich nicht", widersprach Henry. „Vermutlich ist Professor Klausen umgebracht worden, um an die Dokumente zu kommen und sie an eine fremde Macht weiterzugeben."

„Wahrscheinlich haben Sie recht", pflichtete Strathmerrick ihm bei. „Sagten Sie nicht, unsere Feinde hätten ihn auf ihre Seite ziehen wollen, damit er für sie arbeitet, und er habe abgelehnt?"

„Ja, so war es. Und da sie an den Mann selbst nicht herankommen konnten, nehme ich an, dass sie ihm stattdessen seine Forschungsergebnisse abnehmen wollten – selbst wenn sie ihn dafür umbringen mussten."

„Es ist ein Jammer", bemerkte Lord Strathmerrick grimmig, „und wir müssen etwas unternehmen. Was wissen Sie übrigens über den jungen Bagshawe? Es ist recht seltsam, dass er ausgerechnet jetzt hier auftaucht."

„Wir wissen eine ganze Menge über ihn“, erklärte Henry. „Wir haben ihn schon länger im Blick – oder besser gesagt seine Organisation. Er ist der dritte Sohn des Bischofs von Tewkesbury und eher das schwarze Schaf der Familie. Während seines Studiums in Cambridge hat er sich allen möglichen radikalen Anliegen verschrieben, schien sich aber letztlich für den Sozialismus zu entscheiden. Er war Mitglied der Labour Party und wollte fürs Parlament kandidieren, wurde aber aus der Partei geworfen, als er beschloss, dass ihm die traditionellen Ziele zu zahm waren. Er hat sich einer Gruppe mit dem Namen ‚Junge Bolschewisten‘ angeschlossen, die sich einen Spaß daraus macht, sich bei politischen Versammlungen unters Publikum zu mischen und für Ärger zu sorgen. Vielleicht haben Sie von ihren jüngsten Aktivitäten gehört.“

„Ja, ich glaube, ich habe davon gehört“, sagte der Earl. „Sie zünden Feuerwerkskörper und werfen Stühle um und dergleichen.“

„Genau. Natürlich haben wir sie im Auge behalten, doch bis jetzt hatte ich angenommen, dass die Gruppe im Grunde harmlos ist – ebenso wie St. John Bagshawe. Sie sind eine recht reizbare Truppe, scheinen aber nicht straff organisiert zu sein. Wir haben einen Undercover-Agenten bei einer ihrer Versammlungen eingeschleust, und der hatte den Eindruck, dass es sich um eine recht zahme Angelegenheit handelte, mit harmlosen Streitereien und schlechter Lyrik. Möglicherweise haben wir uns jedoch getäuscht und sie führen mehr im Schilde, als wir uns bisher vorgestellt haben. Vielleicht sind sie von jemandem in der Gruppe beeinflusst worden, der weiß, was er tut.“

„Sie meinen also, dass man Bagshawe hierhergeschickt hat?“, fragte Strathmerrick. „Ich muss schon sagen, es ist sehr seltsam, dass er ausgerechnet heute gefunden wurde, nachdem er sich in der Scheune versteckt hat. Er behauptet, er sei auf einer Wandertour gewesen. Er hat wohl spontan beschlossen, Gertie zu besuchen, hat sich im Schnee verlaufen und landete schließlich während des Tanzes im Schloss. Für mich hört sich das unglaubwürdig an – wobei mir einfällt, dass ich unbedingt mit den Dienern reden muss. Sie sollten besser aufpassen – es darf nicht sein, dass jemand nach Belieben ins Schloss spaziert.“

„Bagshawes Geschichte überzeugt mich nicht“, sagte Henry. „Warum ist er nicht in den Ballsaal gekommen, wenn er schon mal im Schloss war. Er hätte auch jemandem Bescheid sagen können, dass er da war.“

„Er sagt, er sei eingeschlafen und erst aufgewacht, als der Tanz schon fast vorbei war“, sagte der Earl, „aber warum ist er danach im Schnee herumgelaufen, mitten in der Nacht? Er hätte genauso gut im Schloss übernachten können. Mir kommt das alles verdächtig vor. Ich denke, wir haben unseren Mörder, Jameson.“

„Das könnte möglich sein.“

„Ein Hitzkopf, der mit unseren Feinden sympathisiert und uneingeladen zur fraglichen Zeit im Schloss herumlief?“, rief der Earl. „Das ist mehr als möglich – es ist sehr wahrscheinlich, würde ich sagen. Sobald wir uns zum Dorf durchschlagen können, lassen wir ihn festnehmen. Bis dahin müssen wir ihn im Auge behalten. Im Moment würde er sowieso nicht weit kommen.“

„Aber meinen Sie nicht, dass es fast zu gut ist, um wahr zu sein?“, fragte Henry. „Gewiss, er hegt die passenden politischen Sympathien und war zur richtigen Zeit am richtigen Ort, und natürlich ist es ein sehr großer Zufall, dass er heute hier aufgetaucht ist. Es weist jedoch einiges darauf hin, dass er nicht schuldig ist – jedenfalls nicht des Mordes."

„Und das wäre?"

„Er hat keinen Revolver bei sich, zumindest hat er keine Waffe auf Lady Gertrude und Mrs Marchmont gerichtet, als die beiden ihn am Nachmittag aufgespürt haben."

„Pfft!", machte der Earl verächtlich. „Einen Revolver kann man ohne Probleme loswerden. Wahrscheinlich liegt er längst auf dem Grund eines Teiches oder eines Baches. Wir müssen eine gründliche Suche durchführen, sobald der Schnee zu schmelzen beginnt."

„Eine Leiche loszuwerden, ist jedoch nicht so einfach", gab Henry zu bedenken. „Wenn Bagshawe Klausen ermordet hat, war er vermutlich auch derjenige, der die Leiche in die Truhe gelegt hat."

„Ja – und?"

„Woher wusste er, wo er den Leichnam deponieren sollte? Lady Gertrude hat eingeräumt, dass er ein Freund von ihr ist, aber Sie sagen selbst, dass er noch nie auf Fives Castle zu Gast war. Wie konnte er ahnen, dass im Billardzimmer eine passende Truhe steht, in der er Klausen ablegen konnte, nachdem er ihn erschossen hat?"

„Nun, ich vermute, dass er nichts von der Truhe wusste, sondern zufällig darauf gestoßen ist."

Henry schüttelte den Kopf. „Das ist eher unwahrscheinlich. Meinen Sie, Bagshawe sei tatsächlich mit einer Leiche unter dem Arm durchs Schloss gewandert, warf zufällig einen Blick ins Billardzimmer und entdeckte eine Truhe, die groß genug für einen Leichnam ist? Das ist höchst unwahrscheinlich. Gestern

Abend waren viele Leute im Schloss unterwegs. Ein Toter erregt unweigerlich Aufmerksamkeit, wenn man ihn durch die Flure schleppt, und außerdem ist er sehr unhandlich. Es wäre äußerst riskant und natürlich beschwerlich gewesen, wenn sich der Mörder mit der Leiche auf die Suche nach einem Versteck gemacht hätte. Nein, wer immer den armen Klausen in der Truhe deponiert hat, wusste von der Truhe. Da Bagshawe noch nie hier war, ist dies ein Punkt zu seinen Gunsten."

„Jemand könnte ihm gesagt haben, wo er die Truhe findet", meinte der Earl. „Einer der anderen Verdächtigen vielleicht."

„Sie meinen Mrs Marchmont oder Freddy Pilkington-Soames? Das wäre möglich", musste Henry widerstrebend einräumen, „aber wann hätten sie ihm davon erzählen sollen? Es hätte nach ihrer Ankunft sein müssen, da keiner von beiden zuvor auf Fives gewesen ist. Daher hätten sie die Truhe erst bei einer Erkundungstour durchs Schloss entdecken können. Nein, diese Theorie überzeugt mich nicht. Sie unterstellt, dass der Mord an Klausen von langer Hand geplant war, denn warum hätte sich Bagshawe nach einem Versteck für eine Leiche umsehen sollen, wenn er gar nicht vorhatte, ihn umzubringen? Außerdem hatten sie keine Gelegenheit, die Information weiterzugeben. Soweit wir wissen, ist Bagshawe gestern die meiste Zeit durch den Schnee geirrt. Wie hätte er sich mit seinen Komplizen verabreden sollen, wenn sie sich vorher nicht absprechen konnten? Vergessen Sie nicht, dass die Telefone seit Freitagabend nicht mehr funktionieren."

„Stimmt", sagte Lord Strathmerrick. „Allerdings

kann ich mir vorstellen, dass sie irgendwie eine Möglichkeit gefunden haben."

„Ich weiß nicht, ob es von Bedeutung ist", fuhr Henry fort, „doch ich bin eben auf Freddy Pilkington-Soames gestoßen, und der meinte, Bagshawe habe nicht genug Grips, um einen Mord zu begehen. Ich habe ihn gefragt, warum er mir das erzählt. Er zögerte und schien sich in seiner Haut nicht wohlzufühlen, doch schließlich gestand er, dass er befürchtete, Bagshawe würde bei einer Befragung keinen guten Eindruck machen, und es sei bedauerlich, wenn er gehängt würde, nur weil er ein Trottel ist."

„Glauben Sie, dass er es ernst meint?"

„Bei diesem jungen Mann kann man das nur schwer einschätzen, doch ich hatte keinen Grund, an seinen Worten zu zweifeln."

„Er ist aalglatt, dieser Bursche", sagte der Earl. Henry vermutete, dass er Freddy meinte.

„Da ist noch etwas anderes, was mir Sorge bereitet", fuhr er fort. „Wir wissen immer noch nicht, wann Klausen angekommen ist."

„Warum ist das wichtig?", fragte Strathmerrick. „Als wir von seiner Ankunft erfuhren, war er bereits tot. Da spielt es kaum eine Rolle, wann er das Schloss betreten hat."

„Oh doch, es spielt sehr wohl eine Rolle. Wenn wir die Bewegungen des Professors nachvollziehen können, bekommen wir eine klarere Vorstellung, wer ihn umgebracht hat. Wenn er zum Beispiel um ein Uhr in der Frühe hier aufgetaucht ist, dann sind Sie aus dem Schneider – genau wie ich, da wir uns gegenseitig für die Zeit bis zum Auffinden der Leiche ein Alibi geben können."

„Was meinen Sie damit, dass ich aus dem Schneider bin?", fragte der Earl empört. „Sie machen hoffentlich Witze, Jameson. Die bloße Unterstellung –"

„Selbstverständlich meinte ich das rein hypothetisch, Sir", sagte Henry hastig. „Ich wollte damit nur aufzeigen, dass die Ankunftszeit des Professors bei der Suche nach dem Mörder von überragender Bedeutung sein kann."

„Hm", machte Strathemerrick misstrauisch. „Vermutlich haben Sie recht. Wir müssen das genau untersuchen." Er verfiel in nachdenkliches Schweigen. Plötzlich kam ihm ein Gedanke.

„Was ist mit den Dokumenten? Jameson, wenn wir später beim Dinner sitzen, müssen Sie Bagshawes Sachen nach den gestohlenen Dokumenten durchsuchen lassen. Ich kann mir nicht vorstellen, dass er ohne die Papiere angereist ist, daher muss der Mörder sie an sich genommen haben."

„Ich habe Bagshawes Gepäck bereits durchsucht", versicherte Henry ihm. „Er hat sie nicht."

„Wie ärgerlich!", sagte der Earl. „Wo zum Teufel sind sie? Schließlich können sie sich nicht in Luft aufgelöst haben."

„Ich habe keine Ahnung", antwortete Henry. „Da ist noch etwas anderes: St. John Bagshawe mag den Professor erschossen und sein Exemplar der Pläne an sich genommen haben – doch wer hat die Kopie gestohlen, die der Außenminister aufbewahrt hat? Bagshawe kann es nicht gewesen sein, denn er kann unmöglich von der Kopie gewusst haben."

„Vermutlich hat ein Komplize sie", sagte Strathemerrick.

„Aber wer? Wer wusste, dass Buchanan ein weiteres Exemplar der Dokumente hatte?"

Er wartete ab, während der Earl darüber nachdachte und zu der ebenso unvermeidlichen wie unangenehmen Schlussfolgerung kam.

„Niemand", sagte Lord Strathmerrick schließlich mit düsterer Miene. „Außer Ihnen, mir, Buchanan, Burford, dem Botschafter und Gabe Bradley. Wir sind die Einzigen, die wussten, dass der Außenminister eine Kopie der Pläne bei sich hatte. Wer hat sie also gestohlen?"

Kapitel Achtzehn

MRS MARCHMONT saß an ihrem Frisiertisch vor dem Spiegel und hielt den Kopf still, während Marthe mit großer Sorgfalt einen mit Schmucksteinen besetzten Haarreif in ihren Locken befestigte. Nach einer Weile trat sie einen Schritt zurück und betrachtete ihr Werk mit zufriedenem Lächeln.

„Was meinen Sie – kann ich so zum Festessen gehen?" Angela musterte ihr Spiegelbild.

„Ja, *Madame*, Sie sehen sehr chic aus", sagte Marthe.

„Sie finden es also nicht zu gewagt? Lord und Lady Strathmerrick sind recht altmodisch."

„Ja, aber sie haben drei Töchter, *Madame*, daher sind sie einen modernen Kleidungsstil sicher gewohnt. Glauben Sie mir, niemand wird den geringsten Anstoß an Ihrer Garderobe nehmen."

„Sie haben selbstverständlich recht, allerdings bin ich nach den Ereignissen der letzten Tage besonders vorsichtig. Ich vermute, die Countess missbilligt mein Verhalten den Männern in diesem Haus gegenüber."

„Warum? Was haben Sie getan?" Marthe sah sie interessiert an.

„Überhaupt nichts", antwortete Angela.

„Oh", sagte Marthe sichtlich enttäuscht.

„Es gab da ein oder zwei – äh, Situationen, die Lady Strathmerrick leider falsch gedeutet hat."

„Mit dem amerikanischen Botschafter, nicht wahr?" Als Angela sie überrascht ansah, erklärte Marthe: „Ich habe mitbekommen, wie er Sie ansieht."

„Er sieht mich an? Oh je, das ist alles schrecklich peinlich. Schließlich bin ich mit Selma befreundet."

„Ach, machen Sie sich ihretwegen keine Sorgen. Sie weiß es und es ist ihr egal."

„Sie weiß es? Da ist kein ‚Es', Marthe – jedenfalls nicht von meiner Seite."

„Schade", meinte ihr Mädchen. „Eine Frau ohne Liebhaber ist keine gute Sache. Sie sind schon zu lange allein."

„Mir gefällt es", beteuerte Angela. „Ich kann tun und lassen, was ich will. Ich kann beim Nachtisch zweimal zulangen und muss mir keine Gedanken um meine Taille machen. Ich kann dreißig Guineen für ein Kleid ausgeben und weitere dreißig für eine passende Halskette. Ich kann Freddy bitten, mich zum Tanz auszuführen, und dabei kann er nach Herzenslust mit mir flirten. Ich kann in einem Schrank sitzen und Whisky aus der Flasche trinken und am nächsten Morgen bis elf Uhr im Bett bleiben. Ich kann Detektivin spielen und auf Mördersuche gehen, ohne befürchten zu müssen, dass jemand mein Verhalten als wenig damenhaft verurteilt. Wie gesagt: Ich kann tun und lassen, was ich will."

„Deshalb sollten Sie sich einen verheirateten Mann

als Liebhaber nehmen. Er hat keine Macht über Sie, sodass Sie weiterhin so leben können, wie es Ihnen gefällt."

„Ich weiß es sehr zu schätzen, dass Sie sich Gedanken um mein Wohlergehen machen, Marthe", sagte Angela, „aber ich hatte gute Gründe, meine Verlobung mit Aubrey zu lösen, und verspüre nicht das Bedürfnis, die Vergangenheit wieder aufleben zu lassen. Kommen Sie, reden wir über etwas anderes. Ich möchte wissen, was Sie über Eleanor Buchanan herausgefunden haben."

„Es tut mir leid, *Madame*, aber ich konnte nicht viel in Erfahrung bringen. Ihr Mädchen macht kaum den Mund auf. Sie hat mir nur erzählt, dass Mrs Buchanan ihren Mann in Baden-Baden kennengelernt hat, wo sie sich beide zu der Zeit aufhielten, und dass sie die Tochter eines Arztes ist, der inzwischen verstorben ist."

„Oh je, eine diskrete Zofe", seufzte Angela. „Wie ärgerlich."

„Ich bin auch sehr diskret", versicherte Marthe ihr.

„Das bezweifle ich nicht", sagte Angela. „Nun gut, dann muss ich mir etwas anderes ausdenken." Sie erhob sich und strich ihren Rock glatt. „Sie brauchen nicht aufzubleiben, bis ich zurückkomme", sagte sie und ging hinaus.

In der Eingangshalle traf sie auf Henry Jameson, als er aus dem Flur kam, der zum Arbeitszimmer führte.

„Ah, Mrs Marchmont, könnte ich Sie einen Moment sprechen?"

„Selbstverständlich", antwortete Angela.

Henry sah sich vorsichtig um. Außer ihnen war niemand in der Eingangshalle. Er räusperte sich und sagte leise: „Ich habe mich mit St. John Bagshawe unterhalten. Er hat mir mitgeteilt, dass Sie ihm, als Sie ihn mit Lady Gertrude im Wald gefunden haben, einen Revolver an den Kopf gehalten und ihn aufgefordert haben, ‚die Pfoten hochzunehmen‘.“

„Ich habe nichts dergleichen getan!“, rief Angela. „Wofür halten Sie mich?“

„Dann hat er also gelogen?“

„Oh nein, ich habe ihm tatsächlich einen Revolver an den Kopf gehalten, aber etwas so Vulgäres wie ‚Nimm die Pfoten hoch!‘ würde mir Traum nicht einfallen. Wenn ich mich recht erinnere, habe ich ‚Keine Bewegung‘ gesagt.“

Henry unterdrückte ein Lächeln.

„Mrs Marchmont“, meinte er, „Sie wissen sicher, was ich als Nächstes sagen werde.“

Angela seufzte.

„Ich vermute, Sie wollen den Revolver haben.“

Er nickte.

„Ich habe keinen Grund zu der Annahme, dass Sie den Professor erschossen haben, doch es lässt sich nicht leugnen, dass wir eine Leiche haben, aber nicht die Waffe, mit der das Verbrechen begangen wurde. Es käme einer sträflichen Vernachlässigung meiner Pflichten gleich, wenn ich mir Ihren Revolver nicht wenigstens ansehen würde, und sei es nur, um ihn von weiteren Ermittlungen ausschließen zu können. Ich nehme an, Sie verstehen das.“

„Na gut, es lässt sich wohl nicht vermeiden“, sagte sie widerstrebend. „Ich gebe sie Ihnen, aber ich will sie wiederhaben. Es ist nicht die Waffe, mit der der Professor erschossen wurde, das garantiere ich Ihnen.“

„Wie können Sie so sicher sein?“

„Weil ich sie vollgeladen mitgebracht habe und keine Patrone fehlt."

„Wo ist sie im Moment?"

„Mein Chauffeur hat sie. Ich hatte mir überlegt, dass Sie oder einer der anderen Herren die falschen Schlüsse ziehen würden, wenn Sie sie in meinem Koffer finden. Um Ihnen und mir unnötigen Ärger zu ersparen, beschloss ich, sie jemand anderem zu geben. Gut, nehmen Sie sie, wenn es unbedingt sein muss. Gehen Sie in das Speisezimmer der Bediensteten und fragen Sie nach William. Sie können ihm sagen, dass ich Sie geschickt habe."

„Danke. Wenn sich bestätigt, dass es sich nicht um die Mordwaffe handelt, bekommen Sie sie so bald wie möglich zurück."

„Kurz vor meiner Abreise, vermute ich", murmelte Angela, als er kopfschüttelnd davonging.

„Angela!", hörte sie eine Stimme hinter sich. Es war Selma Nash, die mit Mühe die Treppe hinunterstieg. Sie hatte ein eng anliegendes Glitzerkleid an, das weitaus gewagter war als Angelas.

„Du siehst hinreißend aus!", rief Selma. „Wo hast du dich den ganzen Tag versteckt? Ich hätte so gern mit dir geschwatzt!"

Angela verspürte plötzlich den Drang, sich auf dem Fuße umzudrehen und davonzulaufen, doch natürlich blieb sie stehen und wartete geduldig, bis Selma die Treppenstufen bewältigt hatte.

„Ich weiß nicht, warum ich mich für dieses Kleid entschieden habe." Selma verzog das Gesicht. „Ich kann kaum darin laufen."

„Du siehst umwerfend aus. Woher hast du es?"

„Von einer garstigen kleinen Frau, meine Liebe." Selma hakte sich bei Angela unter, während sie auf das Esszimmer zusteuerten. „Kennst du Madame Estelle? Eine grässliche alte Hexe mit Fingern wie Vogelklauen und einer Stimme, die einem durch Mark und Bein geht, aber sie kreiert atemberaubende Kleider, daher gehe ich immer wieder zu ihr, obwohl ich sie nicht leiden kann. Erinnerst du dich an das aufsehenerregende Kleid, das Edrys Lawrence beim Rennen in Ascot anhatte? Das war von Estelle." Sie plauderte noch eine Weile über die neueste Mode, bevor sie sagte: „Aber, meine Liebe, eigentlich wollte ich mit dir über etwas ganz anderes reden. Ich wüsste gerne, welche Laus Aubrey über die Leber gelaufen ist. Er will nicht mit der Sprache heraus, aber ich wette, du weißt bestens Bescheid."

„Oh, wirkt er beunruhigt?", fragte Angela vorsichtig. „Das tut mir leid – aber wieso soll ich wissen, was ihm durch den Kopf geht?"

„Weil mir zu Ohren gekommen ist, dass ihr beide heute Vormittag im Frühstückszimmer in ein sehr vertrautes Gespräch vertieft wart."

Insgeheim verfluchte Angela die Schwatzhaftigkeit der Dienerschaft auf Fives Castle, doch zu Selma sagte sie nur: „Ja, ich meine mich zu erinnern, dass er ins Frühstückszimmer kam, als ich dort war, aber ich weiß nicht mehr, worüber wir geredet haben."

Selma gab ein leises Schnauben von sich.

„Sei nicht albern, Angela. Ihr habt Händchen gehalten und standet auffallend nah beieinander – als würdet ihr euch küssen."

Angela lief rot an.

„Hör zu, Selma", setzte sie an, „vielleicht hat es so ausgesehen, aber ich kann dir versichern –"

„Ach, das interessiert mich alles nicht." Selma machte eine wegwerfende Handbewegung. „Ich will nur wissen, was es mit dem Geheimnis auf sich hat, das alle außer mir zu kennen scheinen. Selbstverständlich war mir gleich klar, dass etwas im Gange ist. Wir wollten am Freitag eigentlich zur Riviera aufbrechen, doch in letzter Minute meinte Aubrey, wir würden stattdessen nach Schottland fahren. Ich musste in aller Eile meine Koffer neu packen, denn natürlich taugen die Sachen, die ich nach Cap Ferrat mitnehmen wollte, nicht für die arktische Kälte in den schottischen Highlands."

„Natürlich nicht."

„Daher wusste ich, dass etwas anlag, aber ich dachte, es sei das Übliche – ein spontaner Besuch des Königs auf Fives Castle, der meint, er müsse unbedingt den Botschafter herbeizitieren und ihm lauter unsinnige Fragen stellen."

„Passiert das oft?", fragte Angela.

„Öfter, als man annehmen sollte", antwortete Selma düster.

„Wie dem auch sei – bei unserer Ankunft war klar, dass politische Diskussionen anstanden. Aubrey war wie immer, höchstens ein bisschen aufgeregter und erwartungsvoller, aber das könnte deiner Anwesenheit geschuldet sein -"

Angela schüttelte entschieden den Kopf.

„- aber jetzt ist irgendetwas passiert, nicht wahr? Ich bin mir ganz sicher, denn Aubrey wirkt wie ausgewechselt, in sich gekehrt und grüblerisch. Er redet kaum noch mit mir, Gabe macht ein Gesicht wie sieben Tage Regenwetter, und beide ignorieren mich schon den ganzen Tag." Sie lachte. „Ich fühle mich so einsam, dass ich heute Nachmittag eine ganze Stunde lang artig

Konversation mit Lady Strathmerrick betrieben habe, obwohl ich glaube, dass sie mein Verhalten missbilligt."

„Tatsächlich?"

„Hm, vielleicht hätte ich mit Freddy ein wenig zurückhaltender sein sollen", überlegte Selma. „Aber was immer auch passiert ist, muss sich letzte Nacht oder am frühen Morgen zugetragen haben, davon bin ich überzeugt. Was ist es, Angela?"

Angela zögerte. Das Geheimnis war inzwischen keins mehr, doch sie war sich nicht sicher, wem sie was erzählen durfte. Glücklicherweise löste sich ihr Dilemma in Luft aus, als Clemmie auf die beiden Frauen zugelaufen kam.

„Angela, ist es wahr, was man über Professor Klausen sagt?", fragte sie atemlos. „Ist er wirklich ermordet worden?"

„Um Himmels willen!", rief Selma erstaunt. „Das war es also!"

„Ja", sagte Clemmie. „Es heißt, er sei letzte Nacht durch einen Schuss ins Herz getötet worden, während wir im Ballsaal getanzt haben. Der Mörder hat sich Zutritt zum Schloss verschafft, hat ihn erschossen und die Leiche im Billardzimmer versteckt. Dort liegt sie immer noch, und niemand darf den Raum betreten. Stimmt das?"

„Leider ja", antwortete Angela.

Clemmie starrte sie bestürzt an, während Selma den Kopf schüttelte.

„Deshalb also die Heimlichtuerei. Aber warum soll niemand etwas davon erfahren?"

„Ich habe keine Ahnung", log Angela. „Vielleicht liegt es daran, dass wir eingeschneit sind und sie die Polizei nicht benachrichtigen können. Möglicherweise wollen sie auf diese Weise verhindern, dass Panik im Schloss ausbricht.“

„Wie kommt es dann, dass du Bescheid weißt?“, fragte Selma misstrauisch.

„Ich saß im Schrank im Billardzimmer, als der Mörder die Leiche in der Truhe deponiert hat. Sardinen verstecken“, erklärte sie, als ihre Freundin sie verständnislos ansah.

„Oh ja, ich erinnere mich. Wir Erwachsenen haben derweil Karten gespielt.“

„Ich wünschte, ich hätte mich zu euch gesellt.“

„Aber wer war es?“

„Das konnte ich nicht sehen“, erläuterte Angela, „und ich glaube, dass auch meine fünf Gefährten im Schrank den Täter nicht gesehen haben. Freddy war auch dabei“, fügte sie hinzu, als sich eine Tür öffnete und Mr Pilkington-Soames höchstpersönlich zu ihnen trat. Selma ließ auf der Stelle Angelas Arm los und hakte sich bei Freddy unter.

„Wie ich höre, hast du im Billardzimmer Professoren erschossen, du böser Junge!“, sagte sie und zog ihn mit sich Richtung Esszimmer. „Warum hast du mir nichts davon erzählt?“

„Clemmie“, sagte Angela zu dem jungen Mädchen gewandt, „ich wollte mit Ihnen sprechen. Was können Sie mir über Professor Klausen sagen? Ich muss leider zugeben, dass ich nichts über ihn weiß, obwohl er recht berühmt zu sein scheint. Wofür genau war er bekannt? Sie haben es gestern erklärt, aber ich habe es nicht ganz verstanden. Und warum sollte ihn jemand umbringen wollen?“

„Ich weiß nicht, warum er umgebracht wurde, aber ich habe alles über seine Arbeit gelesen, die wahnsinnig faszinierend und wichtig ist. Er ist *die* Autorität im Bereich der Atomphysik. Ich kann nicht behaupten, dass ich alle seine Theorien begreife – obwohl ich sie eines Tages gerne verstehen würde -, aber ich weiß, dass er die Möglichkeit erforscht hat, die radioaktiven Eigenschaften bestimmter Substanzen nutzbar zu machen, um enorme Mengen an Energie zu produzieren."

„Aha", sagte Angela, die kein Wort verstand.

„Diese Energie lässt sich unterschiedlich einsetzen", fuhr Clemmie begeistert fort. „Stellen Sie sich vor, man könnte damit Autos und Züge schneller werden lassen oder Maschinen erschaffen, die mit rasender Geschwindigkeit Dinge herstellen. Davon können wir heute nur träumen. Man kann mit der Energie die Straßen beleuchten, Landmaschinen antreiben, Schusswaffen revolutionieren oder größere Bomben bauen – die Möglichkeiten sind endlos."

„Sehr praktisch", bestätigte Angela.

„Bislang ist das natürlich alles Theorie. Noch hapert es an der praktischen Umsetzung, aber Professor Klausen hat öffentlich verkündet, dass er auf dem besten Weg sei, es zu schaffen. Er wollte den International Prize nicht annehmen, weil er meinte, er verdiene ihn nicht, solange seine Theorien nicht bewiesen sind. Schließlich konnte man ihn überreden, ihn zu akzeptieren, als man ihm versprach, ihm einen weiteren Preis zu verleihen, sobald er den Beweis erbracht hat."

Atomwissenschaft gehörte nicht zu Angelas Stärken, doch es dämmerte ihr, dass etwas sehr Wichtiges auf dem Spiel stand.

„Verstehe ich es richtig, dass viele Leute großes Interesse an den Ergebnissen hätten, wenn sich die Theorien des Professors praktisch umsetzen ließen?"

„Oh ja, es wäre die bedeutendste Entdeckung seit der Erfindung der Dampfmaschine. Klausen wird sehr reich werden, wenn er sein Wissen verkauft hätte – hätte reich werden können", korrigierte sie sich hastig. „Sein Tod ist ein furchtbarer Verlust für die Wissenschaft."

„Das glaube ich gerne", sagte Angela, „es tut mir nur leid, dass ich ihm zu seinen Lebzeiten nicht die Ehre erwiesen habe, die ihm gebührte. Vielleicht lese ich eines Tages etwas über seine Theorien."

„Ich kann Ihnen helfen", versprach Clemmie. „Warten Sie, ich bin gleich wieder da."

Kurze Zeit später erschien sie wieder, mit einem Buch in der Hand.

„Die wissenschaftlichen Darstellungen sind Ihnen wahrscheinlich zu trocken", sagte sie, als sie Angela das Buch reichte, „aber vielleicht interessiert Sie ein Roman zum gleichen Thema. Der lässt sich etwas leichter lesen."

Angela betrachtete den Titel.

„,Befreite Welt'", las sie vor.

„Der Autor H.G. Wells ist kein Physiker, aber er verfolgt die jüngsten Entwicklungen seit Jahren", erklärte Clemmie. „Ich mag ihn."

„Danke, ich werde mir das Buch bestimmt ansehen. Wann wollen Sie mit dem Studium beginnen, Clemmie?"

„Erst im nächsten Jahr", sagte Clemmie. „Mir bleiben ein paar Monate, um Mutter und Vater zu überreden, mich an die Uni zu lassen. Gertie hat versprochen, mir zu helfen. Glücklicherweise glaubt Mutter, dass ich mich zur Krankenschwester ausbilden lassen will. Die Wahrheit könnte sie vermutlich nicht ertragen."

Angela lachte. „Ich hoffe, Sie können sie überreden. Vielleicht bringen Sie die Forschungen des Professors eines Tages zu Ende.“

„Das wäre fantastisch“, sagte Clemmie mit glänzenden Augen.

Vorausgesetzt, er hat sie nicht selbst schon abgeschlossen, dachte Angela insgeheim, aber ich könnte mir vorstellen, dass genau das der Fall ist.

Kapitel Neunzehn

Wie Gertie versprochen hatte, war das Neujahrsessen auf Fives Castle eine prachtvolle Angelegenheit, bei der die Präsentation der Speisen wichtiger war als die der Gäste. Der elegant eingedeckte Tisch mit dem gestärkten, strahlend weißen Tischtuch und einer verwirrenden Auswahl an Messern, Gabeln, Löffeln, Gläsern, Fingerschalen und Servietten, entsprach allen Regeln nobler Etikette. Dazwischen nahmen sich die Arrangements aus Trockenblumen, Nüssen und silbern bemalten Tannenzapfen recht hübsch aus, sie wurden jedoch überstrahlt von dem Meisterwerk, einer aus Eis geschnitzten Darstellung des Schlosses, die in der Mitte des Tisches fast einen Meter in die Höhe ragte. Selbst in dem schläfrigen Nebel, der sich nach einem reichlichen Mahl unweigerlich einstellte, würden die Gäste nicht vergessen, wo sie sich die Bäuche vollschlugen.

Und dann war da das Essen. Die Gäste sahen voller Ehrfurcht zu, wie eine nicht enden wollende Abfolge von Platten mit köstlichem Fleisch, Wild, Geflügel, Hummern, Pasteten, Kartoffeln, Gemüse und anderen

Köstlichkeiten mit feierlichem Zeremoniell serviert wurde. Danach kamen Süßes und Herzhaftes, Eis, Käse, Schaumgebäck, Obstsalate, Mousses, Petits Fours und ein gigantischer Obstkuchen. Sogar Angela, die schon an vielen privaten und öffentlichen Banketten teilgenommen hatte, musste zugeben, dass die Köche ihre Sache gut gemacht hatten.

St. John war ganz in seinem Element und widmete sich seiner Aufgabe mit einer wahrhaft bemerkenswerten Zielstrebigkeit. Angela saß neben ihm und beobachtete staunend, wie er Teller um Teller leerte und nur gelegentlich die Gabel ruhen ließ, um einen Schluck Wein oder Wasser zu trinken oder sich den Mund abzutupfen. Sie fragte sich, wie er bei einem solchen Appetit so schlank sein konnte. Trotz ihrer leidenschaftlichen Beteuerungen Marthe gegenüber war Angela jederzeit bereit, ihren Prinzipien untreu zu werden. In Anbetracht der Tatsache, dass ihr Kleid enger anlag, als ihr lieb war, verzichtete sie voller Bedauern auf einen Nachschlag beim Dessert.

Als er sich endlich sattgesessen hatte, lehnte sich St. John mit einem zufriedenen Seufzer zurück, trank einen Schluck von dem Kaffee, der gerade serviert worden war, und deutete an, dass er für ein Gespräch zur Verfügung stand.

„Ich muss schon sagen: Auf Fives Castle verstehen sie etwas von gutem Essen", begann er. „Es war verdammt anständig von Gertie, mich einzuladen, nachdem ich mich dermaßen zum Narren gemacht habe. Vielleicht verachtet sie mich doch nicht so sehr, wie ich dachte."

Angela verkniff sich den Hinweis, dass er die Einladung eher der Tatsache zu verdanken hatte, dass er derzeit der Hauptverdächtige in einem Mordfall war.

„Hat einer der Männer schon mit Ihnen gesprochen?", fragte sie.

St. John hielt sich die Hand vor den Mund, um ein unschickliches Geräusch zu unterdrücken, und nickte.

„Ja. Der alte Strathmerrick und dieser Jameson haben mich abgefangen und mich ordentlich ausgequetscht. Also habe ich mein ehrlichstes Gesicht aufgesetzt und ihnen gesagt, was ich Ihnen gesagt habe - dass ich nichts weiß und nur hier bin, um Gertie zu sehen."

„Haben sie Ihnen geglaubt?"

„Das kann ich Ihnen nicht sagen", meinte er. „Sie haben mir jedenfalls nicht gesagt, dass sie mir nicht glauben, aber ich habe das Gefühl, dass sie mich misstrauisch beäugt haben."

„Nun, Sie müssen zugeben, dass Ihre Ankunft ein wenig unorthodox war", gab Angela zu bedenken.

„Wahrscheinlich haben Sie recht", räumte er ein. „Ich habe einfach Pech, dass ich zum ungünstigsten Zeitpunkt aufgetaucht bin. Mich wundert allerdings, dass Jameson bereits alles über mich wusste. Wer ist er eigentlich?"

„Er arbeitet für den Geheimdienst", erklärte Angela.

„Ach, wirklich?", fragte er überrascht. „Er sieht gar nicht so aus, oder?" Plötzlich leuchteten seine Augen auf. „Dann müssen sie uns ausspioniert haben", sagte er. Ich dachte schon, dass unsere Aktivitäten für die Behörden von Interesse sein könnten, aber ich hätte nicht damit gerechnet, dass sie Undercover-Agenten einschleusen. Er straffte die Schultern und man sah ihm an, dass er sich geschmeichelt fühlte. „Die Jungs werden staunen, wenn ich ihnen das erzähle", sagte er stolz.

„Die werden sich riesig freuen, dass man uns endlich ernst nimmt. Wir hatten immer das Gefühl, dass die meisten Leute uns für einen Witz halten.“

Er leerte ein Likörglas auf einen Zug und sah sich nach der Flasche um.

„Hat man Sie nach Ihrem Alibi gefragt?“, wollte Angela wissen. „Vermutlich wollten sie sich vergewissern, dass Sie das Schloss tatsächlich kurz nach Mitternacht verlassen haben, wie Sie angegeben haben.“

„Oh ja, und ich habe ihnen gesagt, dass ich mir wegen der Zeit ganz sicher bin, denn ich habe zufällig auf die Uhr geschaut, kurz nachdem ich Bobby getroffen hatte. Da war es zwanzig nach zwölf, vielleicht auch fünfundzwanzig nach zwölf, aber auf keinen Fall später als halb eins. Aus dem, was Jameson gesagt, schließe ich, dass der Mord danach passiert ist.“

„Ich glaube nicht, der genaue Zeitpunkt des Mordes steht noch nicht fest. Aber die Leiche wurde irgendwann nach zwei Uhr in der Truhe im Billardzimmer abgelegt.“

„Na, dann bin ich ja fein raus“, sagte St. John fröhlich.

„Vermutlich haben Sie recht.“

Kurz darauf zogen sich die Damen so anmutig wie möglich in den Salon zurück, denn die meisten fühlten sich deutlich schwerer als vor dem Abendessen.

„Puh, am liebsten würde ich mich hinlegen und stöhnen“, verkündete Gertie und ließ sich in einen Sessel fallen, „aber das geht wahrscheinlich nicht.“

„Ich würde mich Ihnen jederzeit anschließen“, sagte Selma. Sie ging zur Countess und drückte ihr beide Hände. „Lady Strathmerrick, ich bin sprachlos“, sagte sie. „Das war ein himmlisches Bankett, besser als alles, was ich je gesehen oder gegessen habe - und ich vermute, ich habe mehr Bankette erlebt als die meisten Menschen. Dieses Festessen hat es wirklich verdient, in die Geschichte einzugehen.“

Die anderen Damen lobten das Essen ebenfalls in den höchsten Tönen. Lady Strathmerrick errötete ein wenig. Das alljährliche Neujahrsessen war ihr ganzer Stolz, aber es war immer angenehm, wenn die harte Arbeit gewürdigt wurde, die dahintersteckte.

„Oh, wir veranstalten dieses Essen schon seit Jahren“, sagte sie, „und wir konnten es jetzt nicht aufgeben - auch wenn wir natürlich nicht mehr in ebenso großem Stil auffahren wie vor dem Krieg.“

Genau wie Gertie hätte Angela sich gerne hingelegt und gestöhnt, fühlte sich aber verpflichtet, keine schläfrige Gesprächspause entstehen zu lassen, und bemühte sich, die Unterhaltung im Gang zu halten. Unterstützt wurde sie dabei von Freddy und St. John, die kurze Zeit später hereinkamen. St. John versuchte sich ausnahmsweise in Diplomatie und plauderte höflich mit seiner Gastgeberin, während sich Freddy zu Angela gesellte.

„Idiot“, sagte er mit einem finsteren Blick.

„Vielen Dank“, sagte Angela.

„Ich meinte natürlich St. John“, sagte Freddy. „Er wollte im Speisesaal bleiben und sich mit den anderen Herren unterhalten. Meine Andeutungen, dass wir vermutlich überflüssig sind, hat er geflissentlich überhört, sodass ich ihm zuflüstern musste, Gertie wolle ihn im Salon sehen.“

„Ich möchte nicht in Ihrer Haut stecken, wenn sie das herausfindet“, sagte Angela.

„Oh, Gertie verzeiht mir alles. Sie ist halb in mich verliebt, selbst wenn sie es selbst nicht weiß.“

„Hat sie deshalb im Copernicus Club mit einer Wurst auf Sie eingeschlagen? In der Nacht, als Sie verhaftet wurden? Meinen Sie nicht auch, dass das eine recht seltsame Art ist, seine Liebe zu zeigen?"

„Ach was, Gertie ist immer zu Scherzen aufgelegt", erwiderte Freddy fröhlich.

„Sie hat mir erzählt, dass sie ein Auge auf den Außenminister geworfen hat", sagte Angela.

„Blödsinn. Er ist uralt und wahrscheinlich vertrottelt. Außerdem ist er verheiratet."

„Das scheint für Sie kein Hindernis zu sein. Und das erinnert mich an etwas", sagte sie. „Könnten Sie Priss mit Ihrem Charme bezaubern? Ihre Verlobung mit Claude erscheint mir ziemlich rätselhaft, vor allem nach dem, was ich gestern Abend beobachtet habe."

„Warum, was haben Sie gestern Abend gesehen?"

„Oh, habe ich das nicht erwähnt?"

Sie erzählte ihm von ihrer Begegnung mit Eleanor Buchanan auf der Treppe. Freddy stieß einen überraschten Pfiff aus.

„Sie hatten also in einem der Schlafzimmer ein Stelldichein? Das hätte ich von keinem der beiden gedacht."

„Hat Priss Ihnen etwas über Claude erzählt? Liebt sie ihn überhaupt?"

„Was denken Sie?", sagte Freddy.

„Ich denke, sie findet ihn sterbenslangweilig", sagte Angela.

„Genau."

„Warum hat sie dann eingewilligt, ihn zu heiraten?"

„Soweit ich es verstanden habe, erschien es ihr eine gute Idee, als Claude um ihre Hand anhielt. Sie will unbedingt weg, wissen Sie - sie findet das Leben zu Hause furchtbar eintönig, und sie hat immer schon unter dem Druck gestanden, eine gute Partie zu machen – zumindest aus politischer Sicht.“

„Aha. Und vermutlich wäre diese Ehe für ihn politisch zweckmäßig. Für mich klingt das nicht nach einer idealen Verbindung.“

„Nein, ich wage zu behaupten, dass sie früher oder später mit ihm Schluss macht, spätestens, wenn jemand Besseres auftaucht.“

„Wenn ihr Claude so gleichgültig ist, dürfte sich leicht herausfinden lassen, ob sie über ihn und Mrs Buchanan Bescheid weiß.“

„Warum interessieren Sie sich so brennend für die harmlosen Privatangelegenheiten zweier Menschen, die für Sie keinerlei Bedeutung haben?“

„Weil ich mir nicht sicher bin, ob sie so harmlos sind.“ Sie sah Freddy eindringlich an. „Hören Sie“, fuhr sie fort, „Ihnen muss doch klar sein, wie sich die Nachricht von dem Mord auswirken wird. Die Tat kann unmöglich geheim gehalten werden, und deshalb wird man uns alle sehr genau unter die Lupe nehmen. Ich hoffe, Sie haben nichts zu verbergen.“

„Ich habe durchaus etwas zu verbergen“, sagte Freddy. „Genau wie Sie, nehme ich an.“

„Dann gehen Sie und sprechen Sie mit Priss. Vielleicht können wir das Rätsel lösen, bevor sich der Mord an Klausen herumspricht und uns die Reporter auf Schritt und Tritt verfolgen.“

„Da mache ich mir keine Sorgen“, grinste Freddy. „Ich werde mir selbst auf Schritt und Tritt folgen und mir ein Exklusivinterview gewähren. Corky Beckwith vom Herald wird sich schwarzärgern. Seit ich ihm bei der Geschichte über den Erzbischof und die Kollekte zuvorgekommen bin, will er mir unbedingt eins auswischen.“

„Verschwinden Sie“, lachte Angela und Freddy gehorchte. Sie sah, wie er sich zu Priss setzte, die den Kopf schüttelte, aber nicht abgeneigt schien, sich mit ihm zu unterhalten.

Eleanor Buchanan stand wie gewöhnlich am Fenster, starrte in die Dunkelheit hinaus und spielte mit ihrem goldenen Medaillon. Angela ging zu ihr.

„In den kommenden zwei Wochen werde ich sicher nichts mehr essen müssen“, sagte sie im Plauderton.

Mrs Buchanan rang sich ein schwaches Lächeln ab.

„Ja“, sagte sie, „mir geht es auch so.“

Die schlanken Finger der Frau schlängelten sich unaufhörlich um die Goldkette.

„Das ist ein sehr schönes Medaillon“, sagte Angela. „Mir ist aufgefallen, dass Sie es oft tragen. Ist es ein Lieblingsstück von Ihnen?“

„Ja“, antwortete Eleanor. Ihre Finger hielten für einen Moment in ihrer ständigen Bewegung inne, als sie den Anhänger in die Hand nahm und ihn betrachtete. „Er war ein Geschenk meines Vaters, kurz vor seinem Tod.“

„Bewahren Sie ein Foto von ihm darin auf?“

Eleanor musterte Angela mit zu Schlitzen verengten Augen, als würde sie sie beurteilen.

„Nein“, antwortete sie schließlich. Sie öffnete das Medaillon und hielt es in die Höhe. Angela sah das Bild eines dunkelhaarigen jungen Mannes, das vielleicht ein paar Jahre zuvor aufgenommen worden war. „Das ist mein Bruder“, antwortete sie auf Angelas fragenden Blick.

„Oh. Ist er …?“, sagte Angela zaghaft.

„Nein, er ist nicht gestorben, aber wir haben uns schon lange nicht mehr gesehen." Sie senkte den Blick. „Wir hatten eine – äh, eine Meinungsverschiedenheit. Ich hoffe sehr, dass wir uns eines Tages versöhnen, im Moment ist das jedoch leider nicht möglich."

„Oh, warum?" Angela war klar, dass sie in ihrer Neugierde einen Schritt zu weit ging, aber sie konnte sich die Frage nicht verkneifen.

„Die Situation ist ein wenig - kompliziert, sagen wir es mal so", sagte Eleanor.

„Könnten Sie ihm nicht einen Besuch abstatten?"

„Oh nein, das geht nicht", sagte Eleanor in einem Ton, der das Ende der Unterhaltung ankündigte. „Das ist in meiner Situation völlig unmöglich."

Angela wollte eine weitere Frage stellen, doch Mrs Buchanan fixierte sie so eindringlich, dass sie es sich anders überlegte.

„Ich weiß, warum Sie mir diese Fragen stellen", sagte Eleanor nach einer kurzen Pause. „Ich bin nicht dumm."

„Wie bitte?", fragte Angela überrascht.

„Aber Sie können sich die Mühe sparen", fuhr die andere fort. „Ich habe genug davon. Ich habe getan, worum Sie mich gebeten haben, und mehr werde ich nicht tun. Es gibt nichts mehr, was ich tun kann, nicht wahr? Wenn Sie mich nicht in Ruhe lassen, werde ich meinem Mann alles sagen, was ich weiß. Ich habe es satt, ich habe es wirklich satt, hören Sie?"

Sie machte auf dem Absatz kehrt und ging davon. Angela sah ihr erstaunt nach und fragte sich, womit sie Eleanor derart aufgebracht hatte.

Kapitel Zwanzig

Im Salon war es inzwischen unangenehm warm, und trotz aller Bemühungen erlahmte die Unterhaltung. Angela stand am Fenster und spürte, wie ihr die Glieder schwer wurden. Sie widerstand mit Mühe dem Drang, sich auf einen Diwan zu setzen und zu dösen.

„So geht das nicht, Angela", ermahnte sie sich schließlich und beschloss, sich auf die Suche nach Abkühlung zu machen. Die Kälte im Korridor vor dem Salon war belebend, doch es widerstrebte ihr, wieder hineinzugehen und sich erneut Eleanor Buchanans feindseligen Blicken auszusetzen. Sie überlegte, ob sie sich in ihr Zimmer schleichen und zu Bett gehen könnte, ohne dass man ihr vorwarf, ihre gesellschaftlichen Pflichten zu vernachlässigen. Sie ließ die Ereignisse des Tages Revue passieren. Ob der arme Professor Klausen noch in der Truhe lag? Ein kümmerlicher Ersatz für einen Sarg! Er würde nicht mehr lange dort liegen können, und sobald man ihn herausholte, würden vermutlich die nüchternen Formalitäten ihren Lauf nehmen: die Identifizierung, die Obduktion, die gerichtliche Untersuchung, die Ermittlungen der Polizei, die Befragungen und schließlich vielleicht die Verhaftung. Aber wer war der Mörder? War St. John der Gesuchte oder war er nur ein Sündenbock, der zufällig zur falschen Zeit am falschen Ort war? Wenn er es nicht war, wer war es dann?

Fast ohne es zu merken, schlug sie den Weg zum Billardzimmer ein. Als sie vor der Tür stand, drückte sie vorsichtig die Klinke herunter. Die Tür war immer noch verschlossen. Natürlich war sie noch verschlossen. Was hatte sie erwartet, als sie hierherkam? Was wollte sie hier? Ein Gefühl dafür bekommen, was genau letzte Nacht passiert war, als sie kaum einen vernünftigen Gedanken fassen konnte. Jetzt hatte sie einen klaren Kopf und war in der Lage, objektiv nachzudenken. Hatte heute überhaupt jemand klar denken können? Schließlich war die Situation alles andere als normal: Sie waren in einem Schloss gefangen, ohne die Möglichkeit, mit der Außenwelt Kontakt aufzunehmen, und das vielleicht mit einem Mörder in ihrer Mitte. Die Polizei, die eine offizielle Untersuchung hätte einleiten können, drang nicht zu ihnen durch, und so mussten die Verantwortlichen versuchen, sich so gut es ging durchzuschlagen. Henry Jameson schien ihr ebenso fähig zu sein wie sein Bruder, aber er war nur ein einziger Mann, und außerdem gingen ihm mit ziemlicher Sicherheit andere Dinge durch den Kopf. Immerhin hatten sich die meisten männlichen Gäste mit einer bestimmten Absicht auf Fives Castle zusammengefunden. Vermutlich machte Jameson sich mehr Sorgen um den Verbleib dessen, was Klausen bei sich hatte, und scherte sich nicht so sehr um die Identität des Mörders. Es waren viele Fragen gestellt worden, aber waren es auch die richtigen Fragen? Hatte zum Beispiel jemand versucht, herauszufinden, wo genau der Mord stattgefunden hatte? Man schien anzunehmen, dass der Professor fast überall im Schloss erschossen worden sein könnte und dass der Mörder mit der Leiche auf der Suche nach einem Versteck umhergezogen war, aber das war natürlich Unsinn. Man konnte sich eine Leiche nicht einfach über die Schulter werfen und damit herumwandern, ohne Aufmerksamkeit zu erregen. Tote sind schwer, und letzte Nacht waren viele Leute im Schloss unterwegs gewesen. Nein, offensichtlich hatte man Klausen irgendwo in der Nähe des Billardzimmers umgebracht und dann so schnell wie möglich versteckt.

Angela sah sich um. Rechts vom Billardzimmer führte eine Tür zur Porträtgalerie. Sie blieb in der Tür stehen und betrachtete den langgestreckten Raum. Es wäre äußerst töricht gewesen, wenn der Mörder diesen Weg gewählt hätte, denn die Galerie war hell erleuchtet und auf einer Seite befanden sich Fenster, die auf den Garten und die Außentür des Ballsaals blickten. Hätte er Klausens Leiche durch die Galerie getragen, hätte ihn jeder sehen können, der nach dem Tanz zufällig draußen vorbeikam. Nein, das ergab keinen Sinn. Links vom Billardzimmer befand sich die Bibliothek, um die die meisten Familienmitglieder einen großen Bogen machten. Angela sah eine weitere Tür in der gegenüberliegenden Wand. Sie öffnete sie und entdeckte, dass es sich um einen Vorratsschrank handelte, in dem sich Eimer, Besen und längst vergessene Gegenstände befanden. Als Versteck für eine Leiche war der Schrank durchaus geeignet, doch für einen Mord taugte er nicht.

Der Mord musste also in der Bibliothek stattgefunden haben. Angela zögerte einen Moment vor der

Tür, dann drückte sie die Klinke und trat ein. Der Raum war nur von einer Lampe mit grünem Schirm schwach beleuchtet, die auf einem Schreibtisch stand. Die Wände waren vom Boden bis zur Decke mit Bücherregalen bedeckt. In der hintersten Ecke befand sich ein großer Globus auf einem Holzständer. Angela ging zu ihm und drehte ihn vorsichtig. Er schien mindestens fünfzig Jahre alt zu sein, soweit sie es anhand der Darstellung der darauf abgebildeten Länder beurteilen konnte. Sie wandte ihre Aufmerksamkeit den Büchern zu. Dieser Teil der Bibliothek schien der Militärgeschichte gewidmet zu sein. Daneben befand sich eine vollständige Enzyklopädie. Sie nahm wahllos einen Band zur Hand.

„Bashi – Bazouk - Bashkala", las sie. „Hmm, sehr hilfreich."

Sie richtete sich auf, sah sich im Raum um und versuchte, sich die Szene vorzustellen.

„Ich frage mich, was passiert ist", überlegte sie angestrengt.

Aber es nützte nichts - es war zu dunkel und sie konnte den Raum nicht bis in den letzten Winkel einsehen. In diesem Moment hörte sie ein Klicken und das Deckenlicht ging an. Angela zuckte zusammen.

„Das hätte ich mir denken können, dass Sie hier sind", ertönte Henry Jamesons Stimme von der Tür aus. „Warum haben Sie kein Licht gemacht? Sie können ja kaum etwas sehen."

„Ich habe nicht daran gedacht", antwortete Angela. „Aber danke – so ist es viel besser."

„Nutzt es etwas, wenn ich Sie nett bitte, den Raum zu verlassen?"

„Sie sind sich sicher darüber im Klaren, dass inzwischen nahezu jeder im Schloss von dem Mord weiß?“

„Ich hatte es befürchtet“, seufzte Henry. „An einem Ort wie diesem ist es fast unmöglich, etwas geheim zu halten.“

„Warum also die Geheimniskrämerei? Warum tun Sie so, als sei nichts geschehen? Sie können ebenso gut allen reinen Wein einschenken und zugeben, dass etwas passiert ist. Auf diese Weise können Sie die Leute ganz offen befragen, statt sich Ausreden einfallen zu lassen, warum Sie sich plötzlich brennend dafür interessieren, was sie in der vergangenen Nacht getan haben.“

„Sie haben wahrscheinlich recht“, sagte er mit einem schwachen Lächeln. „Sie müssen mich entschuldigen – ich arbeite für den Geheimdienst und bin es nicht gewohnt, Informationen zu verbreiten. Wie Sie sich sicher vorstellen können, habe ich mein gesamtes Berufsleben lang genau das Gegenteil getan.“

Angela lachte.

„Und natürlich sind Politiker ein misstrauisches Völkchen“, fuhr er fort.

„Ja, besonders mir gegenüber“, merkte Angela trocken an.

„Wie kommen Sie darauf?“

„Gesunder Menschenverstand“, antwortete sie. „An Ihrer Stelle würde ich mich auch verdächtigen.“ Sie verschwieg vorsichtshalber, was Aubrey ihr am Morgen erzählt hatte. „Ich weiß, dass Gabe gesehen hat, wie ich in der Truhe herumgesucht habe – oh ja, ich gebe es zu“, sagte sie, als sie seinen erstaunten Blick sah, „aber es war reine Neugier, die mich dazu gebracht hat, nicht der Versuch, ein Verbrechen zu vertuschen.“

„Das freut mich zu hören“, sagte er trocken.

„Ich kann mir die Gespräche vorstellen, die Sie heute geführt haben, und wie Sie überlegt haben, ob man mir trauen kann. Wahrscheinlich haben Sie den anderen Herren berichtet, was Sie aus der Zeit von vor zehn Jahren über mich wussten, und dann hat Ihnen Aubrey erzählt, dass wir einmal verlobt waren und er sich für meine Ehrlichkeit verbürge, und dann hat jemand erwähnt, dass er in der Zeitung über mich gelesen hat, und ein anderer hat sich gefragt, wohin das noch führen solle, wenn Frauen ihre Nasen in Mordfälle stecken dürfen, und dann hat Lord Strathmerrick sich wahrscheinlich zu Wort gemeldet und gesagt, das sei ein verdammtes Ärgernis und ob man wirklich sicher sein könne, dass ich keine Spionin sei."

Angela hatte das Gespräch so treffend zusammengefasst, dass Henry Mühe hatte, sein Lachen zurückzuhalten.

Angela fuhr fort: „Vermutlich sollte ich dem Himmel danken, dass St. John heute Abend aufgetaucht ist und sich nun die ganze Aufmerksamkeit auf ihn richtet. Aber ich habe den Professor nicht umgebracht, das können Sie mir glauben."

„Nun gut", sagte Henry. „Gehen wir für den Moment davon aus, dass Sie nichts mit der ganzen Sache zu tun haben."

„Oh ja, aber nur für den Moment", grinste Angela.

„In diesem Fall haben Sie vermutlich Ihre eigene Theorie, was passiert ist. Ich nehme nicht an, dass Sie hier in der Bibliothek nach erbaulicher Literatur gesucht haben."

„Nein, ich bin hier, weil ich glaube, dass der Professor in diesem Raum getötet wurde. Das ist auch der Grund, weshalb Sie hier sind, nicht wahr? Da die

Vorstellung, dass jemand die Leiche durch endlose Gänge zum Billardzimmer geschleppt hat, ziemlich absurd ist, liegt es nahe, dass Klausen nicht weit vom Billardzimmer umgebracht wurde, und soweit ich es beurteilen kann, ist dies der einzige Raum, der dafür infrage kommt."

Henry nickte zustimmend.

„Ja, ich bin ebenfalls dieser Meinung."

„Warum haben Sie den Raum dann nicht schon früher untersucht?"

„Wir – äh, hatten andere Sorgen."

„Ah, ja, die verschwundenen Dokumente", sagte Angela.

„Woher zum Teufel wissen Sie davon? Sagen Sie nicht, Sie wissen, wo sie sind."

„Nein, da kann ich Ihnen leider nicht weiterhelfen. Ich weiß nicht einmal, um welche Dokumente es sich handelt, aber ich ahne, was in den Papieren steht."

„Aha? Und das wäre?"

„Ich denke, sie enthalten Hinweise auf die praktische Anwendung und Umsetzung von Professor Klausens Forschungen zur Radioaktivität. Vermutlich hat er den Beweis für seine Theorien erbracht und sollte Ihnen und den anderen Herren die Einzelheiten erläutern."

„Ich wusste nicht, dass Sie sich für Atomwissenschaft interessieren, Mrs Marchmont", sagte Henry.

„Ich habe nicht die geringste Ahnung von Atomwissenschaft - Clemmie hat es mir erklärt."

„Weiß sie von den Dokumenten?", fragte er erschrocken.

„Oh, nein", versicherte sie ihm. „Sie weiß nur, dass Klausen tot ist."

„Wer weiß sonst noch von den Papieren?"

„Nur Freddy und ich“, sagte sie. „Und Gertie“, fügte sie hinzu.

„Gertie!“, reif Henry entsetzt.

„Aber soweit ich weiß, bin ich die Einzige, die herausgefunden hat, was es damit auf sich hat. Ich habe doch recht, oder? Ich kann mir keinen anderen Grund vorstellen, warum sich Vertreter der britischen und der amerikanischen Regierung in den Weihnachtsferien heimlich mit Klausen treffen sollten. Er muss einen Weg gefunden haben, Energie aus Atomen zu gewinnen, und er brannte darauf, Ihnen seine Forschungsergebnisse vorzustellen.“

Henry bestätigte ihre Vermutung nicht, leugnete sie aber auch nicht, und Angela war sich sicher, dass sie den Nagel auf den Kopf getroffen hatte.

„Dann müssen Sie die Papiere finden“, sagte sie nach einer kurzen Pause, „bevor der Schnee schmilzt und sie aus dem Schloss geschmuggelt werden können.“

„Das müssen wir in der Tat“, sagte Henry düster. „Ich weiß nicht, ob Sie die Bedeutung dieser Dokumente ermessen können, Mrs Marchmont, aber sie könnten zwischen Krieg und Frieden entscheiden.“

„Du meine Güte!“, rief Angela. Sie kannte Henry Jameson gut genug, um zu wissen, dass er nicht zu Übertreibungen neigte. Wenn es stimmte, was er sagte, dann stand wahrhaftig viel auf dem Spiel.

„Es tut mir sehr leid, dass ich Ihnen nicht helfen kann“, sagte sie. „Ich wünschte, ich hätte einen Blick durch die Schranktür geworfen, als der mysteriöse Besucher ins Billardzimmer kam. Gehen Sie davon aus, dass Klausens Mörder die Papiere an sich genommen hat?“

„Ich nehme es an“, antwortete er. Er blickte einen Moment lang nachdenklich zu Boden. „Leider sind es nicht die einzigen Papiere, die verschwunden sind", sagte er schließlich mit seltener Offenheit.

„Oh?"

Henry sah aus, als bereute er seine Indiskretion bereits. Erst als Angela beharrlich nachfragte, fuhr er widerstrebend fort: „Der Außenminister hat Klausen vor seiner Abreise überredet, ihm eine Kopie der Dokumente zu geben, um sie sicher aufzubewahren. Sie sind ebenfalls nicht mehr auffindbar."

Angela starrte ihn an.

„Wo hat Mr Buchanan sie aufbewahrt?", fragte sie.

„Er hat sie in einem Geheimfach in seinem Koffer eingeschlossen. Jemand hat das Schloss aufgebrochen und sie entwendet – vermutlich letzte Nacht oder heute."

„Wer wusste davon?"

„Das ist eine sehr gute Frage, Mrs Marchmont", sagte Henry. „Lord Strathmerrick, der Außenminister selbst, Claude Burford, der Botschafter, Gabe Bradley und ich waren informiert. Wer sonst noch davon hätte erfahren können, weiß ich nicht. Natürlich streiten alle ab, irgendjemandem davon erzählt zu haben."

„Dann lügt entweder einer von Ihnen oder einer von Ihnen hat die Papiere gestohlen."

„So ungefähr sieht es aus", bestätigte er.

„Du liebe Zeit", sagte Angela nach kurzem Schweigen. „Es sieht nicht gut aus, nicht wahr? Wenn Sie verhindern wollen, dass das alles an die Öffentlichkeit gelangt, müssen Sie den Mord aufklären und beide Dokumente finden, bevor der Schnee schmilzt und die Polizei überall herumstapft und die Zeitungen davon Wind bekommen."

Henry verzog das Gesicht, als Angela die Presse erwähnte.

„Ja", sagte er. „Die Nachricht würde einschlagen wie eine Bombe. Ich hoffe nur, dass wir die Sache mit den verschwundenen Dokumenten im nationalen Interesse unter Verschluss halten können. Ihr Reporterfreund Freddy - glauben Sie, dass man ihm trauen kann?"

„Ja, von Zeit zu Zeit", sagte Angela, ohne nachzudenken, und fuhr dann hastig fort, als sie seinen erschrockenen Blick wahrnahm: „Ja, ich glaube, in solchen Dingen kann man ihm vertrauen, aber Sie sollten mit ihm reden. Er ist wirklich kein übler Bursche."

„Dann werde ich ihm klarmachen, wie wichtig es ist, dass so wenig wie möglich an die Öffentlichkeit gelangt."

„Wenn Sie ihm erlauben, als Erster über das zu berichten, was veröffentlicht werden darf, wird er sich in allen anderen Punkten sicher zurückhalten", meinte Angela.

„Und was ist mit Ihnen, Mrs Marchmont? Werden Sie sie ebenfalls zurückhalten?", fragte Henry mit einem vielsagenden Blick.

„Mr Jameson, Sie haben mir schon einmal vertraut, vor zehn Jahren, als ich jung und unerfahren war", sagte sie lächelnd. „Damals war es ein Risiko. Ich möchte, dass Sie dieses Risiko jetzt erneut eingehen. Ich verabscheue Mord und ich bin wie Sie daran interessiert, dass der Mörder von Klausen vor Gericht gestellt wird und das Lebenswerk des Professors nicht in die falschen Hände gelangt. Ich würde Ihnen gerne helfen. Außerdem ...", fuhr sie in einem sachlicheren Ton fort, „... was haben Sie zu verlieren? Ich glaube nicht, dass die Situation noch verzwickter werden könnte. Der

Professor ist tot und die Papiere sind verschwunden. Schlimmer kann es kaum werden."

„Wir wissen nicht, wo die Waffe ist, mit der er getötet wurde", sagte Henry. „Wenn sie weiterhin im Besitz des Mörders ist, stellt sie eine Gefahr dar."

„Dann glauben Sie also nicht, dass es meine Waffe war?"

„Im Moment schließe ich diese Möglichkeit aus", sagte er feierlich.

„Bemerkenswert, diese Umsicht", sagte sie. „Nehmen wir mal an, dass Sie mein Hilfsangebot akzeptieren – nur für den Moment", fügte sie schnell hinzu. „Vermutlich wissen Sie nicht, wann Professor Klausen auf Fives Castle angekommen ist?"

„Nein, ich tippe jedoch darauf, dass der Tanz in vollem Gange war, als er das Schloss erreichte. Wäre er zu einem früheren Zeitpunkt angekommen, hätte er seine Ankunft dem Gastgeber melden lassen und hätte sich zum Abendessen zu uns gesellt."

„Dann haben wir es mit einem Zeitkorridor von drei bis vier Stunden zu tun. Hat ihn niemand gesehen? Nicht einmal einer der Diener?"

„Nach unseren bisherigen Ermittlungen hat ihn tatsächlich niemand gesehen. Vergessen Sie nicht, dass fast die gesamte Dienerschaft im Ballsaal war, sodass kaum jemand zur Stelle war, um ihn in Empfang zu nehmen."

„Ja, das ist wahr", sagte Angela. „Dass ihn niemand hat ankommen sehen, ist für sich genommen also nicht verdächtig."

„Er war sowieso ein recht verschlossener Typ mit einer Neigung zur Geheimnistuerei", sagte Henry. „Es wäre typisch für ihn, sich zu einer Zeit ins Schloss zu schleichen, zu der er sicher sein konnte, dass es niemand mitbekam."

„Und was hat er nach seiner Ankunft gemacht? Wie ist er in der Bibliothek gelandet? War er schon einmal auf Fives?"

„Ich glaube nicht."

„Dann kannte er sich im Schloss nicht aus", sagte Angela. „Also ist er entweder ein bisschen herumgelaufen und ist zufällig auf die Bibliothek gestoßen, oder -"

„- oder jemand hat ihn abgefangen und hierhergebracht", ergänzte Henry.

„Und dieser Jemand war wahrscheinlich sein Mörder." Angela sah sich um. „Kann man daraus schließen, dass der Täter wusste, wann Klausen ankommen würde? In diesem Fall hätten sie vielleicht vereinbart, sich zu treffen, bevor die anderen Gäste den Professor zu Gesicht bekamen. Aber warum?"

„Ich weiß es nicht", sagte Henry.

„Die andere Möglichkeit ist, dass der Mörder zufällig auf Klausen gestoßen ist, ihn hierhergebracht und ihn dann getötet hat, entweder mit voller Absicht oder aus Versehen. In jedem Fall scheint es mir ziemlich sicher, dass unser Mann hinter den Dokumenten her war. Selbst wenn er den Professor nicht umbringen wollte, so war es doch sein oberstes Ziel, in den Besitz der Papiere zu gelangen."

„Ja", sagte Henry. „Vielleicht hatte der Täter ursprünglich vor, sie im Laufe des Wochenendes ohne Gewaltanwendung zu stehlen und sie in aller Ruhe aus dem Schloss zu schaffen, doch der Schnee machte ihm einen Strich durch die Rechnung."

„Ich frage mich, was passiert ist", sagte Angela nachdenklich. „Können wir absolut sicher sein, dass der Mord hier in der Bibliothek stattgefunden hat? Haben Sie diesen Raum überhaupt schon durchsucht?"

„Ich habe mich kurz umgesehen", gestand Henry, „aber ich hatte heute noch keine Zeit, ihn gründlich unter die Lupe zu nehmen."

„Dann sollten wir das jetzt tun", meinte Angela, und bevor Henry etwas erwidern konnte, ließ sie sich auf die Knie sinken und kroch auf allen Vieren über den Boden, um den Teppich in Augenschein zu nehmen, was ihr Kleid ihr übel nahm. Henry zögerte kurz, dann zupfte er seine Hosenbeine vorsichtig an den Knien hoch und schloss sich ihr an. Hoch konzentriert und mit großer Ernsthaftigkeit widmeten sie sich ihrer Aufgabe.

„Übrigens nehme ich nicht an, dass Sie etwas gehört haben, während Sie in dem Schrank im Billardzimmer saßen?", fragte er, nachdem ihre erste Suche erfolglos verlaufen war.

„Ich habe nichts gehört", antwortete sie und betrachtete stirnrunzelnd ein paar getrocknete Erdkrümel. „Die Wände sind so dick, dass man einen Schuss kaum wahrnehmen würde. Klausen konnte jedoch noch nicht lange tot gewesen sein, als ich ihn in der Truhe fand, denn er fühlte sich ziemlich warm an, als ich seinen Puls fühlen wollte, und die Leichenstarre hatte noch nicht eingesetzt." Sie setzte sich auf und dachte einen Moment nach. „Wenn ich einen Mann in dieser Bibliothek erschießen wollte, wo würde ich es tun?", überlegte sie laut. „Der Professor wurde mit einem einzigen Schuss ins Herz getötet, also stand der Mörder höchstwahrscheinlich in unmittelbarer Nähe des Opfers – es sei denn, der Täter ist ein Meisterschütze."

„Ja, die beiden müssen dicht beieinandergestanden haben."

Henry erhob sich, ging zu dem Globus in der Ecke und drehte ihn gedankenverloren, während er sich im Raum umsah. Angela beobachtete ihn.

„Genau das habe ich auch gemacht, als ich hereinkam", sagte sie. Sie stand ebenfalls auf und ging zu ihm. „Er ist wunderschön, nicht wahr? Ich könnte mir vorstellen, dass die meisten Leute als Erstes den Globus drehen, wenn sie die Bibliothek betreten."

Sie tauschten einen kurzen Blick, als ihnen zur selben Zeit der gleiche Gedanke kam. Wie auf Kommando gingen sie erneut in die Knie und untersuchten den Teppich rund um das Gestell, auf dem der Globus ruhte. Es dauerte nicht lange, bis sie fanden, wonach sie suchten.

„Hier!", rief Henry. „Das lag an diesem Regal."

„Es ist ein Mantelknopf", sagte Angela. „Fehlt am Mantel des Professors einer? Ich fürchte, darauf habe ich nicht geachtet."

„Es fehlt tatsächlich ein Knopf", sagte Henry triumphierend. „Es ist mir sofort aufgefallen, und ich habe mich gefragt, wo er geblieben sein könnte. Ich werde dieses Exemplar mit den anderen vergleichen, aber ich bin mir ziemlich sicher, dass er von Klausens Mantel stammt."

„Ist hier sonst noch etwas? Ein Blutfleck vielleicht?"

„Der Schuss hat weitgehend innere Blutungen verursacht, daher sind Blutflecken eher unwahrscheinlich."

Sie krochen noch eine Weile herum, jedoch ohne Erfolg.

„Lassen wir es gut sein", sagte Henry schließlich.

„Unsere Theorie, dass er in der Bibliothek getötet wurde, scheint sich jedenfalls zu bestätigen."

„Das bringt uns zu der Frage zurück, wer ihn getötet hat", sagte Angela.

„Dieser St. John", begann Henry, „kennen Sie ihn persönlich?"

„Nein, er ist ein Freund von Freddy. Ich bin ihm heute zum ersten Mal begegnet. Über seine politischen Aktivitäten wissen Sie wahrscheinlich bestens Bescheid."

„Ja, das kann jedoch reiner Zufall sein. Wenn man sich mit ihm unterhält, macht er nicht den Eindruck, als sei er eine Geistesgröße, doch man braucht nicht viel Grips, um einen Schuss abzufeuern. Wir haben ihn natürlich kurz befragt. Seine Geschichte klingt seltsam, könnte aber durchaus wahr sein."

„Vielleicht, vielleicht aber auch nicht", sagte Angela. „Ich weiß nicht, ob es Ihnen aufgefallen ist, aber er hat gelogen, was sein Alibi angeht."

„Ah, das haben Sie bemerkt! Er könnte sich in der Zeit geirrt haben, wage ich zu behaupten."

„Wenn ja, dann hat er sich gleich dreimal geirrt: einmal mir gegenüber, einmal im Gespräch mit Ihnen und dann noch ein weiteres Mal beim Abendessen, als ich mich mit ihm unterhalten habe. Er war sich ganz sicher, dass er das Schloss vor halb eins verlassen hatte - er sagte sogar, er hätte auf die Uhr gesehen. Das ist jedoch nicht möglich, denn Bobby ist ihm beim Versteckspiel über den Weg gelaufen – und wenn ich mich recht entsinne, haben wir mit dem Spiel erst weit nach ein Uhr begonnen."

„In Bezug auf den umgestürzten Baum hat er einen weiteren Fehler gemacht. Wäre er tatsächlich gegen halb eins vom Schloss aufgebrochen, wie er behauptet, hätte er den Weg ins Dorf in Begleitung mehrerer Dorfbewohner zurückgelegt - und zu dieser Zeit sind die meisten ohne Probleme durchgekommen. Soweit wir wissen, ereignete sich der Erdrutsch später, gegen ein Uhr nachts. Wo ist Mr Bagshawe übrigens? Freddy und er sind nicht lange im Esszimmer geblieben, nachdem die Damen in den Salon gegangen waren. Ich hoffe, sie hecken keinen Unfug aus."

„Das hängt von Ihrer Definition von Unfug ab", sagte Angela, „aber ich denke, uns droht keine Gefahr. Als ich den Salon verließ, war St. John mit Miss Foster in ein ernsthaftes Gespräch vertieft, bei dem es um Lyrik im Allgemeinen und ihre eigenen literarischen Bemühungen im Besonderen ging. Sie haben sich gegenseitig mit immer scheußlicheren Gedichten übertönt, und ich hoffe inständig, dass es nicht zu Blutvergießen gekommen ist."

„Wenn diese militanten Typen sich darauf beschränken würden, scheußliche Gedichte zu verfassen, würde es mir meine Arbeit wesentlich erleichtern", seufzte Henry. „Ich hätte wissen müssen, dass wir sie nicht alle aufgespürt haben. Ich fürchte, die nächsten Wochen werden sehr schwierig für die Regierung."

„Was meinen Sie mit ‚alle aufspüren'?", fragte Angela. „Wen aufspüren?"

Henry musste einsehen, dass es keinen Sinn hatte, die Wahrheit zu verschleiern.

„Die Spione", antwortete er.

Kapitel Einundzwanzig

„Es FING alles vor ein paar Jahren an", begann Henry. „Sie erinnern sich vielleicht noch an die Arbeiterunruhen, die Streiks und den politischen Aktivismus, der zur selben Zeit aufkam. In der Regierung herrschte die Sorge, dass uns ein ähnliches Schicksal wie Russland drohte - oder zumindest, dass sich der Kommunismus in Kürze zu einer ernstzunehmenden Gefahr entwickeln würde, und natürlich waren diese Bedenken häufig das zentrale Thema bei den Kabinettssitzungen. Irgendwann stellte man fest, dass vertrauliche Beschlüsse, die in den Kabinettssitzungen gefasst wurden, an die Öffentlichkeit gelangten, und dass die Informationen auch ins Ausland weitergetragen wurden. In der ausländischen Presse kursierten Geschichten über die unnachgiebige Haltung Großbritanniens gegenüber seinen östlichen Nachbarn. Um unser mangelndes Vertrauen zu belegen, wurden bestimmte Aussagen unserer Politiker zitiert. Natürlich stritten wir entschieden ab, dass solche Aussagen jemals getätigt worden seien, und verlangten auf das Schärfste, die Anschuldigungen auf der Stelle zurückzunehmen. In Wirklichkeit herrschte in der Regierung jedoch große Bestürzung, denn fast alles, was in der Presse zu lesen war, stimmte aufs Wort.

Wir waren hellhörig geworden und achteten nun genauer darauf, was im Ausland vor sich ging. Bald stellten wir fest, dass zahlreiche Informationen, von denen eigentlich nur wenige sehr hochrangige Politiker in London wissen sollten, anscheinend auch anderswo bekannt waren, etwa Einzelheiten von Handelsverträgen und dergleichen. Die meisten Menschen hätten kaum Interesse an solch langweiligem Zeug, doch man sollte die Bedeutung solcher Beschlüsse nicht unterschätzen. Es wurde schnell klar, dass irgendjemand diese Informationen weitergab, und so begannen wir mit diskreten Ermittlungen. Der Schuldige war schnell gefunden: ein junger Mann namens Stephen Golovin, der noch nicht lange für das Kabinettsekretariat arbeitete. Er war der Sohn eines Arztes, der während der Unruhen im Jahr 1905 aus Russland geflohen war und sich mit seiner Familie in England niedergelassen hatte. Die Golovins lebten viele Jahre ruhig und unauffällig in London, doch irgendwann – wir wissen nicht genau, wann – muss der junge Stephen in schlechte Gesellschaft geraten sein. Von seiner Familie erfuhren wir, dass er ein oder zwei Jahre lang den Kontakt zu ihnen abgebrochen hatte, ohne dass sie den Grund verstanden oder gewusst hätten, was er in der Zeit gemacht hat. Schließlich schien er seiner jugendlichen Rebellion zu entwachsen, kehrte zu seiner Familie zurück und suchte sich eine Arbeit.

Wie es der Zufall wollte, waren die Golovins Nachbarn von Beresford Ogilvy, dem damaligen Innenminister. Er war dem Jungen immer zugetan gewesen und bot ihm eine untergeordnete Stellung im Kabinettsekretariat an, um seinen alten Freunden zu helfen. Golovin junior nahm das Angebot an. Er erwies sich als tüchtiger Arbeiter und es kamen nie die geringsten Zweifel an seiner Loyalität auf, bis zu dem Tag, an dem er dabei ertappt wurde, wie er die Kopie des Protokolls der letzten Kabinettsitzung aus dem Büro schmuggeln wollte, und verhaftet wurde.

Ich persönlich hielt es für einen Fehler, ihn sofort verhaften zu lassen. Ich war der Meinung, dass man ihn eine Weile unter Beobachtung stellen und herausfinden sollte, an wen er die Informationen weitergab und wer seine Komplizen waren, falls er nicht allein arbeitete. Einige der – nun, sagen wir – ängstlicheren Mitglieder des Kabinetts bestanden jedoch darauf, die Polizei zu rufen, sobald sie von Golovins Tat erfuhren. Er wurde verhaftet, vor Gericht gestellt und zu zwanzig Jahren Gefängnis verurteilt."

„Ich erinnere mich gut an den Fall", sagte Angela. „Die Zeitungen waren wochenlang voll davon. Der Innenminister musste seinen Posten räumen und verlor seinen Sitz im Parlament wegen der Rolle, die er bei der Affäre unwissentlich gespielt hatte."

„Ja, das war äußerst bedauerlich. Die Öffentlichkeit hat damals nichts davon erfahren, aber tatsächlich stand die Frage im Raum, ob die ganze Regierung zurücktreten müsse. Wie Sie sich sicher vorstellen können, wären die Auswirkungen auf die nationale Sicherheit kaum zu ermessen gewesen, wenn man das politische Klima zu jener Zeit in Betracht zieht. Glücklicherweise hat die Regierung die Krise überlebt und ein neuer Innenminister wurde ernannt. Claude Burford, Ogilvys Sekretär, wurde als Kandidat für den Parlamentssitz seines ehemaligen Dienstherrn auserkoren und gewann ihn mit knapper Mehrheit. Er ist nicht so gewieft wie Ogilvy, doch dank seiner Beziehungen wird er sich bestimmt gut machen."

„Das bezweifle ich nicht", bemerkte Angela trocken.

„Jedenfalls bereitete die ganze Sache dem Geheimdienst monatelang reichlich Kopfschmerzen. Im Laufe des vergangenen Jahres schien sich die allgemeine Aufregung allmählich zu legen, aber ich habe mich immer gefragt, ob Golovin Komplizen hatte. Er hat hartnäckig beteuert, allein gehandelt zu haben, aber ich war nie ganz davon überzeugt."

„War er geständig?"

„Oh, ja. Er zeigte keinerlei Reue, sondern behauptete, seine Loyalität habe zu keinem Zeitpunkt Großbritannien gegolten. Er bezeichnete seinen Vater als Verräter, weil er Russland den Rücken gekehrt habe. Er weigerte sich jedoch, uns die Leute zu nennen, an die er Geheimnisse weitergegeben hatte, wir sind ihnen bis heute nicht auf die Spur gekommen. Wir haben auch nie herausgefunden, ob Golovin tatsächlich die Wahrheit gesagt hat, als er angab, allein gehandelt zu haben. Hin und wieder erhielten wir von unseren Agenten in Übersee Hinweise, in Großbritannien sei ein ganzer Spionagering aktiv, aber wir konnten das nie bestätigen."

„Aber jetzt sieht es aus, als hätten Ihre Agenten recht gehabt", sagte Angela.

„Ja, so sieht es aus", antwortete Henry düster.

„Wer wusste, dass Professor Klausen auf Fives Castle erwartet wurde und was er hier wollte?"

„Soweit ich unterrichtet bin, waren nur wir hier in England eingeweiht. Wie es bei den Amerikanern aussah, kann ich nicht sagen. Buchanan hat sich zunächst mit seinem amerikanischen Kollegen beraten, der den Botschafter zu Vorgesprächen hergeschickt hat. Vermutlich wurde hervorgehoben, wie wichtig Geheimhaltung ist, aber zweifellos wissen einige Leute drüben Bescheid. Dieses Treffen auf Fives Castle wurde jedoch erst letzte Woche arrangiert, sodass ein Spion keine Zeit gehabt hätte, aus den Vereinigten Staaten anzureisen.“

„Er hätte jedoch genug Zeit gehabt, ein Telegramm an einen Aktivisten in England zu schicken“, merkte Angela an. „Etwa an St. John Bagshawe.“

„Das stimmt“, räumte Henry ein.

„Liegt der Professor immer noch in der Truhe?“

„Leider ja, wie ich zugeben muss. Ich weiß, dass einem Toten mehr Würde gebührt, aber wir müssen ihn in der Truhe lassen, bis die Leichenstarre nachlässt. Morgen holen wir ihn heraus und schicken nach einem Arzt und der Polizei. Es hat mittlerweile aufgehört zu schneien, mit etwas Glück können die Männer den umgestürzten Baum wegräumen und den Weg zum Dorf frei machen – und dann ist die Katze aus dem Sack. Ich sollte es mir nicht zu sehr zu Herzen nehmen: Nach dem, was Sie sagen, wissen alle im Schloss bereits Bescheid, also machen ein paar Millionen Menschen mehr keinen wesentlichen Unterschied. Die Situation kann kaum schlimmer werden.“

Er sah so niedergeschlagen aus, dass Angela sich ein Lachen verkneifen musste.

„Was hätten Sie getan, wenn Sie die Leiche gefunden hätten?“, fragte sie neugierig.

Henry überlegte kurz. „Wenn ich die Leiche gefunden hätte, würden wir dieses Gespräch jetzt sicher nicht führen, Mrs Marchmont - und ich würde mir keine Sorgen machen, dass die Geschichte in die Zeitung kommt."

„Das kann ich mir gut vorstellen. Es tut mir nur leid, dass Sie gezwungen waren, meine Hilfe anzunehmen."

„Oh, es gibt Schlimmeres. Wenigstens weiß ich, dass ich mich auf Ihren gesunden Menschenverstand verlassen kann."

„Und natürlich auf meine Aufrichtigkeit", fügte Angela hinzu.

„Natürlich", sagte Henry.

Angela lächelte in sich hinein und sagte dann: „Kann ich Ihnen heute Abend noch irgendwie helfen? Wenn nicht, dann würde ich jetzt gerne zu Bett gehen."

„Ja, es ist spät geworden. Ich würde auch gerne schlafen gehen, aber wir werden heute Abend sicher bis in die Nacht beraten. Politiker besitzen die außerge-wöhnliche Fähigkeit, stundenlang zu reden, ohne je etwas Sinnvolles zu sagen."

„Das gehört wohl zum Job", sagte Angela amüsiert. Sie wünschte ihm eine gute Nacht und ging nach oben in ihr Zimmer. Nach den Aufregungen der vergangenen Nacht war sie sehr müde. Im Salon würde man sie kaum vermissen.

Sie zog sich rasch aus und schlüpfte ins Bett. Sie wollte gerade die Lampe ausschalten, als sie das Buch, das Clemmie ihr geliehen hatte, auf dem Nachttisch liegen sah. Sie nahm es zur Hand und fing an zu lesen. Nach ein paar Minuten begannen ihre Gedanken jedoch abzuschweifen, die Ereignisse des Tages gingen ihr durch den Kopf und sie versuchte, sich einen Reim darauf zu machen. Warum hatte St. John gelogen und behauptet, er habe das Schloss gegen halb eins verlas-sen? Darauf schien es nur eine logische Antwort zu geben: Er brauchte ein Alibi für die Tatzeit. Aber woher hatte er gewusst, dass ein Alibi nötig war? Soweit Angela sich erinnern konnte, hatte bei der ersten Befragung in Freddys Zimmer niemand den Mord erwähnt. Warum hatte er nicht zugegeben, dass er bis nach ein Uhr nachts im Schloss herumgelaufen war? Es gab keinen Grund zu lügen – die Wahrheit hätte ihn kaum dümmer aussehen lassen können, als er ohnehin schon aussah. Könnte St. John Professor Klausen ermordet haben? Er schien nicht der Typ dafür zu sein, aber alles wies in diese Richtung: seine politischen Überzeugungen, seine Zugehörigkeit zu einer militanten Gruppe, seine früheren gewalttätigen Aktivitäten – vor Gericht würde es schlecht für ihn aussehen. Vielleicht sollten sie ihm die Chance geben, sich zu erklären, bevor es so weit kam; es wäre zumindest fair.

Plötzlich setzte sie sich auf. Sie hatte vergessen, Henry von dem seltsamen Gespräch mit Eleanor Buchanan zu erzählen, das sie am Abend mit ihr geführt hatte. Was hatte Eleanor gemeint, als sie sagte, sie habe getan, worum Angela sie gebeten habe, und dass sie nicht mehr tun wolle oder könne? Angela hatte keine Ahnung, was sie damit gemeint hatte. Sie dachte an ihr Gespräch zurück. Eleanor schien aufgeregt zu sein, als sie über ihr Medaillon sprachen - oder besser gesagt, über das Foto darin. Vor ihrem inneren Auge sah Angela, wie Mrs Buchanan unablässig die Goldkette befingerte und nur gelegentlich innehielt, um gedankenverloren über den Anhänger zu streichen. Vielleicht hätte sie sich nicht so eindringlich nach Eleanors Bruder erkundigen sollen: Schließlich waren Familienstreitigkeiten eine sehr persönliche Angelegenheit, und es gehörte kaum zum guten Ton, nach den Einzelheiten zu fragen.

Angela gähnte und warf einen Blick auf das Buch in ihrer Hand. Sie fand es ein wenig deprimierend, daher beschloss sie, zu schlafen statt zu lesen. Wenn sie keinen Streit mit Marthe bekommen wollte, musste sie jedoch erst die Kleidungsstücke aufheben, die sie hastig ausgezogen und auf dem Boden hatte liegen lassen. Sie stand auf und legte alles ordentlich über einen Stuhl. Ihre Handtasche war im Weg, und als sie sie beiseitestellte, fiel ihr das ungewöhnliche Gewicht auf. Verdutzt öffnete sie sie, warf einen Blick hinein – und erstarrte.

„Das ist sehr seltsam", sagte sie schließlich. Sie griff in die Tasche und holte einen kleinen Revolver hervor, der ihrem eigenen ähnlich sah. Angela wusste sofort, wie viele Patronen die Trommel enthielt, schaute aber zur Vorsicht dennoch nach. Eine Kammer war leer. Angela dachte angestrengt nach, während sie die Waffe anstarrte. Offenbar handelte es sich um die Mordwaffe, doch warum hatte der Mörder plötzlich beschlossen, sie Angela unterzuschieben? Vermutlich, um sie zu belasten.

„Ich nehme an, Sie finden das witzig, Herr Mörder, wer auch immer Sie sein mögen", murmelte Angela. „Nun, ich bin anderer Meinung. Ich rate Ihnen, sich vorzusehen."

Dann ging sie zu Bett und schlief geschlagene neun Stunden lang mit der Waffe unter dem Kopfkissen.

Kapitel Zweiundzwanzig

ALS ANGELA am nächsten Morgen den Frühstücksraum betrat, fand sie dort nur Aubrey Nash und Gabe Bradley vor, die über etwas lachten. Als er sie sah, warf Gabe dem Botschafter einen kurzen Blick zu, leerte seine Tasse und verabschiedete sich taktvoll.

Angela setzte sich Aubrey gegenüber an den Tisch, schenkte sich Kaffee ein und nahm sich ein Brötchen.

„Wie ich sehe, schneit es schon wieder", sagte sie zur Begrüßung. „Das heißt wohl, dass wir mindestens einen weiteren Tag von der Außenwelt abgeschnitten sein werden."

„Nicht unbedingt", antwortete Aubrey. „Lord Strathmerrick lässt einige seiner Männer den Baum und den Erdrutsch beseitigen. Ich schätze, dass wir heute Nachmittag bis zum Dorf durchkommen werden."

„Und dann kann endlich die Polizei anrücken."

„Ich glaube, Jameson hat vor, sich direkt an Scotland Yard zu wenden, sofern die Leitungen im Dorf nicht auch unterbrochen sind."

„Verstehe", sagte Angela. „Hast du Mr Jameson

heute Morgen gesehen? Ich möchte mit ihm sprechen.“ Sie hatte sich überlegt, den Revolver in ihrer Handtasche nicht zu erwähnen und ihn einfach zu behalten, da man ihr ihren eigenen weggenommen hatte. Nachdem sie eine Weile darüber nachgedacht hatte, kam sie jedoch zu dem Schluss, dass Henry davon erfahren sollte, selbst auf die Gefahr hin, dass die misstrauischeren Herren dies als Beweis ihrer Schuld werten würden. Immerhin hatte Henry sie gestern Abend ins Vertrauen gezogen, sodass es zumindest unhöflich wäre, ihn zu hintergehen.

„Ich glaube, er und Lord Strathmerrick sind mit Professor Klausen beschäftigt“, sagte Aubrey.

„Haben sie ihn aus der Truhe geholt?“

„Ja. Ich schätze, die Leichenstarre hat nachgelassen, sodass sie ihn transportieren können. Ich bin heilfroh darüber. Eine Leiche in einer alten Truhe aufzubewahren wie abgelegte Kleidung, ist nicht richtig.“

„Das sehe ich auch so“, meinte Angela. „Er hat etwas Anstand verdient, nachdem er so grausam gestorben ist. Ich werde abwarten müssen, bis sich eine Gelegenheit ergibt, mit Mr Jameson zu sprechen.“

„Ja, er wird eine Weile zu tun haben.“

„Womit vertreibst du dir heute die Zeit, wenn du auf Fives Castle festsitzt? Gabe und du, ihr habt sicher genug Staatsgeschäfte zu erledigen, sodass keine Langeweile aufkommen dürfte. Oder spielst du Detektiv?“

Aubrey verzog das Gesicht.

„Nein, mich hat niemand eingeweiht, ich erfahre nichts. Die Jungs von der britischen Regierung haben das Kommando übernommen und halten sich an ihre eigenen Regeln – was nicht weiter verwunderlich ist, schließlich ist es ihre Show und ihre Leiche.“

„Es muss ihnen sehr peinlich sein, den offiziellen Vertreter eines anderen Landes zu einem Treffen mit einem hochkarätigen Wissenschaftler einzuladen, und dann wird der Mann ermordet, bevor man mitbekommt, dass er eingetroffen ist. Das wirft kein gutes Licht auf die Herrschaften."

„Stimmt - obwohl man ihnen kaum die Schuld dafür geben kann. Mich wundert nur, dass der junge Bagshawe noch frei herumläuft."

„Ich kann mir vorstellen, dass sie ihn liebend gern hinter Schloss und Riegel bringen würden", sagte Angela, „aber es gibt keine schlagenden Beweise für seine Schuld - er hatte zum Beispiel keine Waffe bei sich. Und sie können ihn nicht einfach auf Verdacht einsperren. Wenn sie alle Leute festsetzen würden, die sie verdächtigen, dann wären Freddy und ich seit gestern in unseren Schlafzimmern eingeschlossen."

„Ich hoffe nur, dass sie die nötigen Beweise finden", sagte Aubrey. „Lord Strathmerrick sprach gestern Abend davon, dass er heute alle Zimmer durchsuchen wolle. Ich weiß allerdings nicht, wie er das erklären will, da wir ja über den Mord Stillschweigen bewahren sollen."

„Darüber braucht er sich keine Gedanken zu machen", erwiderte Angela. „Die Nachricht vom Mord hat sich längst herumgesprochen."

„Tatsächlich?" Aubrey wirkte überrascht. „Da sieht man mal wieder, dass an einem Ort wie diesem nichts geheim gehalten werden kann." Er schwieg einen Moment, dann sagte er bedauernd: „Es tut mir leid, dass ich Klausen nicht kennengelernt habe - ich hätte gerne gehört, was er zu sagen hat. Diese Chance ist nun vertan. Ich wurde nur hierhergeschickt, weil das Treffen in letzter Minute anberaumt wurde und sonst niemand Zeit hatte, nach Schottland zu reisen. Mit dem Tod des Professors sieht die Situation nun ganz anders aus. Sobald alles geklärt ist, liegt die Angelegenheit nicht mehr in meinen Händen, sondern in der Verantwortung des Außenministeriums."

„Selma wird sicher froh sein, Schottland den Rücken zu kehren", sagte Angela. „Ich glaube, sie hat sich auf die Riviera gefreut."

„Ja, sie mag den Schnee nicht", erklärte er. Er zögerte unbehaglich, dann fuhr er fort: „Angela, es tut mir leid, dass die anderen Herren von unserer Verlobung erfahren haben. Ich habe es nur erwähnt, um sie davon zu überzeugen, dass du keine Spionin und keine Verbrecherin bist. Ich fürchte allerdings, dass ich damit eher das Gegenteil bewirkt habe."

„Den Eindruck hatte ich auch", sagte Angela.

„Glaub mir, das war nicht meine Absicht. Ich bin zwar schon seit Jahre im diplomatischen Dienst, aber auf eine solche Situation war ich nicht vorbereitet."

„Nein, ich nehme nicht an, dass du in deinem Beruf oft mit Mord konfrontiert wirst", sagte Angela lächelnd.

„Immerhin wissen wir jetzt, wer der wahre Mörder ist, daher bist du aus dem Schneider."

Angela dachte an die Waffe in ihrem Zimmer, sagte aber nichts und trank stattdessen einen Schluck Kaffee.

„Es tut mir leid, dass es mit uns nicht geklappt hat, Angela", sagte Aubrey plötzlich.

Angela blickte auf, ohne zu antworten.

„Du hast mir nie erklärt, warum du Schluss gemacht hast. Ich hoffe, ich habe nichts falsch gemacht."

„Nein", sagte Angela ein wenig traurig, „das war es nicht. Du hast nichts falsch gemacht, glaub mir. Aber damals gab es andere Dinge, die meine ganze Aufmerksamkeit forderten, und mir wurde klar, dass eine Ehe keine gute Idee war und dass du ohne mich besser dran wärest. Aber lass uns jetzt nicht darüber reden. All das ist Schnee von gestern, und du musst zugeben, dass sich alles zum Guten gewendet hat."

„Das glaube ich auch. Selma ist großartig - und sie ist gut für mich."

„Sie ist viel besser für dich, als ich es je hätte sein können."

„Das ist Unsinn." Er warf ihr einen raschen Seitenblick zu. „Obwohl sich nicht leugnen lässt, dass du immer deinen eigenen Kopf hattest."

„Das stimmt – und daran hat sich bis heute nichts geändert. Du solltest froh sein, dass du noch einmal davongekommen bist."

Er schüttelte lachend den Kopf.

„Du bist ein guter Mann, Aubrey", sagte Angela. „Selma kann sich glücklich schätzen, dass sie dich hat."

Sie nahm seine Hand, und sie sahen sich lächelnd in die Augen, mit der Vertrautheit alter Freunde.

Mit ihrem zweifelhaften Talent, immer im falschen Moment aufzutauchen, wählte Lady Strathmerrick just diesen Augenblick, um das Frühstückszimmer zu betreten. Angela und Aubrey zuckten zurück und starrten angestrengt auf ihre Teller. Ausnahmsweise hatte die Countess jedoch keinen Blick für die vermeintlichen Turteleien ihrer Gäste. Sie konnte nur an eines denken.

„Oh, Mrs Marchmont", rief sie. „Ich habe gerade etwas Schreckliches erfahren! Ich kann es kaum glauben. Mein Mann hat mir soeben mitgeteilt, dass der arme Professor Klausen erschossen wurde und Sie diejenige waren, die seine Leiche entdeckt hat."

„Äh -“, sagte Angela.

„Es tut mir so leid, dass einem Gast in meinem Hause etwas derart Fürchterliches widerfahren ist. Ich möchte mich vielmals entschuldigen – es muss schlimm für Sie gewesen sein. Ich hoffe sehr, dass es Sie nicht zu arg mitgenommen hat. Mein Mann meint es gut, aber er ist eben ein Mann und macht sich keine Gedanken, dass eine Frau in einer solchen Situation Trost und Beistand braucht. Und dann die Leiche in einer Truhe liegen zu lassen - das ist alles höchst unschön. Ich versichere Ihnen, dass so etwas auf Fives Castle noch nie vorgekommen ist.“

Sie befürchtete offenbar, dass der Mord ein schlechtes Licht auf ihre Art der Haushaltsführung werfen könnte.

„Vielen Dank für Ihre Fürsorge, Lady Strathmerrick“, sagte Angela, „aber bitte machen Sie sich meinetwegen keine Sorgen. Es geht mir gut, wirklich. Der arme Professor tut mir allerdings sehr leid.“

„Oh, mir auch“, sagte die Countess. Sie war erleichtert, dass Mrs Marchmont ihr nicht die Schuld an der Katastrophe zu geben schien. „Ich hoffe nur, dass wir heute die Polizei benachrichtigen können. Der Verantwortliche muss gefasst werden. Sie wissen wohl, dass er über die Felder geflohen ist? Das ist Wahnsinn, bei diesem Wetter, aber mittlerweile dürfte er über alle Berge sein.“

Angela war froh, dass es in diesem Haus wenigstens eine Person gab, die sie nicht des Mordes verdächtigte. Entweder hatte Lord Strathmerrick seiner Frau eine stark geschönte Version der Wahrheit aufgetischt oder die Countess hatte sich erfolgreich eingeredet, dass der Mörder entkommen war. Angela mochte sich nicht vorstellen, wie sie reagieren würde, wenn sie wüsste, was auf Fives tatsächlich vor sich ging.

„Die Männer sind dabei, den Weg ins Dorf freizulegen", fuhr Lady Strathmerrick fort, „und danach werden sie die schlimmsten Schneeverwehungen auf der Zufahrt räumen, sodass wir abreisen können. Bis dahin macht es Ihnen hoffentlich nichts aus, noch ein wenig länger hier zu bleiben."

Angela und Aubrey versicherten ihr freundlich, es mache ihnen überhaupt nichts aus, und Angela schenkte ihr eine Tasse Tee ein und gab reichlich Zucker dazu, um die sichtlich aufgewühlte und nervöse Frau zu beruhigen. Lady Strathmerrick lächelte dankbar und trank ein paar Schlucke. Nach wenigen Augenblicken erklärte sie, sie fühle sich nun viel besser, und verabschiedete sich bald darauf, da sie mit all ihren Gästen sprechen wollte, wie sie sagte.

Angela tat sie leid. Dass die Countess meinte, sich für einen Mord entschuldigen zu müssen, den sie nicht begangen hatte, war bedauerlich. Bald würden sie das Schloss hinter sich lassen können, wenn es den Männern gelang, den Weg freizuräumen. Angela freute sich auf die Möglichkeit, wegzukommen, gleichzeitig bedeutete dies jedoch, dass auch der Mörder von Professor Klausen entkommen konnte – und wie sollte man ihn dann jemals fassen? Selbst wenn man ihn erwischte, könnte es zu spät sein, da er die Dokumente sicherlich bei der ersten sich bietenden Gelegenheit weiterreichen würde. Würden Klausens Forschungsergebnisse unweigerlich in feindliche Hände geraten?

Kapitel Dreiundzwanzig

Als Angela aus dem Frühstückszimmer auf den Flur trat, kam ihr Freddy entgegen.

„Ah, da sind Sie ja“, sagte er. „Kommen Sie, essen Sie mit mir.“

„Ich habe gerade gefrühstückt.“

„Dann setzen Sie sich zu mir und erzählen mir, wohin Sie gestern Abend verschwunden sind.“

Aubrey hatte sich inzwischen seinem Tagwerk zugewandt, sodass Freddy und Angela sich ungestört unterhalten konnten.

„Ihnen entgeht auch gar nichts!“, stellte Angela fest.

„Frederick Pilkington-Soames, der neue Stern am Firmament der Pressewelt, stets zu Diensten“, grinste er. Er musterte kritisch das reichhaltige Frühstücksangebot, bevor er begann, sich den Teller vollzuschaufeln. „Meine Adleraugen sehen alles. Was Normalsterbliche als flüchtige Berührung zweier Hände wahrnehmen, erkenne ich als geheimes Signal zwischen hartgesottenen Gangstern; ein rascher Blick, ein knappes Nicken im Ballsaal, über die Köpfe der Tanzenden hinweg – und

Freddy P.-S. hastet an seinen Schreibtisch und berichtet der staunenden Öffentlichkeit über die skandalöse Affäre zwischen Lady Jones und ihrem Butler. Ich sehe alles, ich weiß alles.“

„Dann wüsste ich gerne, wo ich meine grauen Handschuhe gelassen habe“, sagte Angela. „Ich habe sie seit Wochen nicht mehr gesehen.“

„Handschuhe? Sind sie aus taubengrauem Wildleder mit silbernen Knöpfen am Handgelenk und einer Art Lochmuster auf dem Handrücken?“

„Ja, das sind sie!“

„Sie liegen bei meiner Mutter“, sagte er. „Sie haben sie bei Ihrem letzten Besuch dort vergessen.“

„Ja! Jetzt erinnere ich mich“, sagte Angela überrascht. „Nun gut, dann werde ich mir dieses Mal das höhnische Lachen über Ihren frevelhaften Stolz verkneifen.“

„Sehr gut. Nun zu gestern Abend.“

„Ich habe mich in der Bibliothek als Detektivin betätigt.“

„In der Bibliothek? Wurde Klausen dort erschossen?“

„Es sieht so aus. Wir haben einen Knopf von seinem Mantel auf dem Boden gefunden.“

„Wer ist ‚wir‘?“

„Henry Jameson und ich.“

Er hob die Augenbrauen.

„Ach ja?“, sagte er. „Haben Sie sich dort verabredet oder ist er Ihnen dorthin gefolgt, um Sie zu verhaften? Ist man übrigens befugt, jemanden in Gewahrsam zu nehmen, wenn man einen Bruder bei Scotland Yard hat?“

„Das glaube ich kaum, aber er ist vom Geheimdienst, daher darf er vermutlich alles tun, was der nationalen Sicherheit dient. Ansonsten lautet die Antwort auf beide Fragen: nein. Ich bin aus eigenem Antrieb in die Bibliothek gegangen und er kam zufällig dazu, sodass wir uns gemeinsam umgesehen haben."

„Dann gehe ich davon aus, dass er Sie nicht mehr verdächtigt?"

„Jedenfalls vorübergehend. Er behält sich jedoch vor, seine Meinung zu ändern."

„Das ist vernünftig. Was ist mit mir? Stehe ich immer noch unter Verdacht?"

„Nicht mehr als sonst", sagte Angela. „Ich habe ihm versichert, dass man Ihnen wahrscheinlich trauen kann."

„Schönen Dank für das „wahrscheinlich" – ich werde mich eines Tages revanchieren."

„Ich glaube, er möchte mit Ihnen absprechen, was in die Zeitung kommen darf", sagte Angela. „Ich habe ihm geraten, Ihnen einen Exklusivbericht zu versprechen, weil Sie dann vermutlich eher mit sich reden lassen."

„Das hört sich gut an. Ja, ich muss sagen, das käme mir durchaus gelegen. Ich verspreche hiermit hoch und heilig, dass ich den Mund halten werde, bis ich die ausdrückliche Erlaubnis bekomme, ihn aufzumachen. Was hat er Ihnen erzählt?"

Angela berichtete, was sich am Abend zugetragen hatte. Sie ging auch auf Henrys Eingeständnis ein, dass Klausen Papiere mitgebracht hatte und dass diese verschwunden waren, genau wie die Kopie, die er dem Außenminister zur Verwahrung gegeben hatte. Was diese Papiere vermutlich enthielten, erwähnte sie jedoch nicht. Sie erzählte auch die Geschichte von Stephen Golovin und von Henrys Sorge, dass er nicht allein gehandelt hatte. Freddy hörte zu, leerte zielstrebig seinen Teller und runzelte gelegentlich die Stirn.

„Interessant", sagte er schließlich. „Man vermutet also, dass im Parlament ein Spionagering sein Unwesen treibt? Das ist keine gute Nachricht, schließlich hat die Regierung die Auswirkungen der letzten Spionageaffäre gerade erst überstanden. Das könnte auf einen riesigen Skandal hinauslaufen – vor allem, wenn die Dokumente nicht wieder auftauchen, bei denen es vermutlich um eine wichtige Erfindung von Klausen geht."

„Wahrscheinlich", sagte Angela vorsichtig. „Jedenfalls glaube ich kaum, dass man die Nachricht von Klausens Tod geheim halten kann, aber vielleicht lässt sich die Tatsache vertuschen, dass es Mord war - wenn die Papiere auftauchen, bevor die ganze Sache auffliegt."

„Sie vermuten also, dass sie noch hier sind?", fragte Freddy.

„Wo sollten sie sonst ein? Wenn der Mörder noch hier ist, dann sind es sicher auch die Dokumente."

„Aber wo?"

„Ich habe keine Ahnung", sagte Angela. „Fives Castle ist dermaßen groß. Es wäre ein Leichtes, sie auf Nimmerwiedersehen verschwinden zu lassen."

„Wenn wir wüssten, wer sie gestohlen hat, könnten wir uns einfach an seine Fersen heften, bis er die Unterlagen aus ihrem Versteck holt", überlegte Freddy. „Und das wird er früher oder später tun müssen, denn im Verborgenen nutzen sie niemandem."

„Da haben Sie recht."

Freddy legte Messer und Gabel beiseite.

„Ich wüsste gern ...", sagte er nachdenklich.

„Was?"

Er warf ihr einen Blick zu, bevor er sich wieder seinem Frühstück widmete.

„Ich habe gerade überlegt, wo ich die Papiere verstecken würde, wenn ich der Mörder wäre."

„Und?"

„Nun, zunächst einmal würde ich sie an einen Ort bringen, der schnell und ohne Schwierigkeiten zugänglich ist, für den Fall, dass ich mich plötzlich aus dem Staub machen muss."

„Das klingt vernünftig."

„Außerdem würde ich sie an einem Ort aufbewahren, an dem niemand zufällig darüber stolpert."

„Und wo?"

„Am besten zusammen mit vielen anderen Dingen, die so ähnlich aussehen."

„Denken Sie an die Bibliothek?"

„Meinen Sie nicht auch, dass sie ideal wäre?", fragte Freddy. „Sie ist voller muffiger alter Bücher und Papiere. Es wäre ein Leichtes, die Dokumente zwischen den Büchern oder in einer Zeitschrift verschwinden zu lassen."

„Ja, das stimmt", sagte Angela. „Gehen Sie also davon aus, dass der Mörder den Professor in der Bibliothek ermordet hat, die Dokumente aus seiner Tasche holte und sie dann schnell auf den Regalen versteckt hat?"

„Es wäre eine Möglichkeit."

„Das ergibt sicherlich einen Sinn. Nach der Tat war das dringendste Anliegen, die Leiche loszuwerden, die Dokumente konnten warten. Der Täter schob sie schnell zwischen die Bücher, um sie später abzuholen. Dann könnten sie noch dort sein, oder?"

„Es kann nicht schaden, danach zu suchen", sagte

Freddy. Er schob seinen Teller beiseite. „Kommen Sie, lassen Sie uns nachsehen."

In der Bibliothek zeigte Angela ihm die Stelle, an der der Knopf gelegen hatte.

„Er ist also hier gestorben?", fragte Freddy. „Ich nehme an, es gab keine Blutflecken?"

„Wir haben keine gefunden", sagte Angela. „Wie Sie sich vielleicht erinnern, hat er nicht stark geblutet." Wie am Abend zuvor drehte sie den großen Globus auf seinem massiven Gestell. „Ich überlege gerade: Wenn der Professor während des Tanzes ermordet wurde - was durchaus möglich ist -, dann hat der Mörder die Leiche vielleicht für eine Weile hinter dem Globus versteckt und ist später zurückgekehrt, als die meisten Gäste nach Hause gegangen waren und die Luft rein war."

„Hm", sagte Freddy. Er zog ein Buch nach dem anderen aus den Regalen in der Ecke, in der der Globus stand, und blätterte die Seiten durch. „Was glauben Sie, wie viele Bücher diese Bibliothek umfasst?"

„Oh, viele Tausende, nehme ich an", sagte Angela.

„Nun, dann stehen Sie nicht herum, sondern helfen Sie mir."

Angela machte sich an die Arbeit, schnalzte aber nach ein paar Minuten ungeduldig mit der Zunge und richtete sich auf.

„Bei diesem Tempo brauchen wir Wochen, ach was, Monate", sagte sie. „außerdem kitzelt mir der Staub in der Nase."

„Warum sehen Sie dann nicht in den Sammelmappen dort drüben nach?", antwortete er. „Das wäre ein gutes Versteck."

Eine Zeit lang war nur das Rascheln von Papier und das Schaben von Büchern auf den hölzernen Regalböden zu hören. Freddy arbeitete sich langsam an den Regalen entlang, bis er eine gesamte Wand durchforstet hatte, während Angela vorsichtig Hunderte von gebundenen Zeitschriften durchblätterte, um die brüchigen Seiten der älteren Exemplare nicht zu zerreißen. Der stechende Geruch von altem Papier stieg ihr in die Nase.

Nach einer Weile hatte sie außer einem schmerzhaften Schnitt im Finger nichts vorzuweisen. Sie seufzte und legte die Mappe weg, die sie gerade untersucht hatte und nahm stattdessen eine illustrierte Zeitschrift zur Hand, die vor einigen Monaten erschienen war, und begann, sie durchzublättern.

„Ich glaube nicht, dass die Dokumente überhaupt hier sind", sagte sie, während sie das Foto eines finster dreinblickenden jungen Mannes betrachtete. „Wenn doch, dann sind sie zu gut versteckt, als dass wir in der kurzen Zeit finden könnten."

Freddy war inzwischen zu demselben Schluss gelangt. Mürrisch schob er einen schweren Folianten an seinen Platz zurück und ließ sich erschöpft in einen Sessel fallen.

„Dabei war es eine prächtige Idee", sagte er. „Wie konnte ich mich nur so irren?"

„Vielleicht haben Sie sich nicht geirrt und die Papiere sind tatsächlich hier", erwiderte Angela, „und wenn wir Glück haben, finden wir sie, aber die Wahrscheinlichkeit ist denkbar gering."

„Hmpf", machte Freddy und zündete sich eine Zigarette an.

„Haben Sie übrigens etwas über Claude und Mrs Buchanan herausgefunden?", fragte Angela.

„Nicht viel", sagte er. „Priss war sogar ziemlich überrascht, als ich die Sprache darauf brachte."

„Sie war hoffentlich nicht verärgert."

„Oh, nein. Es scheint sie nicht sonderlich zu interessieren, was der gute Claude treibt - und ehrlich gesagt, hätte sie auch kein Recht, ihm böse zu sein, wenn man bedenkt, was sie selbst so treibt."

Er versank in selbstgefällige Träumereien und Angela musste ihn anstupsen.

„Weiter!", forderte sie ihn auf.

„Äh, ja. Wie gesagt, die Vorstellung, dass Claude auf romantische Abwege geraten könnte, schien Priss zu überraschen - sie sagte, dafür sei er viel zu langweilig. Ich hatte sogar fast den Eindruck, dass er ihr in einem neuen Licht erschien, als ich andeutete, dass er sich möglicherweise mit der Frau seines Vorgesetzten vergnügt. Plötzlich flackerte bei ihr ein gewisses Interesse auf, und vielleicht habe ich den beiden aus Versehen einen guten Dienst erwiesen, wenn sie nun ihre Liebe füreinander wiederentdecken."

„Wiederentdecken?"

„Gut, dann entdecken sie sie eben zum ersten Mal", sagte Freddy. „Wie Sie so treffend anmerken, hat es nicht den Anschein, als empfänden sie tiefe Gefühle füreinander. Priss hat sogar mit dem Gedanken gespielt, Schluss zu machen."

„Das wundert mich nicht", sagte Angela. „Es ist offensichtlich, dass sie ihn nicht besonders mag, aber ich glaube, sie mag eigentlich niemanden. Ist sie wirklich so launisch?"

„Nein, sie langweilt sich zu Tode und will unbedingt weg von zu Hause."

„Dann ist ein langweiliger Mann sicher keine gute Wahl."

„Ich glaube, das hat sie mittlerweile eingesehen",

sagte Freddy. „Kommen Sie, gehen wir woanders hin. Für die nächste Zeit habe ich genug Bücher gesehen. Sie erinnern mich zu sehr daran, wie faul ich in der Schule war. Ich rechne jeden Augenblick damit, dass mein Lateinlehrer, der alte Spotty, hinter einem Bücherregal hervorkommt und mir Prügel androht, wenn ich ihm nicht auf der Stelle den Plusquamperfekt Konjunktiv des Verbs *terrere* in der ersten Person Singular nennen kann.“

„*Terruissem*“, sagte Angela nach kurzem Überlegen.

„Manchmal hasse ich Sie, Angela.“

Auf dem Gang vor der Bibliothek trafen sie auf Gertie, die sie mit einem gehetzten Blick begrüßte.

„Freddy, ich bestehe darauf, dass du etwas wegen St John unternimmst“, sagte sie. „Er lässt mich einfach nicht in Ruhe. Ich bin mit meinem Latein am Ende!“ Bei dem Wort „Latein“ zuckte Freddy kaum merklich zusammen. „Ich habe versucht, höflich, aber distanziert zu sein, ich habe es mit Kraftausdrücken probiert, ich habe die Schwache und Verletzliche gespielt, aber nichts davon hat funktioniert. Er sitzt einfach nur da, starrt mich an wie ein waidwundes Reh und nickt. Gerade eben bin ich ausgerastet und habe ihn angeschrien: ‚Lass mich um Himmels willen in Ruhe!‘ – mit dem Ergebnis, dass er anfing zu jammern und sich selbst zu bemitleiden.“ Sie schauderte. „Ich musste schnell das Weite suchen, bevor ich ihm mit dem Schürhaken eins über den Schädel ziehe und ihn zu Professor Klausen in die Truhe werfe.“

„Oh je.“ Angela hatte Mühe, nicht laut loszulachen. „Aber wenigstens ist er Ihnen nicht gefolgt.“

„Nein“, sagte Gertie. „Ich habe ihn Clemmie ans Bein gehängt. Sie wird es mir nicht danken, aber sie ist mir etwas schuldig, nachdem ich ihr dieses schicke Galvanometer zu Weihnachten geschenkt habe, also muss sie ihn wohl ertragen. Im Moment scheinen alle Männer in diesem Haus absolut nervtötend zu sein", fuhr sie fort. „Vorhin hat Claude mich ausgefragt, ob ich etwas gesehen habe, als ich im Billardzimmer im Schrank hockte. Er hat einfach nicht lockergelassen! Ich habe ihm versichert, dass ich nichts gesehen hätte, aber ich würde es ihm ohnehin nicht sagen, auch wenn ich etwas gesehen hätte. Ich würde es Vater erzählen, aber nicht ihm. Gib mir eine Zigarette, Freddy. Wenn mich jemand sucht – ich bin im Garten, hinter einem Baum."

Sie lief davon, nicht ohne einen angstvollen Blick über die Schulter zu werfen, als fürchtete sie, dass der jammernde St. John plötzlich hinter einer Säule hervorspringen würde.

„Der Junge ist ein Idiot", sagte Freddy. „Er hat keine Ahnung, wie man mit Frauen umgeht. Schmachtende Blicke und das Foto der Angebeteten am Herzen tragen – das kommt bei den Damen nicht an."

Angela hörte nur mit halbem Ohr zu.

„Freddy, mir fällt gerade etwas ein", sagte sie. „Wussten Sie, dass St. John bei seinem Alibi gelogen hat?"

„Nein", sagte Freddy überrascht. „Hat er das?"

„Ja, er sagte, er habe das Schloss vor halb eins verlassen, aber das stimmt nicht. Er hat sich viel länger hier aufgehalten."

„Woher wissen Sie das?", fragte Freddy.

Als Angela es ihm erklärte, sah er sie bestürzt an.

„Das sieht schlecht für ihn aus, nicht wahr?", sagte er.

„Das glaube ich auch - es tut mir leid", antwortete Angela.

„Oh, das muss es nicht. Wenn er der Mörder ist, dann ist er ein noch größerer Idiot, als ich dachte. Jameson ist vermutlich überzeugt, in St. John den wahren Täter gefunden zu haben?"

„Ich weiß nicht, was Mr Jameson denkt, aber ich kann mir vorstellen, dass er St. John von nun an genau im Auge behalten wird."

„Man wird ihn verhaften, sobald die Straßen geräumt sind."

„Meinen Sie? Wäre es nicht sinnvoller, ihn beschatten zu lassen? Wenn er im Besitz der Dokumente ist, wird er sie höchstwahrscheinlich an jemanden weitergeben müssen. Falls man ihn verhaftet, wird man nie herausfinden, wer dieser Jemand ist. Das ist eine einmalige Chance, den Spionagering ein für alle Mal zu zerschlagen."

„Ja, ich verstehe, was Sie meinen", sagte Freddy. „Nun, dann wäre er vorerst in Sicherheit. Kommen Sie, gehen wir in den Salon und retten Clemmie. Sie könnte eines Tages die Repräsentantin der nächsten Generation von brillanten Wissenschaftlern sein, jetzt, wo Klausen nicht mehr da ist, und wir können doch nicht riskieren, dass St. John sie zu Tode langweilt, bevor sie ihr Potenzial entfalten kann."

Angela war wie angewurzelt stehen geblieben und starrte ihn an.

„Was haben Sie da gesagt?", fragte sie.

„Ich sagte, wir können nicht -"

„Nein, nein, davor."

„Ich habe keine Ahnung. Habe ich den Nagel auf den Kopf getroffen, wie immer?"

„Das ist gut möglich", sagte Angela langsam.

Er wartete geduldig, aber Angela schwieg, biss sich auf die Lippe und starrte ins Leere.

„Wollen Sie mir nicht sagen, welche erstaunliche Weisheit ich von mir gegeben habe, damit ich sie der Nachwelt hinterlassen kann?", sagte er schließlich.

Sie blickte ihn an.

„Nein", sagte sie. „Ich möchte zuerst mit jemandem sprechen. Vielleicht erzähle ich es Ihnen später, wenn Sie brav sind."

Sie drehte sich auf dem Absatz um und ließ ihn verwirrt stehen.

„Na so was!", sagte er. „Was in aller Welt führt sie im Schilde?"

Kapitel Vierundzwanzig

Eleanor Buchanan saß in einer Fensternische im kleinen Salon. Sie war ganz allein, starrte aus dem Fenster und spielte wie immer mit ihrem Medaillon. Sie wandte sich um, als Mrs Marchmont eintrat.

„Was wollen Sie?", fragte sie stirnrunzelnd. „Ich will nicht mit Ihnen sprechen. Ich dachte, ich hätte mich klar ausgedrückt."

„Das haben Sie", antwortete Angela, „aber ich glaube, Sie haben da etwas falsch verstanden. Ich habe gestern Abend nicht versucht, Sie zu erpressen."

Eleanor zuckte erschrocken zusammen, sagte aber nichts.

„Ich konnte mir nicht erklären, warum Sie so wütend auf mich waren", fuhr Angela fort. „Jetzt ist es mir natürlich klar. Sie dachten, ich wüsste alles über Sie und wollte Ihnen drohen - aber ich beteuere Ihnen, das war nicht der Fall. Ich hatte bis vor einigen Augenblick nicht die leiseste Ahnung."

„Nicht die leiseste Ahnung? Wovon reden Sie?",

sagte Eleanor. Der ängstliche Unterton in ihrer Stimme war nicht zu überhören.

„Darf ich das Medaillon noch einmal sehen?", fragte Angela. „Ja, die Initialen auf der Vorderseite: E. G. Das sind Ihre, nicht wahr?"

Mrs Buchanan nickte.

„Das sind die Initialen meines Mädchennamens", sagte sie.

„Eleanor Golovin", sagte Angela, und es war keine Frage.

Eleanor blickte zu Boden.

„Hat es Ihnen jemand gesagt?", fragte sie.

„Nein", sagte Angela. „Ich habe vorhin ein Foto Ihres Bruders in der Zeitung gesehen, aber erst als Freddy eine beiläufige Bemerkung machte, wurde mir klar, dass ich sein Gesicht schon einmal gesehen hatte, und zwar in Ihrem Medaillon. Ich versichere Ihnen, dass ich Ihnen nichts Böses will, aber Sie sollten bedenken, dass ein Mörder unter uns ist. Ich denke, es ist an der Zeit, dass Sie sagen, was Sie wissen, bevor der Täter erneut zuschlägt."

„Ich bin nicht stolz darauf, dass mein Bruder ein Verräter ist", sagte Eleanor leise. „Das müssen Sie mir glauben! Aber er ist mein Bruder, und seit dem Tod meines Vaters ist er der einzige Angehörige, den ich noch habe. Er hat etwas Schreckliches getan, doch ich kann ihn nicht vergessen und so tun, als habe es ihn nie gegeben - auch wenn ich niemandem von ihm erzählen darf, auch meinem Mann nicht."

„Wollen Sie damit sagen, dass er es gar nicht weiß?", fragte Angela erstaunt. „Aber -"

„Nein, er hat keine Ahnung", sagte Eleanor. „Wie hätte ich es ihm auch sagen sollen? Wir haben uns letztes Jahr in Baden-Baden kennengelernt, und ich habe mich in ihn verliebt und er sich in mich. Ich hatte nie die Absicht, es geheim zu halten, aber damals waren die Zeitungen voll von dem Skandal. Stephen hatte gerade seine Gefängnisstrafe angetreten, der Innenminister hatte sein Amt niederlegen müssen, und für kurze Zeit sah es so aus, als würde die Regierung stürzen. Als wir uns kennenlernten, sagte Sandy immer wieder, wie glücklich ich ihn mache und wie wunderbar es sei, dass er alle Sorgen und Probleme vergessen könne, wenn er mit mir zusammen sei. Ich wollte ihm sagen, wer ich bin, aber dann konnte ich mich nicht dazu durchringen. Ich weiß, dass es falsch von mir war, doch ich war in ihn verliebt und dachte, dass es nie herauskommen würde. Das war sicher töricht von mir."

„Wusste Ihr Mann nicht sofort Bescheid, als er Ihren Familiennamen hörte?"

„Er kennt meinen ursprünglichen Namen nicht", erklärte Eleanor. „Nach unserer Ankunft in England stellten wir fest, dass die Leute uns meist Garvin nannten, weil das für englische Zungen einfacher auszusprechen war. Daher haben wir diesen Namen übernommen, doch als Stephen älter wurde, nahm er wieder seinen russischen Namen an. Er meinte, wir sollten stolz darauf sein, aber ich hatte mich inzwischen an ‚Miss Garvin' gewöhnt und sah nicht ein, weshalb ich daran etwas ändern sollte."

„Wann haben Sie das letzte Mal mit Ihrem Bruder gesprochen?"

„Ich habe ihn vor dem Gerichtsprozess im Gefängnis besucht. Ich wollte herausfinden, was ihn dazu getrieben hat, das Land auszuspionieren, das die meiste Zeit seines Lebens seine Heimat gewesen war, aber er wollte nicht mit mir darüber reden. Er sagte nur, er sei ein wahrer Patriot, er sei stolz darauf und würde jederzeit wieder so handeln." Sie sah Angela in die Augen. „Ich wusste, dass er sich eine Zeit lang mit zweifelhaften Leuten eingelassen hatte. Ich hatte angenommen, er hätte das alles hinter sich gelassen, doch ich hatte mich geirrt. Ich vermute, es waren radikale Revoluzzer aus der alten Heimat, die ihm eingeredet haben, es sei richtig gewesen, was er tat. Jedenfalls war er wütend und verbissen, und wir trennten uns im Streit. Kurz darauf wurde er zu zwanzig Jahren Gefängnis verurteilt. Er konnte von Glück sagen, dass er nicht gehängt wurde – zu Kriegszeiten wäre er nicht mit einer Gefängnisstrafe davongekommen. Die Gefängnisärzte sagten, er sei unzurechnungsfähig und solle eingesperrt werden, nicht hingerichtet. Nach dem Prozess bin ich nach Deutschland gefahren, um eine Weile über alles nachzudenken, und dort traf ich Sandy."

„Und seitdem haben Sie nichts mehr von Ihrem Bruder gehört?"

„Nein", sagte Eleanor. „Er schreibt mir nicht, und ich kann ihm nicht mehr schreiben. Können Sie sich vorstellen, wie sich alle das Maul zerreißen, wenn herauskommt, dass die Frau des Außenministers die Schwester eines berüchtigten Spions ist? Das wäre noch schlimmer als der ursprüngliche Skandal."

„Und deshalb haben Sie es die ganze Zeit für sich behalten", sagte Angela nicht ohne Mitgefühl.

„Ja." Eleanor wirkte beinahe erleichtert, dass sie ihr Geheimnis losgeworden war. Es konnte nicht leicht für sie gewesen sein, es ein ganzes Jahr oder sogar noch länger vor ihrem Mann zu verschwiegen. „Ich war feige, ich weiß", fuhr sie fort. „Ich konnte es nicht ertragen,

Sandy von Stephen zu erzählen, weil mir klar war, dass ich ihn verlieren würde - natürlich hätte er mich nicht heiraten können, wenn er davon erfahren hätte. Ich wollte ihm eine gute Frau sein, das hatte ich mir fest vorgenommen. Und das war ich auch, glauben Sie mir – bis …" Sie verstummte, in ihren Augen schimmerten Tränen.

„Bis Claude Burford anfing, Sie zu erpressen", ergänzte Angela sanft.

Eleanor nickte. Sie bekam kein Wort heraus.

„Woher wusste er, wer Sie sind?"

Mrs Buchanan holte tief Luft und zwang sich, ruhig zu bleiben.

„Er war der Sekretär von Beresford Ogilvy, dem ehemaligen Innenminister. Der war ein Freund unserer Familie und hatte Stephen die Stelle im Kabinettssekretariat verschafft. Er hat seinen Sitz im Parlament verloren, nachdem das alles ans Licht kam. Ich habe Claude ein- oder zweimal im Haus der Ogilvys gesehen, aber wir wurden einander nie vorgestellt, und ich dachte nicht, dass er mich hier auf Fives Castle wiedererkennen würde. Leider habe ich mich geirrt."

„Wann hat er Sie angesprochen?"

„In der Silvesternacht, vor dem Tanz. Ich war allein im Salon, als er hereinkam und sagte, er wolle etwas mit mir unter vier Augen besprechen, also kamen wir hierher. Wie gesagt, ich hatte ihn zuvor nur ein- oder zweimal gesehen und fand ihn nicht gerade sympathisch, aber er schien höflich und aufrichtig zu sein, sodass ich zunächst nicht begriff, was er von mir wollte. Anfangs dachte ich, er wolle mir ein unmoralisches Angebot machen, und wandte mich empört zum Gehen, aber dann hielt er mich am Arm fest und sagte, ich müsse mir anhören, was er zu sagen haben. Erst da wurde mir klar, dass er sich sehr wohl an mich erinnerte und dieses Wissen zu seinem Vorteil nutzen wollte. Zuerst tat ich so, als wüsste Sandy, wer ich war, aber Claude lachte und sagte, das sei Unsinn – in diesem Fall hätte er mich nicht geheiratet. Leider hatte er damit recht, also musste ich es schließlich zugeben.“

„Und damit hatte er Sie in der Hand“, sagte Angela. „Was wollte er?“

Eleanor wischte die Tränen weg, die ihr über die Wangen rannen.

„Er sagte, Sandy habe geheime Dokumente mitgebracht, und die sollte ich ihm geben. Ich wandte ein, dass ich nichts davon wisse – was stimmte–, und Claude meinte, das sei gut so, da Sandy mich nicht verdächtigen werde, wenn herauskam, dass die Dokumente verschwunden waren.“

„Hat er gesagt, warum er sie haben wollte?“

„Nein. Natürlich habe ich ihn gefragt, aber er sagte, das gehe mich nichts an. Es handle sich um eine wichtige politische Angelegenheit, die ich sowieso nicht verstehen würde. Dann fügte er boshaft hinzu, dass die Papiere in seinen Händen auf jeden Fall sicherer seien als in den Händen eines Mannes, dessen Frau die Schwester eines Verräters sei. Ich sagte ihm, dass ich meinen Mann nicht hintergehen würde – ich weigerte mich, die Dokumente zu stehlen. Da packte er mich am Arm und drängte mich an die Wand, und ich bekam es mit der Angst zu tun. Er sagte, ich solle besser gehorchen, sonst würde er allen erzählen, wer ich sei. Dann würde Sandy seinen Sitz im Parlament verlieren, genau wie Mr Ogilvy. Er fragte, ob ich meinem Mann das antun wolle.“

„Also haben Sie getan, was er verlangt hat", sagte Angela.

„Ja. Beim Silvesterball zwang Claude mich, mit ihm zu tanzen, und sagte mir, er wolle die Papiere so schnell wie möglich. Nach dem Tanz, als wir alle in den Salon gegangen waren, habe ich mich kurz entschuldigt und bin nach oben gelaufen. Claude wartete schon auf mich und kam mit mir ins Schlafzimmer, während ich die Papiere holte."

„Woher wussten Sie, wo sie waren?"

„Sandy hat ein Geheimfach in seinem Koffer, in dem er vertrauliche Dokumente verstaut", antwortete Eleanor. „Ich vermutete, dass sie wahrscheinlich dort waren, und ich hatte recht. Ich nahm sie heraus und gab sie Claude. Er machte eine gemeine Bemerkung - ich weiß nicht mehr, was genau - und lachte, als ich ihm sagte, er solle sich schämen. Danach brachte ich es nicht mehr fertig, ihn anzuschauen. Ich hoffte inständig, die Sache sei damit erledigt, aber dann kamen Sie und stellten Fragen nach meinem Medaillon. Ich dachte, Sie steckten mit ihm unter einer Decke und die Erpressung würde weitergehen."

„Ich kann verstehen, dass Sie das befürchtet haben. Ich muss allerdings gestehen, dass ich eher herausfinden wollte, ob Sie Ihrerseits mit ihm unter einer Decke stecken."

„Nein!", rief Eleanor. „Niemals. Ich habe getan, was er verlangt hat, aber nur, weil er gedroht hat, mich zu entlarven. Sonst hätte ich es niemals getan." Ihre Erschütterung war ihr deutlich anzusehen. „Ich habe mein Land und meinen Mann verraten", flüsterte sie. „Das erkenne ich jetzt erst: Ich bin eine Verräterin, nicht wahr? Genau wie Stephen ein Verräter ist - nur bin ich noch schlimmer als er, denn ich habe aus Feigheit gehandelt, nicht aus Überzeugung. Oh, Mrs Marchmont, was soll ich nur tun?"

Angela empfand aufrichtiges Mitleid mit Eleanor, aber sie hatte keinen Trost für sie parat.

„Ich fürchte, Ihre Sorgen und Nöte sind in der gegenwärtigen Situation eher nebensächlich", sagte sie sanft. „Es ist ungeheuer wichtig, dass diese Papiere so schnell wie möglich wiedergefunden werden. Sie müssen Ihrem Mann alles gestehen, bevor es zu spät ist und Claude mit den Dokumenten entkommt. Im Moment wiegt er sich in Sicherheit, es ist also noch Zeit zu handeln."

„Wie kann ich es Sandy sagen?", rief Eleanor. „Er wird mir nie verzeihen."

„Liebt er Sie?", fragte Angela.

Eleanor senkte den Blick.

„Ja", sagte sie. „Ich glaube, er liebt mich."

„Dann bin ich sicher, dass er Ihnen verzeihen wird, auch wenn er zunächst wütend auf Sie ist. Sie dürfen nicht vergessen, dass Sie für die Taten Ihres Bruders nicht verantwortlich sind."

„Das weiß ich", sagte Eleanor, „aber es lässt sich nicht leugnen, dass seine Taten auf mich abfärben."

„Das darf für Sie jedoch kein Grund sein, denselben Weg einzuschlagen wie er. Sie haben einen Fehler gemacht, aber Sie haben immer noch die Chance, den Schaden wiedergutzumachen. Diese Papiere sind wichtiger als Sie oder Ihr Mann. Seien Sie mutig und sagen Sie es ihm - andernfalls werde ich es leider tun müssen. Möchten Sie ihm wirklich eine gute Ehefrau sein? Wenn ja, dann müssen Sie aufhören, in Angst zu leben, und anfangen, für das Gute und Wahre zu kämpfen."

Eleanor straffte die Schultern und reckte entschlossen das Kinn vor. „Sie haben natürlich recht", sagte sie plötzlich. „Nun gut, ich werde es tun. Ich lasse nicht zu, dass Stephen oder Claude oder sonst jemand einen Keil zwischen Sandy und mich treibt. Ich werde ihm alles beichten und beten, dass er mir irgendwann verzeiht."

„Da, der Gong zum Mittagessen", sagte Angela. „So haben Sie etwas mehr Zeit, sich zu überlegen, was Sie Ihrem Mann sagen wollen."

Sie machten sich auf den Weg zum Esszimmer. Unterwegs begegneten sie Sandy Buchanan, dessen Miene sich aufhellte, als er seine Frau sah. Eleanor warf Angela einen Blick zu, dann lief sie zu ihrem Mann, und die beiden gingen Arm in Arm zum Mittagessen.

Kapitel Fünfundzwanzig

Beim Mittagessen herrschte eine angespannte Stimmung. Die eine Hälfte der Gäste war mit sich selbst beschäftigt, während die andere Hälfte auf etwas zu warten schien. Angela vermutete, dass die Nachricht von Professor Klausens Tod, die sich inzwischen herumgesprochen hatte, einen Schleier über alles legte, obwohl es ein Gebot der Etikette war, den bedauerlichen Zwischenfall nicht zu erwähnen. Gertie saß mit finsterer Miene neben St. John und ignorierte seine Versuche, sie in ein Gespräch zu ziehen. Schließlich gab er auf und wandte sich stattdessen Miss Foster zu, die ihm in allen Einzelheiten die Geschichte schilderte, die sie als Nächstes schreiben wollte. Ansonsten sagte kaum jemand etwas, abgesehen von gelegentlichen Bemerkungen zum Essen.

Angela war sich der Stimmung ebenso bewusst wie alle anderen. Ein kleiner Lichtblick war, dass Aubrey und Selma sich über den Tisch hinweg liebevoll anlächelten. Eine Sorge weniger. Sie hatte keinen großen

Appetit, schob die Bissen auf ihrem Teller hin und her und überlegte, was sie am besten mit den Informationen anfangen sollte, die sie von Eleanor Buchanan erfahren hatte. Schließlich kam sie zu dem Schluss, dass sie so bald wie möglich mit Henry sprechen musste. Folglich starrte sie ihn an, bis sich ihre Blicke trafen, und bedeutete ihm stumm, dass sie ihm etwas Wichtiges zu sagen hatte. Er nickte kaum merklich, bevor er sich wieder seinem Essen zuwandte.

Freddy beobachtete sie mit schmalen Augen. Sie schenkte ihm ihr unschuldigstes Lächeln, das ihn nicht im Geringsten täuschte, und richtete ihre Gedanken wieder auf die erstaunlichen Ereignisse und Enthüllungen der letzten Stunde. War Claude Burford tatsächlich der Mörder? Es schien unglaublich: Immerhin war er ein Mitglied des Parlaments - ein junger Abgeordneter zwar, aber einer, der in engem Kontakt mit einigen der bedeutendsten Regierungsvertreter stand. Er war sogar mit der Tochter eines Mannes verlobt, der hohes Ansehen in politischen Kreisen genoss - und dennoch deutete alles darauf hin, dass er Geheimnisse an eine fremde Macht weitergab. Unter normalen Umständen wäre nicht der leiseste Verdacht auf ihn gefallen, aber hier auf Fives Castle war es schwieriger, seine schändlichen Taten zu verbergen, da kaum eine Handvoll von politischen Größen anwesend war und zudem alle vom Schnee eingeschlossen waren. Wenn er tatsächlich ein Spion war, wogen seine Aktivitäten aufgrund seiner Position doppelt schwer.

Darüber hinaus war er nicht nur ein Spion, sondern auch ein Mörder. Angela warf ihm einen verstohlenen Blick zu. Er plauderte seelenruhig mit Priss und sah mit seinem makellosen Anzug und dem sorgsam gescheitelten Haar aus wie ein Musterbeispiel an solider und selbstgefälliger Respektabilität. Konnte er Professor Klausen tatsächlich umgebracht haben? Angela gelang es zwar nicht, sein Auftreten mit einer so ruchlosen Tat in Verbindung zu bringen, doch davon abgesehen gab es keinen Grund, warum er nicht der Täter sein sollte. Schließlich war er einer der wenigen, die wussten, dass Klausen auf Fives erwartet wurde, und auch den Anlass seines Kommens kannte. Außerdem hatte Bobby ihn in der Silvesternacht durch das Schloss laufen sehen. Und noch dazu hatte er sich sehr bemüht, herauszufinden, ob jemand vom Schrank aus etwas gesehen hatte - ja, seine Neugier war auffallend. Sie waren alle davon ausgegangen, dass er darauf bedacht war, den Mörder zu finden, doch wenn Claude selbst der Mörder war, dann war es nur natürlich, dass er wissen wollte, ob ihn jemand beobachtet hatte, als er die Leiche des Professors entsorgte. Es musste ein furchtbarer Schock für ihn gewesen sein, als er erfuhr, dass sich zu diesem Zeitpunkt sechs Personen im Billardzimmer versteckt hielten! Der Gedanke, dass ihn jemand gesehen hatte, musste ihm große Angst machen.

Ja, Claude könnte es wirklich getan haben. Wie war die Tat abgelaufen? Vermutlich hatte er mitbekommen, wie Professor Klausen im Schloss ankam, entweder während des Tanzes oder kurz danach. Angela hatte keine Mühe, sich die Szene vorzustellen: Claude begrüßte den Professor herzlich und lud ihn in die Bibliothek ein, wo sie sich kurz unter vier Augen unterhalten konnten. Vielleicht hatte er sogar behauptet, der Außenminister warte dort auf ihn. In der Bibliothek war der ahnungslose Klausen zum Globus geschlendert -

genau wie sie selbst gestern Abend. Was war dann passiert? Angela sah vor ihrem geistigen Auge, wie Claude die Waffe aus seiner Tasche nahm und hinter dem Professor auftauchte. Möglicherweise hatte er vorgehabt, ihm in den Rücken zu schießen, aber vielleicht hatte Klausen geahnt, dass er nichts Gutes im Schilde führte. Er hatte sich plötzlich umgedreht und die Kugel hatte ihn stattdessen ins Herz getroffen. Angela stellte sich Klausens schockierten Gesichtsausdruck vor, kurz bevor er tot zu Boden sackte. Claude bückte sich, durchwühlte die Taschen des Mannes und holte die Papiere heraus. Hatte er sie in seine eigene Tasche geschoben oder hatte er sie an Ort und Stelle versteckt? Dass Freddy und sie in der Bibliothek nichts hatten finden können, hieß nicht, dass die Dokumente nicht dort waren. Sie vermutete jedoch eher, dass Claude sie mitgenommen hatte. Und was war dann passiert? Das hing davon ab, wann der Mord stattgefunden hatte. Wenn es früher am Abend war, konnte Claude nicht riskieren, dem Tanz zu lange fernzubleiben, weil man ihn sicher vermissen würde. In diesem Fall musste er Klausens Leiche hinter dem Globus deponiert haben, um später zurückzukommen und sie ordentlich zu verstecken. Wenn es später war - vielleicht nachdem das Versteckspiel begonnen hatte -, dann trug er die Leiche vermutlich unmittelbar nach dem Mord ins Billardzimmer und legte sie in die Truhe, in der Absicht, sie in aller Ruhe zu entsorgen, sobald der Schnee geschmolzen war. Das Schloss befand sich auf einem riesigen Anwesen, das eine Vielzahl an Verstecken bot, wo man die Leiche gewiss nicht finden würde.

Es war alles sehr seltsam. Angela mochte Claude nicht, doch für einen Verräter und Mörder hätte sie ihn nicht gehalten. Eleanors Geschichte schien genau das jedoch zweifelsfrei zu bestätigen – vorausgesetzt, sie sagte die Wahrheit. Mrs Buchanans merkwürdiges Verhalten hatte Angela ursprünglich vermuten lassen, dass Claude in ihrer Gewalt sein könnte, doch wie sich herausstellte, war es genau umgekehrt. Er kannte ihr Geheimnis und hatte sie gezwungen, ihm die Kopie der Papiere auszuhändigen. Demnach mussten beide Exemplare in seinem Besitz sein. Waren es die einzigen existierenden Kopien? Wenn ja, dann mussten sie unbedingt so schnell wie möglich gefunden werden.

Sandy Buchanan unterhielt sich gerade mit Lady Strathmerrick. Angela warf Mrs Buchanan einen Blick zu und Eleanor reagierte mit einem schwachen Lächeln. Was würde der Außenminister sagen, wenn er das Geheimnis seiner Frau erfuhr? Für die beiden Buchanans würde die nächste Stunde recht unangenehm werden, um es vorsichtig auszudrücken.

Zur allgemeinen Erleichterung war das Mittagessen bald vorbei und die Gäste gingen ihren unterschiedlichen Beschäftigungen nach. Freddy wollte mit Angela sprechen, wurde jedoch von Priss und Gertie abgefangen, die ihn in einer geheimnisvollen Mission in die Tiefen des Schlosses entführten. Henry bedeutete Angela mit einem raschen Blick, auf ihn zu warten. Sie sah, wie er zu Lord Strathmerrick trat und ihm etwas ins Ohr murmelte. Der Earl nickte ihr kurz zu, dann gesellte sich Henry zu ihr.

„Lord Strathmerrick sagt, wir dürfen sein Arbeitszimmer benutzen", sagte er.

Das Arbeitszimmer war ein gemütlicher Raum, der mit seinen behaglichen Sesseln und den Zeitungen, die überall verstreut lagen, eine gewisse Hemdsärmeligkeit ausstrahlte. Er wirkte eher wie ein Refugium, in das sich der Earl zurückzog, um sich von seiner Familie zu erholen, und nicht so sehr wie der Ort, an dem wichtige Entscheidungen getroffen wurden.

„Hält Lord Strathmerrick hier seine Besprechungen ab?", fragte Angela und sah sich um.

„Nicht alle", antwortete Henry. Er ging zu einer Verbindungstür und öffnete sie. Dahinter befand sich ein geräumiges Zimmer mit einem großen Tisch und etwa zwanzig Stühlen in der Mitte. „Die formelleren Gesprächsrunden finden hier statt."

„Ah, so habe ich mir das vorgestellt", sagte Angela lächelnd. Henry schloss die Tür und trat zu ihr.

„Ich nehme an, Sie haben mir etwas zu berichten", meinte er.

„Ja, und ich fürchte, Sie werden nicht erfreut sein", antwortete Angela ernst.

Ohne weitere Umschweife schilderte sie die Ereignisse des Vormittags und ihre Unterhaltung mit Eleanor Buchanan. Seine Miene wurde ebenso ernst wie ihre, doch er wirkte keineswegs überrascht und ließ sie erzählen, ohne sie ein einziges Mal zu unterbrechen.

„Glauben Sie, dass sie die Wahrheit sagt?", fragte er, als Angela geendet hatte.

„Ich habe keinen Grund, daran zu zweifeln. Sie könnte sich die ganze Geschichte natürlich spontan ausgedacht haben und vielleicht ist sie selbst die Person, die wir suchen. Ich hatte allerdings nicht das Gefühl, dass sie mir Lügen auftischte – die im Übrigen leicht aufzudecken wären. Wir werden sicher bald Gewissheit haben, wenn wir erfahren, ob sie ihrem Mann tatsächlich alles gebeichtet hat, wie sie es versprochen hatte."

Henry dachte angestrengt nach. Er neigte im Allgemeinen nicht zu überstürzten Aktionen, aber dies war eindeutig eine außergewöhnliche Situation.

„Ich brauche Ihnen nicht zu sagen, wie ernst und heikel die ganze Angelegenheit ist, Mrs Marchmont", sagte er.

„Nein, das brauchen Sie ganz sicher nicht", sagte Angela. „Ehrlich gesagt kann ich kaum glauben, was ich erfahren habe - aber wir kommen nicht an der Tatsache vorbei, dass ein Mann tot ist und einige sehr wichtige Dokumente verschwunden sind. Es ist also offenkundig, dass jemand Böses im Schilde führt, und alles deutet darauf hin, dass es sich um jemanden handelt, der wusste, was hier vor sich ging."

„Ja", sagte Henry langsam.

„Was wissen Sie von Claude Burford, Mr Jameson? Vermutlich war er bisher über jeden Verdacht erhaben. Wenn er sich schuldig gemacht hat, muss es dafür einen Grund geben. Warum spioniert er im Auftrag eines anderen Landes? Natürlich weiß ich nur, was ich in den Zeitungen gelesen habe und was Sie mir gestern Abend erzählt haben, aber mir scheint, als reiche dieser Skandal viel weiter, als Sie dachten."

„Ja", antwortete Henry erneut.

„Angeblich hatte Ogilvy keine Ahnung, was praktisch vor seinen Augen vor sich ging", sagte Angela zögernd.

„Damals munkelte man durchaus, dass er mehr wusste, als er zugab", sagte Henry schließlich. „Ich hatte von Anfang an meine Zweifel, nahm jedoch an, dass er Golovin möglicherweise im Verdacht hatte, der Sache aber aus alter Freundschaft nicht weiter nachging. Mehr steckte meiner Meinung nach nicht dahinter – immerhin war der Mann der Innenminister! Es war nicht vorstellbar, dass er ihn wissentlich gedeckt hat – und ich kann es nach wie vor nicht glauben."

„Wo ist Ogilvy jetzt?"

„Nachdem er seinen Sitz im Parlament aufgeben musste, ist er ins Ausland gegangen", erklärte Henry. „Ich glaube, er lebt jetzt in der Schweiz, mit seiner Frau, die zur Zeit des Skandals sehr krank war. Ogilvy hat sich damals aufopfernd um sie gekümmert. Er gab an, aus diesem Grund nichts von Golovins Aktivitäten mitbekommen zu haben."

Angela überlegte einen Moment.

„Der Gedanke, dass Ogilvy über alles Bescheid wusste, erscheint mir tatsächlich absurd. Es gibt keinen Hinweis, dass er in irgendeiner Weise beteiligt war. Die Golovins und die Ogilvys waren befreundet, und Mrs Buchanan hatte Claude ein paarmal bei den Ogilvys gesehen. Es ist durchaus möglich, dass Claude von Stephen Golovin rekrutiert wurde, meinen Sie nicht auch?"

„Ich hoffe sogar, dass es so war. Dann wäre diese katastrophale Situation etwas weniger skandalös", bemerkte Henry trocken. „Spionage im Parlament ist schon schlimm genug. Nicht auszudenken, dass ausgerechnet der Innenminister dahintersteckt. Wenn Burford unser Mann ist, sieht es so aus, als hätte jemand in meiner Abteilung einen schlimmen Fehler gemacht – und da ich im Grunde die Abteilung verkörpere, werde ich mich wohl bald einigen sehr unangenehmen Fragen stellen müssen."

„Sie Ärmster!", sagte Angela mitfühlend.

„Das ist jetzt jedoch nebensächlich. Wie gehen wir jetzt vor? Zunächst gilt es, abzuklären, ob Mrs Buchanans Geschichte stimmt. Wir brauchen ihre

Aussage – falls es überhaupt so weit kommt. Im Anschluss müssen wir überlegen, was wir mit Burford machen."

„Wenn er der Mörder ist, ist es vielleicht nicht ratsam, ihn direkt zu konfrontieren", sagte Angela.

„Ja", sagte Henry, „und da die Wiederbeschaffung der Papiere an erster Stelle steht, könnte es sogar notwendig sein, ihn vorerst laufen zu lassen."

Angela wollte gerade etwas erwidern, als es leise an der Tür klopfte und Sandy Buchanan eintrat. Seine Miene verriet ihnen, was sie wissen wollten: Eleanor hatte Wort gehalten und ihm alles gestanden.

„Strathmerrick sagte mir, dass Sie hier sind", sagte er. Angela machte Anstalten, den Raum zu verlassen, doch er hob eine Hand und sagte: „Nein, nein, ich bitte Sie, bleiben Sie. Meine Frau hat Ihnen alles erzählt, und ich habe es Ihnen zu verdanken, dass sie es mir jetzt gesagt hat."

Angela und Henry tauschten einen Blick, sagten aber nichts. Buchanan fuhr fort: „Meine persönlichen Gefühle in dieser Angelegenheit tun nichts zur Sache, aber erlauben Sie mir die Bemerkung, dass Frauen bisweilen außerordentlich töricht sein können - ich bitte um Verzeihung, Mrs Marchmont. Nein, wir müssen vor allem entscheiden, was zu tun ist. Es ist natürlich von größter Dringlichkeit, dass wir die Dokumente finden."

„Vermutlich hat Burford beide Kopien", sagte Jameson. „Wenn er schlau ist, hat er sie an zwei verschiedenen Orten versteckt, obwohl wir natürlich nur einen von ihnen finden müssen."

Buchanan schüttelte den Kopf. Er schien sich äußerst unwohl in seiner Haut zu fühlen.

„Ich fürchte, das stimmt nicht. Leider ist unsere Aufgabe ein wenig schwieriger."

„Wie meinen Sie das?", fragte Henry.

Der Außenminister seufzte.

„Es handelt sich um zwei unterschiedliche Dokumente", sagte er.

Kapitel Sechsundzwanzig

„Was?", sagte Henry entgeistert.

„Ich sollte das wohl besser erklären", sagte Buchanan. „Sehen Sie, als Klausen uns mitteilte, dass er bereit sei, seine Forschungsergebnisse zu präsentieren, habe ich darauf bestanden, dass er mir zur Sicherheit eine Kopie davon gibt. Wie Sie bereits wissen, Jameson, hatte Klausen Warnungen von einigen recht – äh, aggressiven ausländischen Organisationen erhalten, die ihm mitteilten, dass sein Leben nicht mehr sicher sei, wenn er sich weigere, für sie zu arbeiten, und dass sie entschlossen seien, sich seine Forschungsergebnisse anzueignen, koste es, was es wolle.

Selbstverständlich waren wir ebenso entschlossen, das zu vereiteln, und um eine solche Katastrophe zu verhindern, kamen Klausen und ich überein, dass er zwei Kopien von den Dokumenten anfertigen sollte. Eine würde ich mit nach Schottland nehmen, damit den Feinden klar wurde, dass es sinnlos war, ihm aufzulauern und ihn anzugreifen. Da er überzeugt war, unter ständiger Beobachtung zu stehen, würde dieser Plan natürlich nur funktionieren, wenn er mir die Papiere in aller Öffentlichkeit übergab. Daher trafen wir uns letzte Woche mitten in der Stadt am Ufer der Themse und die Übergabe fand statt.

Klausen schien dies jedoch nicht genug, er traute niemandem – nur sich selbst. Sein Misstrauen machte auch vor den Mitgliedern der Regierung nicht halt, wie er mir ganz offen mitteilte. Deshalb, so sagte er, habe er zusätzliche Vorsichtsmaßnahmen getroffen, indem er eine echte und eine verfälschte Kopie der Dokumente anfertigte, wobei letztere falsche Berechnungen und Schlussfolgerungen enthielt. Beide steckte er in identische Umschläge. Er wusste selbst nicht, ob die Kopie, die er mir gegeben hatte, die richtige oder die falsche war. Wenn ihm also etwas zustoßen sollte, wüsste niemand in Whitehall, ob die Dokumente einen Wert hatten, und der Feind hätte ihn höchstwahrscheinlich umsonst umgebracht. Natürlich kam es uns nicht in den Sinn, dass ihm auf Fives Gefahr drohte. Wir dachten, wenn wir erst einmal hier sind, sind wir in Sicherheit. Was sich, wie wir inzwischen alle wissen, als fataler Irrtum herausstellen sollte. Es tut mir leid, dass ich Sie nicht früher davon unterrichtet habe, aber Klausen hatte darauf bestanden, dass ich es niemandem erzähle."

Henry schüttelte den Kopf. „Er hätte uns vertrauen sollen", sagte er. „Dann hätten wir ihn vielleicht beschützen können."

„Meinen Sie wirklich?", fragte Buchanan. „Angesichts der jüngsten Ereignisse würde ich sagen, dass sein Verdacht völlig berechtigt war. Und jetzt", fuhr er entschlossen fort, „müssen wir handeln. Egal, was in dieser leidigen Angelegenheit noch auf uns zukommt:

Wir müssen diese Papiere finden. Wo ist Burford jetzt?“

„Ich habe keine Ahnung“, sagte Jameson.

„Er unterhielt sich gerade mit Lady Strathmerrick, als wir aus dem Esszimmer kamen“, sagte Angela.

„Sehr gut“, sagte der Außenminister. „Ich suche ihn und verwickle ihn in ein Gespräch, Jameson, während Sie sein Zimmer durchsuchen. Mrs Marchmont, Sie warten bitte hier.“

Die beiden Männer gingen hinaus und Angela blieb allein im Arbeitszimmer zurück. Die Fähigkeit des Außenministers, seinen privaten Kummer beiseite zu schieben, um sich dringenderen Angelegenheiten zu widmen, beeindruckte sie. Es musste ein schrecklicher Schock für ihn gewesen sein, zu erfahren, welches Geheimnis seine Frau vor ihm verborgen hatte. Wenn sich die Nachricht erst einmal herumsprach, konnte es das Aus für seine politische Karriere bedeuten, und es war fraglich, ob er sich als Außenminister würde halten können. Aber er hatte all das abgeschüttelt, um sich auf das zu konzentrieren, was im Moment am wichtigsten war: das Auffinden von Klausens Dokumenten. Dazu waren nur wenige Männer in der Lage, überlegte Angela, und sie verstand, warum Sandy Buchanan als künftiger Kandidat für den Posten des Premierministers gehandelt wurde. Er war zweifelsohne ein fähiger Mann, und wenn es jemand schaffte, den Skandal um seine Ehe mit der Schwester eines Spions zu überstehen, dann war er es.

Eine Stunde verging, und Angela wurde es allmählich langweilig. Sie überlegte gerade, ob sie sich Buchanans Anweisung widersetzen und das Arbeitszimmer verlassen sollte, als Henry und der Außenminister zurückkehrten, diesmal in Begleitung von Lord Strathmerrick.

„Haben Sie die Dokumente gefunden?", fragte Angela gespannt, kaum dass sich die Tür hinter den drei Herren geschlossen hatte.

Henry schüttelte den Kopf.

„Nein, entweder hat er sie an einem besonders sicheren Ort versteckt oder er trägt sie bei sich."

„Aber das ist ja furchtbar", sagte der Earl, der offenbar gerade erst erfahren hatte, dass sein zukünftiger Schwiegersohn doch keine so gute Partie für seine Älteste war, wie er angenommen hatte. Er wirkte zutiefst erschüttert. „Sind Sie sich ganz sicher, Jameson? Gibt es schlüssige Beweise? Verzeihen Sie, Buchanan, aber sind Sie überzeugt, dass Ihre Frau die Wahrheit gesagt hat? Immerhin hat sie Sie bis jetzt angelogen."

„Ja, das hat sie", räumte Buchanan sachlich ein, „und natürlich bin ich sehr enttäuscht von ihr. Ich brauche Ihnen nicht zu sagen, dass es ein großer Schock für mich war, als ich hörte, was meine Frau getan hat. Unter den gegebenen Umständen war es jedoch durchaus nachvollziehbar. Sie ist jung und leicht zu beeinflussen, vor allem von jemandem, der entschieden auftritt. Sie glaubte, nur mit der Herausgabe der Dokumente könne sie verhindern, dass ich meinen Posten räumen muss. Ihr größter Fehler war natürlich, dass sie mir nicht von Anfang an ehrlich gesagt hat, wer sie ist, aber ich bin mir ganz sicher, dass sie nicht von Natur aus unaufrichtig ist. Zumindest kann ich mich mit diesem Gedanken trösten."

„Aber sie hat möglicherweise Ihre Karriere ruiniert, Buchanan", sagte der Earl unverblümt.

Der Außenminister senkte den Kopf. „Das mag sein,

doch sie hat es nicht absichtlich getan. Reden wir nicht mehr davon. Was geschehen ist, ist geschehen, und wir werden mit den Konsequenzen leben müssen."

Dass es für einen Mann in seiner Position töricht war, eine junge Frau zu heiraten, von der er so gut wie nichts wusste, brauchte er nicht zu sagen: Alle wussten es. Er war nicht der erste bedeutende Mann, der ohne nachzudenken in eine Ehe schlitterte, und er würde auch nicht der letzte sein. Er hustete und fuhr fort: „Im Moment sind meine persönlichen Belange nicht von Bedeutung. Was wichtig ist, ist die Wiederbeschaffung der Dokumente. Strathmerrick, konnten Ihre Leute den Weg ins Dorf frei machen? Wenn sie es geschafft haben, steht Burfords Flucht nichts mehr im Wege. Wir müssen ihn unbedingt aufhalten. Glauben Sie, wir können ihn überwältigen und festsetzen?"

„Ist das überhaupt nötig?", fragte Jameson. „Im Moment ahnt er nicht, dass wir Bescheid wissen, und hat sich keinen Fluchtplan zurechtgelegt."

„Da haben Sie recht", räumte der Außenminister ein. „Nun, dann -"

In diesem Moment klopfte es an der Tür und Claude höchstpersönlich trat ein.

„Ich bitte um Verzeihung", sagte er mit einem Blick auf Angela. „Ich wusste nicht, dass Sie ein privates Gespräch führen."

„Oh, komm ruhig herein, mein Junge", sagte der Earl jovial. „Mrs Marchmont hat uns gerade von einem mysteriösen Eindringling erzählt, den sie in der Nacht gesehen hat, als der arme Klausen umgebracht wurde."

„Ja -", begann Angela, aber Claude winkte ab.

„Ich will nicht stören", sagte er, „ich wollte Ihnen nur das hier geben." Er zog einen Schlüssel hervor, den er Lord Strathmerrick reichte. „Es ist der Schlüssel zu dem Schlafzimmer im zweiten Stock, wohin wir den Professor gebracht haben", erklärte er, als er Strathmerricks fragenden Blick sah. „Ich wollte sichergehen, dass niemand den Raum betreten kann."

„Ah ja, sehr gut, mein Junge." Der Earl klang verlegen.

Claude lächelte in die Runde und ging hinaus.

„Wenn er bisher nichts geahnt hat, dann tut er es spätestens jetzt", sagte Henry in die angespannte Stille im Raum. „Wie sieht es also mit dem Weg ins Dorf aus, Sir? Haben die Männer ihn freigeräumt?"

„Noch nicht", antwortete der Earl.

„Dann kommt er nicht weit, falls er sich zur Flucht entschließt", meinte Sandy Buchanan. „Wir haben ihn also dort, wo wir ihn haben wollen."

Angela öffnete den Mund, als wollte sie etwas sagen, überlegte es sich aber anders.

„Was ist los?", fragte Henry.

„Besteht die Gefahr, dass er sich zu einer Verzweiflungstat hinreißen lässt, wenn er ahnt, dass man ihm auf die Schliche gekommen ist?", fragte sie ihn.

„Ich hoffe, dass es nicht dazu kommt", sagte er, „aber ich denke, es ist höchste Zeit, dass wir mit ihm reden." Zu den anderen beiden Männern gewandt fragte er: „Glauben Sie, dass wir mit ihm fertigwerden?"

„Vielleicht", sagte der Außenminister, „aber ich schlage vor, dass wir die beiden Amerikaner mit ins Boot holen. Das sind zwei kräftige Burschen."

„Guter Gott", sagte der Earl, „meinen Sie im Ernst, dass wir einen angesehenen Parlamentsabgeordneten mit Gewalt festsetzen sollten - aufgrund eines bloßen Verdachts?".

„Nur wenn es absolut notwendig ist“, sagte Henry grimmig und ging zur Tür. Er war normalerweise kein Mann der Tat, doch wenn es darauf ankam, handelte er rasch und entschieden. Sandy Buchanan folgte ihm, die Schultern gestrafft, den Blick entschlossen nach vorn gerichtet. Lord Strathmerrick und Angela zögerten noch.

„Sie können Claude nicht verhaften“, sagte der Earl schließlich. „Er und Priss wollen doch nächstes Jahr heiraten. Was soll sie jetzt tun?“

„Sich einen anderen suchen“, sagte Angela. Es schien die einzig mögliche Antwort zu sein.

Kapitel Siebenundzwanzig

„Hat einer von Ihnen Claude gesehen?“, fragte Henry, als er und der Außenminister den Salon betraten, in dem die meisten anderen Gäste versammelt waren. Niemand hatte ihn gesehen, wie es schien.

„Ich dachte, er sei mit Ihnen im Arbeitszimmer“, sagte Priss.

Aubrey Nash spürte sofort, dass etwas im Busch war.

„Was ist los?“, fragte er.

„Ich denke, wir könnten in Kürze – äh, Unterstützung brauchen“, antwortete Henry. „Wären Sie und Bradley so freundlich, uns zu helfen?“

„Sicherlich“, sagte Aubrey und Gabe nickte zustimmend. Sie standen auf und folgten den beiden anderen Männern aus dem Salon. Henry kam sofort zur Sache. Die beiden Amerikaner staunten nicht schlecht, als er ihnen die Situation erklärte.

„Na, das schlägt dem Fass den Boden aus“, sagte Gabe.

In diesem Moment traten Lord Strathmerrick und Angela zu ihnen.

„Wo ist er?", fragte der Earl.

„Das wissen wir nicht", erwiderte Sandy Buchanan.

„Wir müssen uns aufteilen und nach ihm suchen", sagte Jameson. „Er kann nicht weit weg sein. Mr Nash, Sie und Bradley fangen bitte mit den oberen Zimmern an; währenddessen werden Buchanan, Lord Strathmerrick und ich uns hier unten umsehen. Und bitte seien Sie vorsichtig - er könnte gefährlich werden."

„Ach was", sagte Gabe Bradley. „Ich bin doppelt so groß wie er. Mit dem werden wir fertig."

„Vergessen Sie nicht, dass er schon einmal getötet hat", sagte Buchanan. „Wer weiß, wie er reagiert, wenn man ihn in die Enge treibt."

Die Männer schwärmten aus und ließen Angela allein im Korridor stehen. Sie nahm an, dass sie Claude bald erwischen würden, und beschloss, Eleanor Buchanan aufzusuchen und zu trösten, falls das überhaupt möglich war. In diesem Moment stahl sich Freddy aus dem Salon.

„Sind sie weg?", fragte er. „Was sollte das alles? Kommen Sie, raus damit."

Angela berichtete kurz, was sich in den letzten Stunden ergeben hatte. Seine Überraschung wich bald heller Begeisterung.

„Ich wusste es!", rief er. „Ich wusste schon immer, dass er ein widerlicher Fiesling ist, und ich hatte recht. Das entschädigt mich fast für all die Prügel, die er mir verpasst hat. Hören Sie", sagte er plötzlich, „meinen Sie, es gibt heutzutage noch Pranger? Ich würde die ganze Nacht Schlange stehen, um ihm eine schöne, reife Tomate an die Rübe zu klatschen."

„Ich muss gestehen, dass ich das Ausmaß Ihres Grolls ein wenig beunruhigend finde", sagte Angela.

„Sie mussten ihn nicht erdulden", gab er zurück. „Er hat einen dunklen Schatten auf die besten Jahre meines vielversprechenden jungen Lebens geworfen. Sind die Männer unterwegs, um ihn zu schnappen?"

„Ja", sagte Angela. „Sie suchen gerade das Schloss ab."

„Das ist nicht nötig, denn er ist draußen. Ich habe ihn eben gesehen, als ich aus dem Fenster geschaut habe."

„Oh! Dann müssen wir Mr Jameson schnell Bescheid sagen", rief Angela.

„In welche Richtung sind sie gegangen?", fragte Freddy, während sie den Gang entlanghasteten. „Wir müssen uns beeilen, sonst entwischt er."

„Aber der Weg ins Dorf ist weiterhin versperrt."

„Er ist in die andere Richtung gegangen, zur Ostwiese."

„Dann holen wir ihn nicht mehr ein", sagte Angela bestürzt. „Mit der nötigen Entschlossenheit schafft er es, querfeldein zu entkommen. Wo zum Teufel ist Henry?"

Freddy packte sie am Arm und zwang sie, stehen zu bleiben.

„Wir haben keine Zeit, Henry in diesem riesigen unübersichtlichen Anwesen zu suchen. Holen Sie Ihre Stiefel und Ihren Revolver. Wir nehmen die Verfolgung auf. In zwei Minuten treffen wir uns an der Eingangstür."

„Aber ich habe keinen -", rief Angela ihm nach. Dann fiel ihr ein, dass sie sehr wohl einen Revolver hatte. Er gehörte ihr zwar nicht, wäre jedoch im Notfall vollkommen ausreichend.

Es dauerte genau eine Minute und siebenundvierzig Sekunden, bis sie durch den Schnee zur Ostwiese stapften. Claude hatte deutliche Fußspuren hinterlassen, die im frisch gefallenen Schnee klar zu erkennen waren. Mittlerweile hatte es aufgehört zu schneien, doch das Bleigrau des Himmels verhieß nichts Gutes. Eine Weile gingen sie schweigend nebeneinander her, dann lachte Freddy plötzlich.

„Haben wir das nicht schon einmal gemacht?", fragte er.

„Was meinen Sie?"

„In Dungeness – erinnern Sie sich nicht? Damals waren wir ebenfalls hinter einem Mörder her."

„Ja, ich erinnere mich", sagte Angela, „die Umstände waren jedoch ganz andere."

„Stimmt. Letztes Mal verspürte ich nicht den dringenden Wunsch, dem Täter die Fresse zu polieren."

„Hassen Sie ihn wirklich so sehr?"

„Oh ja, aber nicht nur wegen unserer gemeinsamen Schulzeit. Es hat auch mit Eleanor Buchanan zu tun. Eine Frau zu erpressen ist eine üble Sache. Allein dafür hat er eine ordentliche Tracht Prügel verdient."

Angela lächelte ihn an.

„Im Grunde Ihres Herzens sind Sie eine Seele von Mensch, nicht wahr?", sagte sie.

„Ja, aber wenn Sie das nicht für sich behalten, rede ich nie wieder mit Ihnen", grinste er. „Da – sehen Sie, da ist er!"

Sie waren gerade aus dem Schutz einiger Bäume hervorgetreten und hatten freie Sicht auf die verschneite Fläche vor ihnen. Auf der Kuppe eines sanften Hügels sahen sie einen Mann über ein Gatter klettern. Er war ihnen ein gutes Stück voraus, doch er erspähte sie im selben Moment wie sie ihn. Er blieb einen Augenblick wie angewurzelt stehen, fing sich aber rasch wieder und verschwand bald auf der anderen Seite der Anhöhe in Richtung Ostwiese.

„Mist", sagte Freddy, „er hat uns bemerkt. Wir sollten uns besser beeilen."

Sie liefen so schnell wie möglich den Hügel hinauf. Außer Atem und mit Schnee bedeckten Stiefeln und Mänteln erreichten sie die Kuppe. Vor ihnen breitete sich die menschenleere Landschaft aus, von Claude war nichts zu sehen, doch eine Fußspur führte quer über die Wiese zur alten Scheune, in der sich St. John versteckt hatte.

„Er ist in der Scheune", rief Angela. Sie kletterten über den Zauntritt und folgten den Spuren.

„Er muss den Schnee verfluchen", sagte Freddy. „Fußabdrücke sind äußerst ungünstig, wenn man auf der Flucht vor der Polizei ist, nicht wahr?"

„Ich verfluche den Schnee auch", gestand Angela. „Meine Beine tun noch von gestern weh."

„Die Bewegung wird Ihnen guttun, nach all dem Essen von gestern Abend."

„Nach all dem Essen? Ich habe bestimmt nicht mehr gegessen als Sie", sagte Angela beleidigt. „An die Unmengen, die St. John verdrückt hat, reichen wir aber beide nicht heran."

„Dabei fällt mir ein, dass ich ihn noch nach seinem Alibi fragen wollte", sagte Freddy. „Still jetzt."

Sie waren nicht mehr weit von der Scheune entfernt, doch es wurde schnell klar, dass Claude nicht darin war. Die Spuren führten außen herum zur Rückseite des Gebäudes und von dort über den Zaun in den Wald dahinter.

„Aus dem Wald führt kein Weg hinaus", flüsterte Angela, „auf der anderen Seite geht es steil abwärts. Um zu entkommen, muss er hier entlangkommen oder dort links hergehen. Vielleicht können wir ihm den Weg abschneiden.“

„Denken Sie daran, dass er bewaffnet ist“, sagte Freddy.

„Ich bin mir nicht sicher, ob er tatsächlich einen Revolver hat.“ Angela zeigte ihm die Waffe, die sie in ihrer Handtasche gefunden hatte. „Ich glaube, der gehört ihm.“

„Was? Ist das nicht Ihrer?“

„Nein, den hat Henry konfisziert. Diesen Revolver habe ich gestern Abend in meiner Tasche gefunden. Irgendjemand hat ihn mir untergeschoben.“

„Was? Und Sie haben nichts gesagt? Warum um alles in der Welt haben Sie das verschwiegen?“

„Ich wollte es tun, doch dann wurde ich abgelenkt. Aber das ist jetzt nebensächlich. Wie können wir Claude aufscheuchen?“

„Hm, ich denke, wir müssen einfach hineingehen und ihn suchen.“

„Mehr fällt Ihnen dazu nicht ein?“

„Haben Sie eine bessere Idee?“

„Nein“, musste Angela zugeben.

„Zeigen Sie mir noch einmal den Revolver. Darf ich ihn mal halten?“

„Wissen Sie, wie man damit umgeht?“, fragte Angela, als sie sie ihm reichte.

Er nahm die Waffe und spannte sie versuchsweise. Ein lauter Knall ertönte, gefolgt von ohrenbetäubendem Krächzen und aufgeregtem Geflatter, als aufgeschreckte Krähen wie eine schwarze Wolke aufstiegen.

„Äh – nein“, sagte Freddy verlegen.

Angela wartete ein paar Sekunden, bis sich ihr Herzschlag beruhigt hatte, dann nahm sie ihm vorsichtig die Waffe ab und steckte sie wieder in ihre Tasche.

„Vielleicht das nächste Mal", sagte sie.

Die Krähen waren jedoch nicht die einzigen, die Freddy aufgescheucht hatte. Zwischen den Bäumen war plötzlich lautes Rascheln zu hören und dann schoss eine Gestalt zu ihrer Linken aus dem Unterholz hervor und begann, quer über die Wiese durch den Schnee zu pflügen. Sofort nahm Freddy die Verfolgung auf. Die Schneedecke verlangsamte sein Fortkommen, doch Freddy war jung und voller Energie und außerdem besser in Form als Claude, sodass er ihm schnell näher kam. Claude sah sich immer wieder um und erkannte bald, dass er seinem Verfolger nicht entkommen konnte. Daher entschied er sich für den direkten Angriff, drehte sich unvermittelt um und lief auf Freddy zu. Die beiden Männer blieben in einiger Entfernung voneinander stehen und musterten sich schweigend, als Angela hinter ihnen auftauchte.

„Was willst du?", sagte Claude schließlich.

„Am liebsten würde ich dir eine ordentliche Tracht Prügel verpassen", antwortete Freddy. „Aber das werde ich nicht tun, solange du brav ins Schloss zurückkehrst."

„Mach dich nicht lächerlich", schnaubte Claude. „Warum sollte ich tun, was du sagst, du elender Wicht? Du hast dich wirklich nicht sehr verändert, nicht wahr, Freddy? Du bist immer noch das boshafte kleine Biest von damals." Er spuckte Freddys Namen mit genussvoller Verachtung aus.

„Läufst du immer noch heulend zu deiner Mama, wenn jemand dich schief anguckt?", fuhr er fort. „Wie schade, dass sie dir nicht geglaubt hat, nicht wahr? Aber wer würde schon deinem Wort mehr Glauben schenken als meinem? Ich wage zu behaupten -"

Seine nächsten Worte gingen unter, weil Freddy mit gesenktem Kopf brüllend auf ihn zuraste und ihn mitten an der Brust traf. Claude entfuhr ein „Uff!" und dann wälzten sie sich im Schnee auf dem Boden und schlugen wild aufeinander ein. Freddy kam auf Claude zu liegen und eine Weile sah es aus, als würde er die Oberhand gewinnen, doch dann gelang es Claude, seine Hände um Freddys Kehle zu legen und zuzudrücken, bis sein Gegner blau anlief. Freddy schaffte es, Claudes Finger zu lösen, und rollte sich zur Seite. Die beiden standen schwer atmend auf und begannen, sich langsam zu umkreisen. Claude landete als Erster einen Schlag und Angela zuckte zusammen, als Freddy zurücktaumelte. Aber er war jetzt wütend und entschlossen, den Mann niederzuringen, der ihn vor vielen Jahren schikaniert hatte. Er raste auf seinen Widersacher zu und ließ Schlag um Schlag auf ihn niedersausen. Claude musste ordentlich einstecken, wehrte sich aber nach Kräften. Sie kamen immer näher zusammen, bis sie wie ein unauflösliches Knäuel miteinander verhakt waren. Es war ein ungleicher Kampf, da Claude massiger und kräftiger war als Freddy, der in dieser Umklammerung nicht ausholen und keine Hiebe platzieren konnte. Plötzlich warf sich Claude auf ihn, für einen Augenblick sah es absurderweise aus, als wolle er ihn küssen. Doch dann ertönte ein Schmerzensschrei, Claude ließ seinen Gegner los und Freddy hielt sich das linke Ohr, während ihm Blut über die Hand rann. Claude spuckte etwas in den Schnee, das Freddy entsetzt anstarrte. Er hatte ihm ein Stück vom Ohrläppchen abgebissen.

„Du ... du ..." Freddy fand keine Worte für seine

Wut. Mit einem Schrei, der Angela das Blut in den Adern gefrieren ließ, stürzte er sich auf Claude, der mit einem erstickten Schrei zu Boden ging und verzweifelt versuchte, seinen Kopf zu schützen, als Freddy wie entfesselt auf ihn einprügelte. Es war ein beeindruckender Anblick. Während Angela noch überlegte, ob sie eingreifen sollte, bevor Claude bleibende Schäden davontrug, als Gabe Bradley auf sie zugelaufen kam, dicht gefolgt von Henry Jameson. Die beiden Männer zerrten Freddy mit Mühe von dem jammernden Claude weg, und dann war alles vorbei. Claude, blutüberströmt und kleinlaut, wurde von den Neuankömmlingen weggeführt. Angela blieb derweil die Aufgabe, Freddy zu beruhigen und mit ihrem Taschentuch seine Wunden notdürftig zu versorgen.

„Wir sollten ins Schloss zurückkehren, Ihr Ohr muss verbunden werden", riet sie, sobald er sich so weit gefangen hatte, dass er für vernünftige Vorschläge zugänglich war.

„Hat er das ganze Ohrläppchen erwischt?", fragte er angstvoll. „Bin ich schrecklich zugerichtet?"

„Aber nein", sagte Angela. „Es ist nur ein kleines Stück. Betrachten Sie es als Kriegsverletzung, als einen Beweis für Ihre Tapferkeit."

„War ich mutig?"

„Ja, schrecklich mutig."

„Sie hätten früher eingreifen können, wissen Sie", sagte er vorwurfsvoll. „Schließlich hatten Sie den Revolver."

„Äh, ja", antwortete Angela, „den habe ich in der Aufregung ganz vergessen. Außerdem dachte ich, Sie würden es mir nicht danken, wenn ich Sie der Möglichkeit beraube, Ihre alte Rechnung mit Claude zu begleichen.“

Freddy musterte sie kritisch.

„Ich glaube fast, Sie haben es genossen. Geben Sie es zu!“

Angela setzte ihre tugendhafteste Miene auf.

„Natürlich nicht! Ich bin eine ehrenhafte Frau; dass so etwas auf Fives Castle passiert, schockiert mich zutiefst. Prügeleien gehören ins East End, nicht auf den Landsitz eines Earls!“

Freddy antwortete nicht, doch seine Miene nahm allmählich den alten selbstgefälligen Ausdruck an.

„Ich habe ihm eine ziemliche Abreibung verpasst, nicht wahr?“, sagte er.

„Das haben Sie ganz sicher“, sagte Angela. Sie nahm seinen Arm und die beiden machten sich auf den Weg zurück zum Schloss, wobei Freddy leicht hinkte.

„Ich wage zu behaupten, dass ich schrecklich aussehe“, sagte er.

„Grauenvoll“, erwiderte sie. „Aber denken Sie nur, wie die Damen Sie verhätscheln und umschwärmen werden, wenn sie erfahren, wie heldenhaft Sie sich in den Kampf gestürzt haben.“

Diese Vorstellung gefiel Freddy, und er gab sich ihr einige Minuten lang schweigend hin, während sie weiter durch den Schnee stapften.

„Sie haben es aber doch ein bisschen genossen, nicht wahr?“, fragte er schließlich.

„Vielleicht ein kleines bisschen“, räumte Angela ein.

Freddy stieß ein Lachen aus, das schnell zu einem Stöhnen wurde. Gemeinsam betraten sie das Schloss, während sich die Dunkelheit über die Landschaft legte.

Kapitel Achtundzwanzig

ALS politischer Berater und geschickter Vermittler hatte Lord Strathmerrick reichlich Erfahrung mit heiklen Angelegenheiten, die viel Feingefühl und Diskretion erforderten, doch die Situation, der er sich nun gegenübersah, traf ihn vollkommen unvorbereitet. Bis zu diesem Morgen war er ein Mann, dem das Leben und das Schicksal gleichermaßen hold waren: Er war ein geachtetes Mitglied des Oberhauses, genoss einen untadeligen Ruf und wurde in Krisenzeiten oft und gerne zurate gezogen. Er galt als die treibende Kraft im Hintergrund, dessen Einfluss auf die Regierung kaum zu unterschätzen war, wenngleich er selbst selten ins Licht der Öffentlichkeit trat. Sein Reichtum war immens und sein Familienleben vorbildlich - von den gelegentlichen Eskapaden seiner zweiten Tochter einmal abgesehen. Doch nun musste er mitansehen, wie die Festung, die er mit so viel Sorgfalt errichtet hatte, binnen weniger Stunden in Trümmern lag. Nicht nur hatte sich sein zukünftiger Schwiegersohn als Verräter und Mörder entpuppt und damit dem häuslichen Glück des Earls und seiner Familie einen herben Schlag versetzt. Nein, in Anbetracht seiner Stellung als Parlamentsabgeordneter drohte dieser zukünftige Schwiegersohn nun auch die gesamte Regierung zu Fall zu bringen und dem ganzen Land großen Schaden zuzufügen. Im Angesicht dieser ungeheuren Erschütterungen wusste Lord Strathmerrick nicht, was er als Nächstes tun sollte. Er rutschte unbehaglich auf seinem Stuhl hin und her und blickte unsicher in die Runde. Seine englischen und amerikanischen Kollegen erwiderten seinen Blick, einige ernst, andere nachdenklich. Er räusperte sich und wandte sich an Henry Jameson.

„Ihrer Ansicht nach bestehen also keinerlei Zweifel?", fragte er, obwohl er die Antwort nur zu gut kannte.

Henry musterte das Papierbündel, das vor ihm auf dem Tisch lag, und schob es etwa einen halben Zentimeter nach rechts.

„Er hatte die Dokumente bei sich", sagte er. „Oder zumindest ein Exemplar."

Alle starrten auf die Papiere.

„Dürfen wir sie uns einmal ansehen?", fragte Aubrey Nash schließlich. „Deshalb sind wir schließlich hier."

Henry warf dem Außenminister einen fragenden Blick zu.

„Ich wüsste nicht, was dagegenspricht", seufzte Sandy Buchanan. „Wir haben uns weiß Gott genug Mühe gegeben, sie zurückzubekommen. Allerdings dürften wir kaum verstehen, was drinsteht - wie ich schon sagte, sind die Informationen verschlüsselt, außerdem handelt es sich vielleicht gar nicht um das Original."

„Dann wissen wir immer noch nicht, wo die andere Kopie ist?", fragte Aubrey.

Henry reichte ihm die Papiere. „Nein, Burford will es uns nicht sagen. Er behauptet sogar, er wisse nicht, wo sie sind."

„Was?", fragte der Earl verblüfft.

„Ja", meinte Henry nachdenklich. „Das ist ziemlich merkwürdig. Er gibt zu, Mrs Buchanan erpresst zu haben, sagt aber, er wisse nicht, was mit dem zweiten Dokumentensatz geschehen sei."

„Soll das heißen, dass er nicht daran gedacht hat, Klausens Taschen zu durchsuchen, nachdem er den Mann erschossen hatte?", fragte Aubrey ungläubig.

„Nein, er beteuert, er habe Klausen überhaupt nicht erschossen", antwortete Henry.

Die Männer sahen sich überrascht an.

„Aber das ist doch Unsinn", sagte Gabe Bradley. „Er muss es getan haben. Wer sonst hätte die Leiche des Professors in der Truhe deponieren sollen?"

„Oh, das war er – er muss es gewesen sein", sagte Sandy Buchanan.

„Dann verstehe ich die ganze Sache umso weniger", sagte Aubrey. „Fangen Sie bitte noch einmal von vorne an und sagen Sie uns genau, was Burford zugegeben hat. Wo haben Sie ihn übrigens untergebracht?"

„Wir haben ihn in das Schlafzimmer neben dem Zimmer gesperrt, in dem Klausen liegt", sagte Henry.

„Wie geht es ihm?", fragte Aubrey.

„Er ist etwas angeschlagen. Wir haben ihn verarztet, so gut es ging, und es ihm so bequem wie möglich gemacht. Der junge Pilkington-Soames hat ihn ordentlich vermöbelt."

„Seltsam", meinte Lord Strathmerrick. „Ich hätte

nicht gedacht, dass der Kerl dazu in der Lage ist - er sieht mir eher schwächlich aus."

„Schwächlich? Von wegen!", warf Gabe ein. „Mr Jameson und ich hatten Mühe, ihn von seinem Opfer wegzuzerren. Er war außer sich vor Wut – was ich gut verstehen kann. Wenn mir jemand ein Stück vom Ohr abbeißen würde, könnte ich für nichts garantieren."

„Aber zurück zu Burford", mahnte Aubrey.

„Ja, Sie haben das Wort, Jameson", sagte der Außenminister.

„Danke", sagte Henry. „Also: Burford behauptet, er habe nie die Absicht gehabt, sich als Spion zu betätigen, doch vor zwei, drei Jahren lernte er Lady Priscilla kennen und die beiden verlobten sich. Damals bekleidete er nur eine untergeordnete Stellung bei Beresford Ogilvy, hatte jedoch engen Kontakt zu führenden Köpfen der Partei und hatte vor, in absehbarer Zeit fürs Parlament zu kandidieren, sobald ein sicherer Wahlkreis frei wurde. Er gibt zu, dass er, als die Verlobung mit Lady Priscilla anstand, Lord Strathmerrick nicht die Wahrheit gesagt habe, was sein Privatvermögen anging, das wesentlich geringer war, als er angab. Er habe nicht als ungeeigneter Heiratskandidat gelten wollen, obwohl er zum damaligen Zeitpunkt nicht in der Lage gewesen wäre, seiner zukünftigen Gattin den Lebensstil zu bieten, den sie gewohnt war. Die falschen Angaben zu seinen finanziellen Verhältnisse beunruhigten ihn nicht weiter, da er davon ausging, seine politischen Ambitionen bald zu verwirklichen und sein Einkommen deutlich zu verbessern, von dem sie gut hätten leben können. Kurz nach der Bekanntgabe der Verlobung verlor er durch unglückliche Spekulationen einen Großteil seines Guthabens – fast alles, was er besaß. Wie es in solchen

Fällen häufig passiert, versuchte er, mit zweifelhaften Investitionen den Verlust auszugleichen und geriet dabei noch tiefer in die roten Zahlen. Er stand kurz vor dem Ruin. Er musste um jeden Preis verhindern, dass Lord Strathmerrick von seiner verzweifelten Lage erfuhr, wenn die Hochzeit wie geplant stattfinden sollte. Außerdem hätte er als Bankrotteur nicht fürs Parlament kandidieren können. Somit sah es aus, als seien alle seine Ambitionen gescheitert. Einige Wochen lang behielt er seine Sorgen für sich. Als er jedoch eines Tages zufällig Stephen Golovin traf, der damals noch nicht unter Spionageverdacht stand, ließ er versehentlich durchblicken, dass er Geldprobleme hatte, ohne jedoch deren Ausmaß zu bezeichnen. Golovin zeigte sich verständnisvoll und mitfühlend, und sie wurden Freunde - zumindest glaubte Burford dies. Vermutlich handelte es sich jedoch um einen gezielten Schachzug von Golovin, der weitere Leute für seine Zwecke rekrutieren wollte.

Eines Tages nahm Golovin Burford beiseite und erklärte ihm, er wisse, wie Burford seine Schulden mit sehr wenig Aufwand loswerden könne. Burford sagte, er habe an jenem Morgen eine letzte Zahlungsaufforderung von einem seiner Gläubiger erhalten und sich in einer aussichtslosen Lage befunden. Er hatte nur eine Woche Zeit, um das Geld aufzutreiben, sonst würde alles auffliegen und er würde seine politischen und persönlichen Pläne begraben müssen. Natürlich ergriff er die Gelegenheit, die Golovin ihm bot, beim Schopf. Es war ganz einfach: Er musste nur eine Kopie des Protokolls eines vertraulichen Treffens anfertigen, das am selben Tag zwischen dem Innenminister und seinem amerikanischen Amtskollegen stattfinden sollte, und sie

Golovin zuspielen. Er folgte den Anweisungen und bekam am nächsten Tag mit der Post einen anonymen Brief, der einen Scheck über fast die Hälfte seiner Schulden enthielt.

Etwa einen Monat später trat Golovin erneut an ihn heran und fragte, ob er noch mehr Geld verdienen wolle. Ein weiterer Gläubiger drängte auf Zahlung, also sagte Burford Ja. Diesmal ging es um ein geheimes Treffen über Handelsrouten auf dem europäischen Festland. Wieder erhielt er als Lohn einen anonymen Brief mit einem Scheck.

Nach zwei oder drei weiteren Aufträgen dieser Art hatte Burford seine finanzielle Krise überwunden, die Notwendigkeit, Informationen gegen Bezahlung preiszugeben, hatte sich erledigt. Als Golovin ihn erneut um Hilfe bat, lehnte er ab. Kurze Zeit später wurde Golovin verhaftet und zu einer Gefängnisstrafe verurteilt. Wie wir alle wissen, musste Ogilvy als Folge des Skandals seinen Posten räumen und sein Sitz im Parlament wurde frei, den Burford bei der daraufhin angesetzten Nachwahl gewann. Da Golovin im Gefängnis saß und alle Schulden beglichen waren, wiegte er sich in Sicherheit. Zu seinem Entsetzen erhielt er jedoch nach einigen Monaten einen anonymen Brief, in dem er höflich aufgefordert wurde, eine Kopie gewisser Regierungsdokumente an eine bestimmte Adresse zu schicken, wofür er wie gewohnt eine großzügige Vergütung erhalten würde. Sollte er sich jedoch weigern, hätte der Verfasser des Briefes keine andere Wahl, als den zuständigen Behörden seine frühere Spionagetätigkeit zu melden.

Das brachte Burford natürlich in eine heikle Lage. Nach einigem Nachdenken erkannte er jedoch, dass er bereits zu sehr in die Sache verwickelt war. Er hatte keine andere Wahl, als das zu tun, was man von ihm verlangte. Er lieferte also die geforderten Dokumente."

„Lieber Himmel", rief Lord Strathmerrick entsetzt. „Wollen Sie damit sagen, dass der Kerl als Parlamentsabgeordneter Informationen an fremde Mächte weitergegeben hat?"

„Und nicht erst seit seiner erfolgreichen Wahl ins Parlament", sagte Jameson. „Burford behauptet, die ganze Sache habe als bedauerlicher Irrtum begonnen, sei aber schnell zu einer quälenden und beschämenden Last geworden, ohne dass er einen Ausweg aus seiner Lage gesehen hätte. Angeblich schlägt er sich in den letzten anderthalb Jahren unablässig voller Reue an die Brust und leidet unter unerträglichen Schuldgefühlen."

„Was ihn jedoch nicht dazu brachte, das Geld abzulehnen", vermutete Aubrey trocken.

„Nein", stimmte Henry zu. „Seine kleine - äh, Nebenbeschäftigung scheint ziemlich lukrativ gewesen zu sein. Die anonymen Briefe trafen weiterhin ein - natürlich in großen Abständen, sonst hätten sie mit Sicherheit Verdacht erregt. Jedes Mal sah sich Burford gezwungen, das zu tun, was ihm aufgetragen wurde."

Der Earl schnaubte entrüstet. Henry ignorierte ihn und fuhr fort: „Doch nun zu unserem kleinen Zwischenfall hier. Burford sagt, er habe letzte Woche einen weiteren Brief erhalten, in dem ihm mitgeteilt wurde, dass Professor Klausen wichtige Papiere nach Fives Castle mitbringen würde und dass er sich diese besorgen solle. Wie wir alle wissen, ist Klausen nicht aufgetaucht – zumindest nicht lebend - und Burford begann, sich Sorgen zu machen. Was würde passieren, wenn er der Unterlagen nicht habhaft wurde? Würde er enttarnt werden? Zu seinem Glück verriet der Außenminister, dass er eine Kopie der Dokumente besaß, und so beschloss er, sich diese zu besorgen und damit seine Haut zu retten - auch wenn er natürlich nicht wusste, dass die beiden Dokumente nicht identisch waren. Er wusste, wer Mrs Buchanan war, obwohl er dieses Wissen bis dahin aus unerfindlichen Gründen für sich behalten hatte - vielleicht hoffte er, es sich auf irgendeine Weise zunutze machen zu können -"

„Und das ist ihm gelungen!", unterbrach ihn Sandy Buchanan bitter.

Henry warf ihm einen mitfühlenden Blick zu und fuhr fort: „- also machte er sich an sie heran und erpresste sie seinerseits, indem er drohte, ihre wahre Identität zu enthüllen, wenn sie ihm nicht die Papiere besorgte, was sie nach dem Silvesterball auch tat. Wir können von Glück sagen, dass wir eingeschneit waren, sodass er die Papiere nicht an seinen Auftraggeber weitergeben konnte. Diesem Umstand – und natürlich dem raschen Handeln von Mrs Marchmont und Mr Pilkington-Soames - haben wir es zu verdanken, dass sie nun wieder in unserem Besitz sind. Hätten die beiden seinen Fluchtversuch nicht bemerkt, wäre er vermutlich längst über alle Berge. Es war reiner Zufall, dass ich im richtigen Moment aus dem Fenster geblickt und gesehen habe, wie sie die Verfolgung aufnahmen. Bradley und ich brauchten eine Weile, um sie einzuholen, doch der junge Freddy schien die Situation unter Kontrolle zu haben, als wir ankamen."

„Er hat also einen Satz Unterlagen gestohlen, behauptet aber, den anderen nicht gestohlen zu haben", sagte Aubrey Nash. „Kann das stimmen? Er kann doch unmöglich abstreiten, Klausen getötet zu haben, oder?"

„Es klingt unglaubwürdig, doch das ist es, was er

sagt", erwiderte Henry. „An diesem Punkt wird die Geschichte noch seltsamer. Burford behauptet, er habe die Dokumente in seine Tasche gesteckt, nachdem Mrs Buchanan sie ihm gegeben hatte, und sei in die Bibliothek gegangen, um sie vorübergehend zu verstecken, falls jemand ihr Fehlen bemerkte und eine Durchsuchung eingeleitet würde. Zunächst fiel ihm nichts Ungewöhnliches auf, aber nachdem er sich ein paar Minuten lang nach einem geeigneten Versteck umgesehen hatte, entdeckte er hinter dem großen Globus in der Ecke etwas, das wie ein Fuß aussah. Bei näherem Hinsehen stellte er zu seinem Erstaunen fest, dass es sich um die Leiche von Professor Klausen handelte, der offensichtlich erschossen worden war.

Burford gibt an, er habe daraufhin den Kopf verloren. Er nahm sofort an, dass ihm jemand den Mord in die Schuhe schieben wollte, und beschloss, die Leiche zu verstecken, damit sie gar nicht erst gefunden wurde. Er wollte sie später irgendwo auf dem Gelände rings ums Schloss vergraben, sobald der Schnee geschmolzen war, brachte sie aber in der Zwischenzeit an einen Ort, den er für den sichersten hielt - die Holztruhe im Billardzimmer nebenan. Der Raum ist in der Regel kaum geheizt, und so schätzte er, dass in den nächsten Tagen niemand einen unangenehmen Leichengeruch wahrnehmen würde. Natürlich ahnte er nicht, dass sechs Leute in dem Schrank im Billardzimmer saßen, während er die Leiche verstaute. Es muss ein furchtbarer Schock gewesen sein, als ihm klar wurde, was das möglicherweise bedeutete."

„Oh ja, das war es", sagte Gabe. „Ich erinnere mich genau. Er wurde kreidebleich."

„Gibt er zu, dass er Klausens Taschen durchsucht

hat?“, fragte Aubrey. „Wenn er das nicht getan hat, dann ist er ein noch größerer Idiot, als ich dachte.“

„Als er sich von dem ersten Schrecken erholt hatte, hat er die Taschen durchsucht, konnte aber nichts finden – jedenfalls behauptet er das“, erklärte Henry.

„Hören Sie, das ist alles blanker Unsinn“, mischte Lord Strathmerrick sich ein. „Warum macht er sich die Mühe, den Mord an Klausen abzustreiten? Selbstverständlich ist er der Täter! Jameson, Sie müssen jetzt die Tatwaffe suchen und natürlich die anderen Dokumente.“

„Die Waffe habe ich schon“, sagte Henry. „Mrs Marchmont hat sie gestern Abend in ihrer Handtasche gefunden.“

„Das behauptet sie?“, fragte der Earl. „Warum hat sie es Ihnen dann nicht vorher gesagt?“

„Sie hatte keine Gelegenheit dazu. Sie hat sie heute Nachmittag auf die Verfolgungsjagd mitgenommen, für den Notfall, doch danach hat sie sie mir gegeben.“

„Sind Sie sich sicher, dass es die Tatwaffe ist?“

„Davon bin ich überzeugt, obwohl wir es erst mit Gewissheit sagen können, wenn wir sie eingehend untersuchen und die Kugel, die Klausen getötet hat, zum Abgleich vorliegt.“

Sandy Buchanan rieb sich die Augen. Der Tag war anstrengend gewesen.

„Wenn wir also den Mord für einen Moment beiseitelassen, ist das der Stand der Dinge: Wir haben die Dokumente, die ich in meinem Koffer aufbewahrt hatte, doch die Papiere, die Klausen dabeihatte, fehlen nach wie vor. Wir können nicht sagen, welcher Dokumentensatz der richtige ist, daher brauchen wir beide, um sicherzugehen, dass Klausens Forschungen nicht in die falschen Hände gelangen. Aber wie kommen wir an den zweiten Satz, wenn Burford ihn nicht hat, wie er behauptet?"

„Wollen Sie, dass ich es aus ihm herausprügele, Sir?", fragte Gabe eifrig.

Die Mundwinkel des Außenministers zuckten verdächtig.

„Danke für das Angebot", sagte er, „aber wir bevorzugen hier sanftere Methoden - und außerdem denke ich, dass er für einen Tag genug Prügel bezogen hat, meinen Sie nicht auch? Ich rede morgen mit ihm, wenn er sich ein wenig erholt hat. Mal sehen, was ich aus ihm herausbekomme." Er schaute auf seine Uhr. „Es ist höchste Zeit, sich fürs Abendessen umzuziehen", sagte er.

Aubrey blätterte nachdenklich in den Papieren, die vor ihm lagen.

„Wenn Burford die Wahrheit sagt, dann frage ich mich, woher sein anonymer Korrespondent wusste, dass Professor Klausen mit den Papieren hierherkommt", sagte er. „Das bedeutet vermutlich, dass Claude lügt."

„Es sei denn, unter uns ist jemand, der Geheimnisse weitergibt", sagte Henry leichthin.

Kapitel Neunundzwanzig

Im Salon litt Lady Strathmerrick ähnliche Qualen wie
ihr Mann. Dass Claude Burford (den sie trotz seiner
vermeintlichen Eignung als Schwiegersohn nie gemocht
hatte) im Haus sein Unwesen getrieben und auf ihre
Gäste geschossen hatte, brachte sie nach den Schrecken
der letzten Tage vollends aus der Fassung. Obwohl sie
sich nichts sehnlicher wünschte, als sich für ein paar
Stunden auf ihr Zimmer zurückzuziehen, zwangen sie
die Regeln, die man ihr von klein auf beigebracht hatte,
ihre eigenen Wünsche hintanzustellen und sich zu ihren
verbleibenden Gästen zu setzen. Allerdings brachte sie
es trotzdem nicht fertig, höfliche Konversation zu betrei-
ben. Stattdessen saß sie mit blassem Gesicht da und
starrte teilnahmslos vor sich hin, während Miss Foster
wie ein aufgescheuchtes Huhn um sie herumflatterte
und erfolglos versuchte, sie aufzumuntern. Gertie, die
ihrer Mutter sehr zugetan war, saß neben ihr, hielt ihre
Hand und schaute sie besorgt an. Schließlich sprang sie
auf, schenkte ein großes Glas Brandy ein und zwang die
Countess, es zu trinken.

„Danke, meine Liebe", sagte Lady Strathmerrick. Die Farbe kehrte langsam in ihre Wangen zurück, und als sie sich verstohlen umsah, stellte sie erleichtert fest, dass im Augenblick niemand ihre Aufmerksamkeit zu benötigen schien. Clemmie und Priss, die nicht sonderlich geknickt, sondern eher überrascht und verärgert wirkte, hatten die Köpfe zusammengesteckt und flüsterten aufgeregt. Eleanor Buchanan unterhielt sich mit Mrs Marchmont und Mrs Nash kümmerte sich aufopferungsvoll um Freddy Pilkington-Soames, dessen blutiges Ohr hässliche Spuren auf einem Kissen hinterließ. Gus und Bobby beobachteten Freddy fasziniert, während Mr Bagshawe das tat, was er in Gerties Gesellschaft immer tat: Er starrte sie an wie ein waidwundes Reh.

„Trink noch einen Schluck", sagte Gertie und schenkte ihrer Mutter nach.

„Oh, nein, das geht nicht", protestierte Lady Strathmerrick, „sonst schaffe ich es nicht, bis zum Abendessen wach zu bleiben. Danke, es geht mir schon viel besser."

„Dann trinke ich es." Gertie leerte das Glas in einem Zug. „Nach den Ereignissen von heute Nachmittag ist das genau das Richtige. Ich muss mir Angela schnappen, wenn sie mit Mrs Buchanan fertig ist. Ich will genau wissen, was passiert ist."

In einer Ecke des Salons hörte sich Angela an, was Eleanor Buchanan zu sagen hatte. Selbstverständlich war ihr Mann schockiert gewesen, als sie ihm ihr Geheimnis offenbarte und ihm von Claudes Erpressung berichtete.

„War er sehr wütend?", fragte Angela.

„Ja, zumindest anfangs, doch dann machte er sich Vorwürfe, weil er zugelassen hatte, dass ich einem Erpresser zum Opfer fiel, und bat mich, ihm zu verzeihen. Dadurch fühlte ich mich natürlich noch schlechter, schließlich traf ihn nicht die geringste Schuld. Jetzt muss er so viele Unannehmlichkeiten erdulden, und das alles meinetwegen. Oh, Angela, ich war ein solcher Feigling. Ich hätte ihm meine Herkunft nie verheimlichen und ich hätte ihn nicht heiraten dürfen", fügte sie traurig hinzu. „Ohne mich wäre er viel besser dran."

„Hat er das gesagt?"

„Oh, nein", sagte Eleanor. „Er sagte, er liebe mich noch immer und sei fest entschlossen, zu mir zu stehen. Aber wie kann ich mit dieser Schuld leben? Ich denke, ich sollte ihn verlassen, das wäre das Beste für ihn."

„Und ihn erneut betrügen, nachdem er Ihnen ein zweites Mal sein Vertrauen geschenkt hat?", sagte Angela sanft. „Ich glaube kaum, dass er das verdient hat, oder?"

Eleanor schaute sie erschrockenen an.

„So habe ich das noch nicht betrachtet", sagte sie nach einem Moment. „Oh, Angela, ich möchte nur das Richtige tun - das Beste für Sandy."

„Dann müssen Sie bei ihm bleiben und sich den Konsequenzen Ihres Handelns stellen", sagte Angela. „Es liegt an ihm zu entscheiden, ob er damit leben kann oder nicht - und nach dem, was Sie sagen, hat er seine Entscheidung bereits getroffen." Sie lächelte. „Er liebt Sie sehr."

„Meinen Sie?"

„Aber ja! Das ist offensichtlich."

„Ich liebe ihn auch", sagte Eleanor. Sie straffte die Schultern und reckte das Kinn vor. „Sie haben natürlich recht. Also gut, ich werde so lange bei ihm bleiben, wie er mich bei sich haben will. Sollte er am Ende zu dem Schluss kommen, dass er mir nicht verzeihen kann -

dann werde ich seine Entscheidung akzeptieren und versuchen, damit zu leben."

„Dazu wird es hoffentlich nicht kommen", sagte Angela. „Auf jeden Fall bin ich froh, dass Sie ihm die Wahrheit gesagt haben. Sie hätten nicht länger mit der Lüge leben können."

„Es mag seltsam klingen, aber im Grunde bin ich erleichtert", sagte Mrs Buchanan. „Jetzt gibt es keine Geheimnisse mehr zwischen uns, und wenn wir diese schwierige Situation gemeinsam überstehen, dann habe ich fast das Gefühl, als könnten wir neu anfangen. Wenn es doch nur eine Möglichkeit gäbe, diesen ganzen Skandal zu vertuschen - oder zumindest teilweise."

„Es sollte mich nicht wundern, wenn Mr Jameson und Lord Strathmerrick gemeinsam eine Lösung finden", versuchte Angela, sie zu beruhigen. „Vielleicht wird es nicht so schlimm, wie Sie befürchten."

„Das hoffe ich sehr." Eleanor warf einen Blick auf ihre Uhr. „Ich sollte mich zum Abendessen umziehen. Ich will mich von meiner besten Seite zeigen – da darf ich nicht zu spät kommen."

Kaum war sie hinausgegangen, gesellten sich Gus und Bobby zu Angela. In atemlosem Flüsterton baten sie sie, ihnen genau zu erzählen, was sich am Nachmittag zugetragen hatte, da ihnen sonst niemand etwas sagen wollte. Angela schilderte ihnen kurz, wie Freddy und sie die Verfolgung des Übeltäters aufgenommen und ihn schließlich zur Strecke gebracht hatten, während die Jungen mit offenem Mund zuhörten. Als sie geendet hatte, stieß Bobby einen unterdrückten Schrei aus und vollführte einen kleinen Freudentanz.

„Das geschieht ihm recht", sagte er leise, „nach der

Standpauke, die er uns gestern gehalten hat. Wir haben ihn nie gemocht.“

„Ja, er war ein furchtbarer Schleimer“, stimmte Gus zu. „Wenn Sie mich fragen, ist es gut, dass wir ihn los sind. Jetzt kann Priss einen Netteren heiraten.“

„Gabe wäre prima“, sagte Bobby. „Nehmen wir ihn. Ich mag ihn. Er kann tolle Schneemänner bauen. Und ich wette, er nimmt einen Huckepack und jammert nicht, weil die Schuhe seine Jacke schmutzig machen. Nicht wie Claude.“

Ein Schwager, der mit seiner jugendlichen Verwandtschaft im Schnee tollte und sie auf dem Rücken durch die Gegend schleppte, wäre für die beiden eine ausgezeichnete Wahl. Angela räumte bereitwillig ein, dass Gabe Bradley zumindest in dieser Hinsicht ein bestens geeigneter Kandidat war, da er groß und kräftig genug war, um die sportlichen Anforderungen zu meistern. Die Jungen hüpften aufgeregt auf und ab und rannten dann los, um die neuen Informationen untereinander zu besprechen.

Angela sah ihnen lächelnd nach, dann beschloss sie, Eleanors Beispiel zu folgen und sich für das Abendessen umzuziehen. In der ersten Etage traf sie auf Henry Jameson, der stirnrunzelnd aus seinem Zimmer kam. Er war schon fast an ihr vorbeigelaufen, als er sie bemerkte und stehen blieb.

„Ist alles in Ordnung?“, fragte Angela angesichts seiner offenkundigen Zerstreutheit.

„Mrs Marchmont, vielleicht leide ich inzwischen an Gedächtnisschwäche, aber ich meine mich zu erinnern, dass Sie mir vorhin den zweiten Revolver gegeben haben, oder irre ich mich?“

„Sie irren sich keineswegs. Ich habe ihn Ihnen in der

Eingangshalle gegeben, als Freddy und ich von draußen hereinkamen."

„Ja, so habe ich es in Erinnerung", murmelte Henry. „Und ich bin mir sicher, dass ich ihn in die Kommode in meinem Zimmer gelegt habe."

„Haben Sie ihn verlegt?", fragte Angela.

„Entweder das – oder jemand hat ihn gestohlen", antwortete Henry schlicht.

Sie starrten einander wortlos an.

„Soll ich nachsehen, ob er wieder in meiner Handtasche gelandet ist?"

Angelas Versuch, ihn ein wenig aufzuheitern, misslang auf ganzer Linie.

Als Henry nicht antwortete, fragte sie: „Wer könnte ihn an sich genommen haben?"

„Das weiß ich nicht – und ich weiß auch nicht, aus welchem Grund."

„Wer wusste, dass Sie den Revolver haben?"

„Oh, vermutlich alle", antwortete Henry. „Im ganzen Haus herrschte helle Aufregung, als herauskam, was Burford verbrochen hat. Inzwischen dürfte sich die Geschichte herumgesprochen haben."

„Könnte Claude ihn an sich genommen haben?"

„Nein", sagte Henry. „Wir haben ihn verhört und dann in ein Schlafzimmer im Obergeschoss gesperrt. Erst danach habe ich die Waffe in meine Schublade gelegt."

„Vielleicht hat sich jemand einen Scherz erlaubt", sagte Angela, doch das klang selbst in ihre Ohren sehr unwahrscheinlich. „Nachdem Sie Claude erwischt und eingesperrt haben, ist der Verbleib der Waffe nicht mehr so wichtig, denke ich - schließlich ist er der einzige Mörder in diesem Haus, nicht wahr?"

„Leider nein, denn er schwört Stein und Bein, dass er Klausen nicht umgebracht hat.“

„Was?“, fragte Angela entgeistert.

Henry erklärte kurz, wie Claude die Ereignisse dargestellt hatte.

„Ich verstehe“, sagte Angela nachdenklich. „Glauben Sie, dass er die Wahrheit sagt?“

„Ehrlich gesagt hoffe ich, dass er lügt“, sagte Henry aufrichtig. „Wenn er nicht der Mörder ist, dann stehen wir wieder am Anfang, denn dann haben wir es mit einem weiteren Spion zu tun, der von der Existenz der Papiere wusste und in der Lage war, Burford den Auftrag zu erteilen, sie zu stehlen. Aber mir wäre es lieber, wenn das nicht der Fall wäre.“

„Aber was hat Claude davon, wenn er nach seiner Festnahme nur einen Dokumentensatz zurückgibt?“

„Nichts, soweit ich das beurteilen kann“, sagte Henry.

„Dann sagt er möglicherweise die Wahrheit. Vielleicht hat jemand anderes Professor Klausen getötet und die Dokumente aus seiner Tasche gestohlen.“

„Ein unerträglicher Gedanke! Ich hoffe, Sie haben unrecht.“ Mit grimmiger Miene ging Jameson davon.

Beim Abendessen herrschte unter dem Firnis guten Benehmens eine spürbare Aufregung. Am liebsten hätten die Gäste die schockierenden Ereignisse des Tages in allen Einzelheiten besprochen, aber die Anstandsregeln hielten sie zurück. Schließlich wäre es geschmacklos gewesen, die Aufmerksamkeit auf die Tatsache zu lenken, dass sich Lady Priscillas Verlobter als ein so übler Geselle erwiesen hatte. St. John konnte es sich zwar nicht verkneifen, Angela triumphierend zuzuflüstern, dass man ihn nun nicht mehr verdächtigen könne, aber alle anderen gaben sich Mühe, die Unterhaltung auf unverfängliche Themen zu beschränken.

„Wie ich höre, ist es den Männern heute Nachmittag gelungen, den Weg ins Dorf zu räumen", sagte Aubrey Nash.

„Ja, dem Himmel sei Dank", sagte Lady Strathmerrick, „doch ich fürchte, dass es noch eine Weile dauern wird, bis die Einfahrt für Autos befahrbar ist."

„Dann werden wir Ihre Gastfreundschaft noch ein wenig länger in Anspruch nehmen müssen, Lady Strathmerrick", sagte Selma mit ihrem charmantesten Lächeln. „Ich hätte nie gedacht, dass ich es so sehr genießen würde, eingeschneit zu sein."

„Danke, das ist sehr nett von Ihnen", sagte die Countess.

„Sie können jetzt auf jeden Fall zum Gasthof zurückkehren", sagte Angela zu St. John.

„Ja, ich verschwinde gleich morgen früh, aber ich komme am Nachmittag zurück, da ich noch einige Dinge für die Damen zu erledigen habe. Kann ich etwas für Sie tun, irgendwelche Besorgungen? Ich habe versprochen, Miss Fosters neuestes Kapitel an ihren Autorenkreis zu schicken, und ..." – hier senkte er die Stimme – „... Gertie möchte, dass ich ihr Zigaretten mitbringe, aber sagen Sie ihrem alten Herrn lieber nichts. Er hat ihr verboten, zu rauchen."

„Nein, ich glaube nicht, dass ich etwas brauche, danke", antwortete Angela. „Vielleicht mache ich selbst einen kleinen Spaziergang ins Dorf, bevor wir erneut einschneien."

„Vater sagt, das Wetter würde jetzt besser", meinte Clemmie. „Bald sind die Straßen frei und wir können alle nach London zurückkehren."

Das Wetter im Allgemeinen und der Schnee im Besonderen wurden nun mit entschlossener Höflichkeit diskutiert, bis alles gesagt schien, was es dazu zu sagen gab. Es war Gertie, die schließlich das Tabu brach, als der Apfelkuchen serviert wurde.

„Hat jemand Claude etwas zu essen gebracht?", fragte sie plötzlich.

Nein, daran hatte offenbar niemand gedacht.

„Ich werde ein Dienstmädchen mit einem Tablett hochschicken", sagte Lady Strathmerrick.

„Besser nicht", meinte Sandy Buchanan. „Schließlich wollen wir nicht, dass er sie überwältigt und entkommt."

„Bradley und ich bringen ihm gleich etwas", versprach Henry. „Mit uns wird er sich nicht anlegen."

Dann fiel ihm eine Bemerkung zum Wetter ein, die noch nicht gefallen war, und so wurde das Thema unverdrossen fortgesetzt, bis das Abendessen beendet war.

Die Damen zogen sich bald in den Salon zurück, um in kleinen Grüppchen zu tuscheln, während die Männer mit mürrischer Miene zurückblieben. Angela stand im Salon am Fenster und fragte sich beiläufig, ob sie in den Augen ihrer Gastgeberin nun eine Persona non grata war, alldieweil sie nicht unwesentlich zu Claudes Niedergang beigetragen hatte. Plötzlich merkte sie, dass sich der Verschluss ihrer Halskette gelöst hatte und das Schmuckstück zu Boden zu gleiten drohte. Bei näherem Hinsehen stellte sie fest, dass die Schließe kaputt war. Da ihr Kleid einen Halsschmuck erforderte - zumindest wenn es nach Marthe ging -, verließ Angela den Salon und ging hinauf in ihr Zimmer, um einen passenden Ersatz zu finden. In der ersten Etage angekommen hörte sie jedoch Stimmen, die vom nächsten Treppenabsatz kamen. Irgendetwas an deren Tonfall erregte ihre Aufmerksamkeit, und sie ging zum Fuß der zweiten Treppe und sah nach oben. Das Erste, was ihr auffiel, war eine weit geöffnete Tür und der Anblick von Gabe Bradley, der mit einer Hand an der Stirn wie erstarrt dastand. Ohne nachzudenken, eilte sie die Treppe hinauf. Er hörte sie kommen und drehte sich um.

„Nein!", rief er, aber es war zu spät. Angela hatte bereits gesehen, was in dem Zimmer dahinter lag. Es war ein kleines, einfach eingerichtetes Schlafzimmer, mit einem Bett, einem kleinen Tisch und einer Kommode. Auf der Kommode stand ein Tablett mit Essen. Henry Jameson beugte sich über das Bett, auf dem ein Mann lag, der aussah, als schliefe er. Es war Claude Burford.

Angela starrte ihn an. Sie verstand sofort, was geschehen war. Henry richtete sich auf, als er sie sah, und noch bevor er den Mund öffnete, wusste sie, was er sagen würde: „Er ist tot."

Kapitel Dreißig

„ERSCHOSSEN", sagte Angela. Es war eine Feststellung, keine Frage.

Henry nickte. Er war kreidebleich.

„Mitten ins Herz, genau wie Klausen", sagte er.

Angela trat näher an das Bett und betrachtete den toten Claude Burford. Nach dem Kampf mit Freddy war sein Gesicht rot und geschwollen, aber abgesehen davon sah er aus, als würde er schlafen. Nur ein winziges rundes Loch in seiner Brust deutete darauf hin, dass etwas nicht stimmte.

„Was machen wir jetzt?", fragte Gabe. Sein Gesicht hatte eine leicht grünliche Farbe. „Wir müssen Lord Strathmerrick und Mr Buchanan Bescheid sagen."

„Ja, gehen Sie zu ihnen, Bradley. Bitten Sie sie um eine dringende Unterredung im Arbeitszimmer. Ich schließe die Tür ab und komme nach."

Seine knappen Anweisungen reichten Gabe, er lief schnell die Treppen hinunter ins Erdgeschoss. Henry wollte ihm gerade folgen, doch Angela hielt ihn zurück.

„Haben Sie noch meine Waffe?", fragte sie.

„Ja", antwortete Henry. „Ich habe nachgeschaut, als ich feststellte, dass der andere Revolver verschwunden war. Er ist noch da."

„Dann sollten Sie ihn holen. Es sieht so aus, als würden Sie ihn brauchen."

„Ich könnte mich in den Hintern beißen", sagte er, als sie die Treppe hinuntereilten. „Wenn ich es heute Nachmittag nicht so eilig gehabt hätte, hätte ich den zweiten Revolver an einem viel sichereren Ort verstaut. Ich hätte wissen müssen, dass etwas im Busch ist, als er verschwand, aber ich hätte mir nie träumen lassen, dass Burford das Opfer sein würde. Warten Sie hier."

Er ging in sein Zimmer und kam kurz darauf mit Angelas Revolver wieder.

„Behalten Sie ihn fürs Erste", sagte sie, und er steckte ihn in seine Tasche.

Im Erdgeschoss kamen Lord Strathmerrick, Sandy Buchanan und Aubrey Nash gerade mit Gabe aus dem Speisezimmer. Der Schock stand ihnen ins Gesicht geschrieben.

„Ist es wahr?", fragte Buchanan Henry. „Wie ist das passiert?"

„Ich weiß es nicht", antwortete Henry. „Aber wir haben keine Zeit zu verlieren. Wir müssen entscheiden, was wir als Nächstes tun."

„Jetzt werden wir die Dokumente nie finden", stöhnte Lord Strathmerrick, der zwar nicht die Hände rang, aber so aussah, als würde er es gerne tun.

Die Männer verschwanden alle in Richtung Arbeitszimmer und ließen Angela wieder einmal allein auf dem Gang stehen.

„Sie reden und reden, diese Politiker", sagte sie zu sich. „Im Angesicht einer Katastrophe tun sie nichts lieber, als sich hinzusetzen und ein paar Stunden darüber zu reden."

Sie überlegte einen Moment, was sie tun sollte, und kehrte in Ermangelung anderer Ideen in den Salon zurück. Dort herrschte düsteres Schweigen, das nur durch eine lebhafte Diskussion zwischen St. John und Miss Foster über die Vorzüge von Robert Burns und Sir Walter Scott ein wenig aufgelockert wurde. Angela setzte sich in einen Sessel, ließ die Gedanken schweifen und blickte abwesend zu Freddy, der mit seinem verbundenen Ohr immer noch die fürsorgliche Pflege von Selma Nash genoss. Nach ein paar Minuten warf er einen Blick in ihre Richtung und lachte, so gut er konnte.

„Mrs M., was gibt's?", sagte er. „Wenn Sie nicht aufpassen, wirft Ihnen noch jemand einen Penny in den Mund und wünscht sich etwas."

Angela brauchte einen Moment, um sich zu besinnen. Sie hatte tatsächlich mit offenem Mund dagesessen und schloss ihn abrupt. Sie stand auf, warf einen vielsagenden Blick zur Tür und ging hinaus. Freddy verengte die Augen und wartete kurz, bevor er ihr folgte.

„Was ist los?", fragte er.

„Claude ist tot", antwortete sie.

„Großer Gott!" Er starrte sie an. „Wollen Sie damit sagen, dass er sich umgebracht hat?"

„Nein. Es war Mord."

Jetzt riss er erstaunt die Augen auf.

„Aber wer hat ihn umgebracht?", fragte er. Als Angela schwieg, fuhr er fort: „Soll das heißen, dass es auf Fives Castle zwei Mörder gab?"

„Nein", sagte Angela, „das glaube ich nicht. Claude hat abgestritten, Klausen getötet zu haben, und es sieht so aus, als habe er die Wahrheit gesagt."

„Na so was!" Freddy brauchte einen Moment, um diese neue Wendung der Ereignisse zu verdauen. „Aber warum hat man ihn umgebracht?"

„Um ihn zum Schweigen zu bringen, nehme ich an", sagte Angela. „Er hatte zweifelsohne mit dem Diebstahl der Papiere zu tun, aber nachdem er aufgeflogen war, wurde er zu einer Gefahr. Daher wurde er aus dem Weg geräumt, um zu verhindern, dass er seinen Komplizen verrät."

„Es wird immer seltsamer", sagte Freddy. „Ich habe das Gefühl, mitten in einem verworrenen Traum zu sein, aber jetzt würde ich gerne aufwachen."

„Mir geht es genauso", sagte Angela, „aber vielleicht können wir dem heute Abend ein Ende setzen."

„Dann wissen Sie, wer der Mörder ist?" Freddy war beindruckt.

„Nein, ich weiß es nicht sicher", sagte sie zögernd, „aber ich habe eine Ahnung, wo die Papiere sein könnten. Wenn sie da sind, wo ich sie vermute, dann haben wir unseren Mörder. Wenn ich mich irre – nun, dann war es einen Versuch wert."

„Und wenn Sie recht haben, werden Sie selbstverständlich behaupten, Sie hätten es die ganze Zeit gewusst."

„Selbstverständlich", sagte sie.

„Nun gut, was ist der nächste Schritt?", fragte Freddy.

„Zunächst einmal werde ich mit Henry sprechen und außerdem brauche ich Ihre Hilfe."

„Wie nett von Ihnen, dass Sie mich mitspielen

lassen", sagte Freddy. „Was soll ich tun? Hauptsache, ich muss mich nicht prügeln. Dazu bin ich jetzt nicht mehr der Lage."

„Keine Bange", beruhigte Angela ihn. „Sie müssen nicht die Fäuste schwingen, sondern eine Frau umgarnen. Das sollte Ihnen leichtfallen."

Sie erklärte ihm kurz seine Aufgabe. Er hob die Augenbrauen, hörte aber aufmerksam zu.

„Wer hätte das gedacht?", sagte er, als sie fertig war. „Sind Sie sicher?"

„Nein", antwortete sie, „aber ich würde es mir gerne genauer ansehen. Also, glauben Sie, dass Sie es schaffen?"

Freddy straffte entschlossen die Schultern.

„Das will ich meinen", sagte er. „Im Dienste meines Landes und der reizenden Mrs M. bin ich zu allem bereit."

„Ausgezeichnet. Ich werde Sie eines Tages an dieses Versprechen erinnern, aber für den Moment reicht es. Ich werde jetzt Mr Jameson holen, ich bin gleich zurück. In der Zwischenzeit könnten Sie schon beginnen."

Er nickte und kehrte in den Salon zurück, während Angela zum Arbeitszimmer lief und an die Tür klopfte. Zu ihrem Entsetzen waren dort nur Gabe und Aubrey.

„Wo ist Mr Jameson?", fragte sie.

„Er ist mit Buchanan und Lord Strathmerrick nach oben gegangen. Die beiden wollten Burfords Leiche sehen", sagte Aubrey.

„Oh je … dabei wird er dringend gebraucht", sagte sie.

„Ich kann ihn holen, wenn Sie wollen", bot Gabe an und stand sofort auf.

„Oh, würden Sie das tun? Ich wäre Ihnen sehr dankbar. Wir sind im Salon - und bitte sagen Sie ihm, er soll den Revolver mitbringen. Er könnte ihn brauchen."

Gabe und Aubrey sahen sich überrascht an, sagten aber nichts. Angela lief zum Salon zurück, hielt davor kurz inne, um wieder zu Atem zu kommen, dann öffnete sie leise die Tür. Alles war wie zuvor, nur dass Freddy jetzt auf einem Sofa neben Miss Foster saß, mit einem aufgeschlagenen Buch in der Hand.

„- aber ich fand Wordsworth immer schrecklich langweilig", sagte er. „Dieses ganze Geschwafel über Osterglocken. Echte Emotionen, die finden Sie bei Coleridge." Er warf sich in Pose und deklamierte: „,... im Walde du gingest und hörtest ein Stöhnen und fandest eine Dame, wunderbar schön ...' Herrlich! Ich kriege jedes Mal eine Gänsehaut, wenn ich das lese."

„Oh, ja!" Miss Foster klatschte begeistert in die Hände. „Ich bin ganz Ihrer Meinung, Mr Pilkington-Soames. Ich glaube, es gibt nichts Besseres als Lyrik, um das Herz zu rühren, aber natürlich ist das Thema das Wichtigste."

„Ich habe einmal ein Gedicht gelesen, in dem der Autor in siebenundvierzig Versen die Flecken auf dem Rücken eines Marienkäfers beschreibt", sagte Freddy. „Wenn es jemals jemand verdient hat, einen toten Albatros um den Hals zu tragen, dann dieser Dichter."

Miss Foster kicherte und die beiden beugten sich über das Buch, während Freddy darin blätterte, auf der Suche nach etwas Anrüchigem, das den Geschmack der Dame traf.

In der Zwischenzeit hatte Angela sich verstohlen umgesehen und entdeckt, wonach sie Ausschau gehalten hatte. Miss Fosters Notizbuch lag auf einem kleinen Tisch direkt neben dem Sofa, allerdings nicht ganz aus ihrem Blickfeld. Niemand beachtete es. Angela trat leise hinter das Sofa. Freddy hatte nicht aufgeblickt, war sich aber ihrer Anwesenheit durchaus bewusst. Er zog den Gedichtband ein wenig näher zu sich heran und deutete auf einen bestimmten Vers, sodass Miss Foster gezwungen war, sich weiter von Angela wegzudrehen. Angela nutzte die Gelegenheit und nahm behutsam das Notizbuch in die Hand.

„Na so was, Mrs Marchmont!" Eine laute Stimme hinter ihr ließ sie zusammenzucken. „Ich wusste nicht, dass Sie sich auch für Literatur interessieren." Es war St. John, der sie beobachtet hatte. Er kam zu ihr, nahm ihr das Notizbuch aus der Hand und begann, darin zu blättern. „Hören Sie, Miss Foster, Mrs Marchmont möchte Ihr jüngstes Kapitel lesen. Meinen Sie nicht, Sie sollten potenzielle Leser einen Blick darauf werfen lassen? Warum sein Licht unter den Scheffel stellen, nicht wahr?"

Für den Bruchteil einer Sekunde war Angela wie erstarrt, aber jetzt sah sie, dass Freddy und Miss Foster beide entsetzt auf das Notizbuch starrten. Miss Foster fasste sich als Erste.

„Oh, Mr Bagshawe", sagte sie mit einem gezierten Lachen. „Ich habe Ihnen schon einmal gesagt, dass ich mein Notizbuch hüte wie meinen Augapfel. Ich sage es nur ungern, aber es macht mich ganz unruhig, wenn ich die Früchte meiner Arbeit in den Händen eines anderen Menschen sehe. Würden Sie es mir bitte geben? Wenn Sie möchten, lese ich Ihnen gerne den einen oder anderen Auszug vor." Sie erhob sich und streckte ihre Hand nach dem Buch aus.

„Unsinn", sagte St. John jovial. „Wenn Sie als Schriftstellerin erfolgreich sein wollen, müssen Sie bereit sein, andere Ihre Werke lesen zu lassen. Keine Sorge – Sie sind hier unter Freunden, und selbst wenn es ein wenig holprig klingt, helfen Ihnen sicher alle mit Verbesserungsvorschlägen aus."

„Mr Bagshawe, ich bestehe darauf -" Miss Foster versuchte, ihm das Notizbuch aus der Hand zu nehmen, aber St. John hielt es außer Reichweite.

„Na, na", sagte er gutmütig. „Nicht so schüchtern, meine Liebe! Sie müssen -" Er hielt überrascht inne, als Miss Foster ihm das Notizbuch aus der Hand zu reißen versuchte und er das Gleichgewicht verlor. Nach einem kurzen, bizarr anmutenden Kampf hörte man plötzlich Papier reißen, das Buch fiel zu Boden und lose Blätter verteilten sich großflächig.

Einen Moment herrschte schockiertes Schweigen, dann ließ sich Miss Foster auf die Knie sinken und begann, die Papiere aufzusammeln.

„Es tut mir schrecklich leid", sagte St. John. „Warten Sie, ich helfe Ihnen."

„Das ist nicht nötig -", begann Miss Foster, doch St. John hatte bereits einige Blätter aufgehoben und betrachtete sie stirnrunzelnd.

„Ich muss schon sagen, Miss Foster, Sie benutzen ziemlich dickes Papier", sagte er. „Sehen Sie, es scheint aus zwei Blättern zu bestehen, die zusammengeklebt sind. Ja, das ist es … hier löst sich der Kleber ab."

Aller Augen waren nun auf die kleine Szene gerichtet.

„St. John", sagte Freddy warnend.

Miss Fosters Blick ging von einem zum anderen,

blieb kurz an Angela und Freddy hängen, bevor sie sich wieder St. John zuwandte.

„Geben Sie mir die Papiere“, sagte sie. Plötzlich war die weiche, affektierte Stimme von Letty Foster verschwunden. Stattdessen schwang in ihrem Ton etwas viel Kälteres und Härteres mit.

„Was?“ St. John versuchte immer noch, die zusammengeklebten Seiten auseinanderzuziehen. „Und sehen Sie mal, was ist das? Jemand hat ein paar Papierschnipsel zwischen die Lagen gelegt. Warum macht man so etwas?“

Ein metallisches Klicken ließ alle im Raum zusammenzucken.

„Geben Sie mir die Papiere“, sagte Miss Foster, diesmal etwas lauter. St. John blickte auf und riss die Augen auf, als er die Waffe in ihrer Hand sah, die direkt auf seine Brust gerichtet war.

„Ist das ein Revolver?“, fragte er.

„Was in aller Welt tun Sie da, Letty?“, sagte Lady Strathmerrick erstaunt.

„Gib ihr die Dokumente, du Idiot“, sagte Freddy zu St. John.

St. John, der nicht der schnellste Denker war, schien schließlich zu begreifen, dass etwas nicht stimmte, und reichte Miss Foster die Papierfetzen. Sie nahm sie an sich und verließ eilig den Raum, im selben Moment, in dem Henry Jameson und Sandy Buchanan ihn durch eine andere Tür betraten und ein verblüfftes Stimmengewirr ertönte. Sandy Buchanan hielt die Hände in die Höhe, bis Stille einkehrte.

„Was ist hier los?“, fragte er.

„Miss Foster hat die Papiere“, sagte Angela zu Henry. Er verstand sofort und lief zu der Tür, durch die

Miss Foster verschwunden war. „Seien Sie vorsichtig!", rief Angela ihm nach. „Sie ist bewaffnet."

„Wo will sie in diesem Abendkleid bloß hin?", sagte Gertie. „Sie muss im Haus bleiben, im Freien erfriert sie."

Sandy Buchanan wollte etwas sagen, doch in diesem Moment fiel nicht weit vom Salon ein Schuss. Gleich darauf folgte ein weiterer, dann war es still. Die Leute im Salon sahen einander mit weit aufgerissenen Augen an.

„Ob sie ihn erschossen hat?", sagte Gertie. „Vielleicht sollte jemand nachsehen. Freddy, sei so nett, ja?"

Freddy wollte ihr gerade unmissverständlich mitteilen, was er von ihrem Vorschlag hielt, unbewaffnet eine zu allem entschlossene und bewaffnete Frau zu verfolgen, als Henry Jameson in den Salon trat. Er sagte nichts, tauschte aber einen vielsagenden Blick mit dem Außenminister. Buchanan wollte ihm gerade aus dem Zimmer folgen, als Gertie das Wort ergriff.

„Sie glauben doch nicht wirklich, dass Sie damit durchkommen, oder?", sagte sie. „Na los, spucken Sie's aus. Was haben Sie mit Miss Fo gemacht? Haben Sie sie erschossen?"

Henry zögerte, sah aber schließlich ein, dass er Auskunft geben musste, wenn er es nicht mit einem wütenden Mob aus Frauen in perlenbesetzten Abendkleidern zu tun bekommen wollte. Er nickte kurz.

„Ist sie tot?"

„Ich fürchte ja, Lady Gertrude", antwortete er. „Leider war ich gezwungen, mich zu verteidigen, als sie auf mich schoss. Ihr Schuss ging daneben, meiner nicht."

Dann gingen er und Buchanan hinaus und ließen

Freddy, St. John und die Damen betroffen zurück. Zunächst schien es, als wüsste niemand, was er sagen sollte, dann ergriff die unerschütterliche Gertie das Wort.

„Gus und Bobby werden furchtbar enttäuscht sein, dass sie das verpasst haben."

Kapitel Einunddreißig

„Sɪɴᴅ Sɪᴇ sɪᴄʜᴇʀ, dass es die richtigen Dokumente sind?", fragte Lord Strathmerrick. Er hatte darauf bestanden, dass sie sich in dem kleinen Konferenzraum neben dem Arbeitszimmer versammelten, da der polierte Tisch und die Stühle mit ihren kerzengeraden Rückenlehnen ihm das Gefühl gaben, nach dem Chaos der letzten Tage endlich wieder ein gewisses Maß an Kontrolle über die Situation zu haben.

„Oh, ja", sagte Henry. „Daran ist nicht zu zweifeln. Wie Sie sehen, sind sie in derselben Handschrift verfasst wie die, die wir bei Burford gefunden haben."

„Na, das ist doch mal eine gute Nachricht", sagte Aubrey Nash.

„Aber woher wussten Sie, wo die Dokumente waren, Mrs Marchmont?", fragte Sandy Buchanan.

Angela ahnte, dass sie die einzige Frau war, der man jemals in diesem Raum das Wort erteilt hatte, und genoss das Gefühl, Pionierarbeit zu leisten.

„Ich war mir nicht sicher", antwortete sie nach kurzem Überlegen, „aber mir sind ein paar Dinge aufgefallen, die mir merkwürdig vorkamen. Da war zunächst die Tatsache, dass St. John bei seinem Alibi gelogen hat. Er sagte, er habe das Schloss in der Mordnacht vor halb eins verlassen, aber das war eindeutig falsch. Es konnte kein Versehen seinerseits sein, denn als ich ihn danach fragte, wiederholte er die Lüge. Ich hielt ihn nicht für den Mörder, hatte aber den Eindruck, dass er einen Grund gehabt haben musste, sich spät in der Nacht im Schloss herumzutreiben. Angesichts seiner politischen Neigungen fragte ich mich, ob er nicht ein Mitglied des Spionagerings war und die Rolle des verschmähten Verehrers nur ein Vorwand war. In diesem Fall wäre er gezielt nach Fives beordert worden. Beim heutigen Abendessen erwähnte er zufällig, dass er vorhabe, morgen ins Dorf zu gehen, um das neue Kapitel von Miss Fosters Roman an ihren Autorenkreis zu schicken. Ich dachte mir zunächst nichts dabei, aber es erinnerte mich an einen Vorfall vor ein oder zwei Tagen, als Miss Foster ihr Notizbuch hatte liegen lassen und Gertie und ich es gefunden haben. Wir waren neugierig und blätterten ein wenig darin herum. Dabei fiel mir auf, dass die losen Blätter, die sie zwischen die Seiten gesteckt hatte, viel dicker und steifer waren als normales Papier.

Damals war mir natürlich nicht klar, dass sie die gestohlenen Dokumente dazwischen versteckt und die Ränder zusammengeklebt hatte, aber heute Abend betrachtete ich Miss Foster zum ersten Mal als mögliche Verdächtige. In ihrer Position als Gouvernante und Begleiterin der Dame des Hauses genoss sie das Vertrauen der Familie Strathmerrick und war zugleich in der Lage, viele Staatsgeheimnisse auszuspionieren. Lord Strathmerrick lud oft bedeutende Leute zu vertraulichen Gesprächen nach Fives Castle ein, und ich konnte mir vorstellen, dass er auch in seinem Haus in London so manche Versammlung abhielt. Miss Foster hätte reichlich Gelegenheit gehabt, an den Türen zu lauschen, einen Blick in private Papiere zu werfen und was dergleichen mehr ist. Dann erinnerte ich mich an etwas, das St. John gesagt hatte. Er hatte sie in der Silvesternacht im Schloss umherwandern sehen, lange nachdem sie angeblich zu Bett gegangen war. Er sagte, sie habe dabei ihr Notizbuch in der Hand gehabt, und so begann ich, eins und eins zusammenzuzählen. Zuerst erschien es mir unglaublich, aber je mehr ich darüber nachdachte, desto wahrscheinlicher wurde es, und ich beschloss, mir das Notizbuch genauer anzusehen."

„Dann hat sie ihren Autorenzirkel als Deckmantel für ihre Aktivitäten benutzt?", fragte Aubrey.

„Das vermute ich", sagte Angela. „Sie hat mir selbst gesagt, dass sie häufig einzelne Romankapitel an andere Mitglieder der Gruppe schickte, um deren Meinung einzuholen. Ich nehme an, dass die fraglichen Kapitel tatsächlich aus verschlüsselten Informationen bestanden, die sie im Haushalt der Strathmerricks aufgeschnappt hatte. Sie erwähnte einen Mr Adams, der einen kleinen Verlag in London betreibt. Es würde mich nicht wundern, wenn er sich als der Kopf dieses Spionagerings erweist, falls es tatsächlich einen gibt."

„Ich glaube, Sie haben recht", meldete sich Jameson zu Wort. „Ich habe einen kurzen Blick auf Miss Fosters Sachen geworfen und eine Reihe interessanter Briefe gefunden, die ich mir später genauer ansehen werde – vermutlich erst morgen, denn jetzt ist es schon ziemlich spät. Auf jeden Fall beabsichtige ich, gleich morgen früh einen Mann ins Dorf zu schicken, der Scotland Yard benachrichtigen soll. Ich hoffe sehr, dass wir diese ganze leidige Angelegenheit endlich zu Ende bringen können."

„Dann hat Miss Foster Professor Klausen ermordet", sagte Aubrey.

„Ja", sagte Henry. „Ich nehme an, sie hat ihn während des Tanzes kommen sehen und ihn unter irgendeinem Vorwand in die Bibliothek gelockt. Dort erschoss sie ihn, versteckte seine Leiche hinter dem Globus und stahl die Papiere. Wahrscheinlich wollte sie Claude Burford zwingen, Klausens Leiche irgendwo auf dem Anwesen zu verstecken, wo man sie nie finden würde. Wenn man den Professor dann als vermisst meldete, hätte niemand gewusst, wo man mit der Suche nach ihm beginnen sollte. Er hätte überall sein können - er könnte in London geblieben oder sogar ins Ausland gegangen sein. Die Dokumente an die Auftraggeber weiterzureichen, wäre ein Kinderspiel gewesen. Niemand hätte ihr Verschwinden mit Fives Castle oder Miss Foster in Verbindung gebracht, auch wenn Klausens Verschwinden für Aufsehen gesorgt hätte. Dass die Leiche so schnell gefunden wurde, war nicht geplant – das war Pech."

„Dann steckte sie mit Burford unter einer Decke?", fragte Aubrey.

„Nicht direkt", sagte Henry. „Ich glaube kaum, dass er jemals eine führende Rolle in der Organisation gespielt hat. Er musste das tun, was man ihm sagte. Er hatte jedoch durchaus seinen Nutzen. Möglicherweise wäre Burford eher als Miss Foster in der Lage gewesen, die Dokumente von Klausen zu bekommen, um ein Beispiel zu nennen. Es ist nur schade, dass er uns nicht gleich von Miss Foster erzählt hat, als wir ihn geschnappt haben - hätte er das getan, wäre er vielleicht noch am Leben, wenn auch in Ungnade und im Gefängnis."

„Aber was ist mit diesem Bagshawe?", fragte Aubrey. „Sollten wir ihn nicht festsetzen, weil er mit allen unter einer Decke steckt?"

Henry hüstelte.

„Wir werden ihn natürlich im Auge behalten, aber ich glaube, von ihm geht im Moment keine Gefahr aus. Ich habe vor einer Weile mit ihm gesprochen und ihm die Leviten gelesen. Es ist recht klar, dass man ihn benutzt hat."

„Sind Sie sich da ganz sicher?", sagte Lord Strathmerrick. „Wie erklärt er sein Verhalten? Erzählen Sie mir nicht, dass er nur hier ist, um Gertie schöne Augen zu machen."

„Nein - obwohl die Aussicht, Gertie zu sehen, ihm die ganze Sache noch schmackhafter gemacht haben dürfte", sagte Henry. „Er hat mir erzählt, dass er vor einigen Wochen nach einem Treffen der Jungen Bolschewisten von einem Fremden angesprochen wurde, den er während der Versammlung im hinteren Teil des Saals hatte sitzen sehen. Der Mann nannte seinen Namen nicht, zeigte sich jedoch beeindruckt von einer besonders mitreißenden Rede, die Bagshawe an diesem Abend gehalten hatte. Er habe sich offenbar mit Leib und Seele den Zielen der Gruppe verschrieben, und wenn er interessiert sei, würde er ihm gerne ein Angebot unterbreiten. Der Fremde erläuterte, dass er einer weiteren, viel größeren Bewegung mit den gleichen Überzeugungen wie Bagshawe gehöre. Diese Bewegung sei so erfolgreich in ihren Aktivitäten und habe die Behörden derart verärgert, dass man sie verboten habe. Sie operiere im Verborgenen jedoch weiter, und man sei stets auf der Suche nach neuen Mitgliedern, die sich für ihre Sache einsetzten. Nach seinem Auftritt an diesem Abend erscheine Bagshawe wie ein idealer Kandidat und der Fremde wolle ihn daher einladen, der Gruppe beizutreten.

Bagshawe mag seine Überzeugungen leidenschaftlich vertreten, doch er besitzt nicht gerade einen wachen Verstand. Er fühlte sich geschmeichelt und wollte mehr über die geheimnisvolle Bewegung erfahren. Der Fremde antwortete, er würde ihm nur zu gerne weitere Details liefern, doch da die Gruppe verboten sei, müsse er bei der Anwerbung neuer Mitglieder sehr vorsichtig sein, denn wenn die Polizei davon erführe, würde man viele unschuldige Menschen allein wegen ihrer politischen Ansichten verhaften und ins Gefängnis werfen. Wenn Bagshawe sich ihnen wirklich anschließen wolle, müsse er zunächst seine Vertrauenswürdigkeit unter Beweis stellen und eine einfache Aufgabe erfüllen.

Man wisse, so sagte der Fremde, dass Bagshawe mit Lady Gertrude McAloon, der Tochter des Earl of Strathmerrick, befreundet sei und dass sich die gesamte Familie Strathmerrick zum Neujahrsfest auf Fives Castle einfinde. Ein bedeutendes Mitglied der geheimen Bewegung werde sich ebenfalls zu Neujahr auf Fives Castle aufhalten und einige höchst vertrauliche Dokumente mit sich führen, in denen Einzelheiten über die Mitglieder der Gruppe und die Protokolle aller Treffen verzeichnet seien. Wenn er sich qualifizieren wolle, müsse Bagshawe nach Fives Castle reisen, unter dem Vorwand, Lady Gertrude besuchen zu wollen. Er solle die Dokumente an sich nehmen und sie nach London bringen. Wenn er seinen Auftrag erfolgreich erfülle, werde er als Juniormitglied in die Bewegung aufgenommen.

Bagshawe war hellauf begeistert. Als Erstes wollte er den Namen der Person wissen, die ihm die Dokumente geben solle. Der Fremde schüttelte jedoch den Kopf: Selbst diese Information könne er aufgrund der nötigen Geheimhaltung und der Angst, von den Behörden entdeckt zu werden, leider nicht preisgeben. Es bestehe indessen kein Grund zur Sorge, denn sein Kontakt werde Bagshawe erwarten und sich persönlich zu erkennen geben."

„Was für eine absurde Geschichte. Ist er wirklich darauf hereingefallen?", sagte der Außenminister mit einer Mischung aus Erheiterung und Entsetzen.

„Und ob!", sagte Henry. „Er hat den Auftrag sofort angenommen und wie wir wissen, ist er vor ein paar Tagen in Schottland angekommen. Eins hatte Bagshawe dem Fremden allerdings nicht gesagt. Er war keineswegs ein guter Freund von Lady Gertrude, im Gegenteil: Sie würde sich kaum über seinen Besuch freuen, sondern ihn vermutlich als bloßes Ärgernis betrachten. Statt wie jeder normale Besucher an der Vordertür zu klopfen, streifte er einige Tage lang über das Gelände und versuchte, sich unauffällig zu nähern, hinterließ dabei jedoch überall Fußspuren und machte sich höchst verdächtig. Dann schlich er sich wie ein Einbrecher in der Silvesternacht ins Schloss und wartete dort, in der Hoffnung, die Person zu finden, die er treffen sollte."

„Was? Ohne jemanden von seiner Anwesenheit in Kenntnis zu setzen?", sagte Lord Strathmerrick. „Wie hätte sein Kontakt wissen sollen, dass er da war? Der Mann ist ein Dummkopf."

„Er ist nicht gerade ein heller Kopf", pflichtete

Henry ihm bei. „Nachdem er sich ein paar Stunden im Schloss herumgedrückt hatte, ohne sich zu trauen, jemanden anzusprechen, verlor er die Nerven und stahl sich davon. Zu diesem Zeitpunkt war der Weg ins Dorf bereits versperrt und so versteckte er sich in der Scheune. Als Lady Gertrude und Mrs Marchmont ihn erwischten und ausfragten, irrte er sich in der Zeitangabe und behauptete, er habe das Schloss gegen halb eins verlassen. Als er jedoch von dem Mord erfuhr und wusste, dass er ein Alibi brauchte, musste er um jeden Preis an seiner Geschichte festhalten.“

„Aber er hat seinen Kontakt schließlich gefunden, nicht wahr?“, sagte Aubrey. „Er hat Angela gesagt, dass er die Papiere nach London schicken wolle, also kann er nicht so unschuldig sein, wie er vorgibt.“

„Nun, das ist es ja gerade“, sagte Henry amüsiert. „Er beteuert, er habe nicht gewusst, dass Miss Foster der Kontakt war; er hatte sich vorgestellt, dass es sich um einen Mann handelte. Er räumt ein, dass sie ein paar vielsagende Bemerkungen habe fallenlassen, die er im Nachhinein als Wink mit dem Zaunpfahl versteht, doch als sie ihn bat, die Papiere an sich zu nehmen, dachte er wirklich, dass es sich um Teile ihres Romans handelte, die er zum Postamt im Dorf bringen sollte.“

Sandy Buchanan brach in lautes Gelächter aus.

„Das hätte sie doch auch selbst tun können“, sagte er. „Ihre Auftraggeber hätten ihre Mittelsleute sorgfältiger auswählen sollen.“

Henry nickte. „Sie hätten Bagshawes Gesicht sehen sollen, als ich andeutete, was die Papiere tatsächlich enthielten! Allmählich dämmert ihm, dass man ihn zum Narren gehalten hat, doch er scheint noch nicht ganz zu begreifen, dass er um Haaresbreite davongekommen ist.

Ich werde ihn mir noch einmal vorknöpfen und ihm klarmachen, dass er sich von nun an vorsehen muss, wenn er nicht im Gefängnis landen will."

„Was meinen Sie, warum man gerade ihn ausgewählt hat?", fragte Aubrey.

„Das ist schwer zu sagen", sagte Henry, „aber so wie ich das sehe, haben die Mitglieder des Spionagenetzes entweder aus Überzeugung gehandelt und bekamen vermutlich die größte Verantwortung übertragen - oder sie wurden erpresst oder arglistig getäuscht. Burford zum Beispiel wäre ruiniert gewesen, wenn seine desaströsen Finanzen öffentlich geworden wären. Daher sah er sich gezwungen, das zu tun, was man ihm sagte, während St. John Bagshawe der ideale Rekrut war, weil er durch seine politischen Aktivitäten den perfekten Sündenbock abgegeben hätte, wenn man ihn erwischte. Es wäre ein Leichtes gewesen, ihm den Mord an Professor Klausen anzuhängen."

„Aber was ist mit Miss Foster?", fragte Angela. „Warum hat sie es getan?"

„Wie ich schon sagte, habe ich in ihrem Zimmer eine recht interessante Korrespondenz gefunden", sagte Henry. „Ich hatte noch keine Zeit, alles zu lesen, aber es sind einige Briefe dabei, die an ‚meine geliebte Frau‘ gerichtet sind und von einem Mann stammen, der mit ‚Jewgeni‘ unterschrieben hat." Er gab seinen Zuhörern einen Moment Zeit, diese Neuigkeit zu verdauen.

„Wollen Sie damit sagen, dass sie verheiratet war?", sagte Lord Strathmerrick schließlich. „Sie machen Witze, oder? Die Frau war eine alte Jungfer wie sie im Buche steht. Das konnte man auf einen Blick erkennen."

„Was genau wissen Sie über Miss Foster, Lord

Strathmerrick?“, fragte Henry sanft. „Ich weiß, sie war mehrere Jahre lang bei Ihnen. Vermutlich haben Sie sie sehr gut kennengelernt. Was hat sie Ihnen über ihre Familie erzählt?“

„Nun, selbstverständlich – ich meine – wir – äh, sie sagte -“ Der Earl geriet ins Stottern, als ihm klar wurde, dass er so gut wie nichts über die Frau wusste, die sieben Jahre lang unter seinem Dach gelebt hatte, angeblich als Mitglied seiner Familie. „Vielleicht kann die Countess Ihnen mehr sagen“, meinte er schließlich, „obwohl sie selbstverständlich nichts von den Aktivitäten dieser Person wusste.“

„Selbstverständlich“, sagte Henry. „Ich wollte keineswegs andeuten, dass sie in irgendeiner Weise eingeweiht war. Tatsächlich scheint es, als sei es Miss Foster gelungen, ihre Gedanken und Absichten perfekt zu verbergen. Die Briefe geben einen Einblick in ein Leben, von dem Sie alle nichts wussten. Wenn sie tatsächlich mit diesem Jewgeni verheiratet war - was, wie Sie sicher bemerkt haben, ein russischer Name ist - dann könnte sie durchaus einige Zeit außer Landes gelebt haben und unter den Einfluss einer ausländischen Macht geraten sein. Wir wissen nicht einmal, ob sie Engländerin war. Schließlich kann jeder einen englischen Namen annehmen, wenn er will. Das wird Scotland Yard zu untersuchen haben.“

Lord Strathmerrick wirkte erschüttert – zu Recht, wie Angela fand. Sieben Jahre lang hatten er, seine Frau und seine Kinder ein Haus mit dieser Frau geteilt, ohne dass sich jemand die Mühe gemacht hätte, Nachforschungen über ihre Vergangenheit anzustellen. Stattdessen hatten sie ihr die geistesabwesende, etwas einfältige alte Jungfer mit lachhaften literarischen Ambitionen abgenommen und es ihr – ohne es zu wissen – ermöglicht, wichtige Staatsgeheimnisse an eine fremde Macht weiterzugeben, möglicherweise über Jahre. Für den Ruf des Earls als kluger und diskreter Vermittler wäre das ein schwerer, vielleicht sogar ein vernichtender Schlag, von dem er sich nur schwer erholen würde.

Es kostete den Earl sichtlich Mühe, die Fassung wiederzuerlangen.

„Nun gut, nun gut", sagte er barsch. „Gestehen wir uns ein, dass wir Fehler gemacht haben, aus denen wir lernen sollten. Also, Jameson, ich denke, die kommenden Wochen werden für uns alle recht unangenehm - es sei denn, uns fällt etwas ein, wie wir diese Angelegenheit vertuschen können."

Sandy Buchanan schaute Angela an.

„Mrs Marchmont", sagte er, „in den letzten Tagen haben Sie immer wieder bewiesen, dass man sich auf Sie verlassen kann. Können wir auch in dieser Sache auf Sie zählen?"

Angela wusste genau, was er meinte.

„Natürlich möchte ich nicht, dass die Regierung abtreten muss und das Land ins Chaos stürzt", sagte sie. „Von mir wird niemand etwas erfahren, egal welche Version der Geschichte schließlich an die Öffentlichkeit dringt."

„Was ist mit Mr Pilkington-Soames?", fragte Buchanan. „Wie ich gehört habe, ist er Reporter beim – äh – Clarion." Seinem Ton nach zu schließen hatte er zwar von der fraglichen Zeitschrift gehört, würde aber nicht im Traum daran denken, ein Exemplar in sein Haus zu lassen.

„Wie ich Mr Jameson bereits erklärt habe, kann ich mir vorstellen, dass er sein Wissen über die wahren

Ereignisse gerne für sich behält, vorausgesetzt, er darf als Erster die offizielle Fassung der Ereignisse veröffentlichen", sagte Angela. „Ich kann jedoch nicht für ihn sprechen, also müssen Sie das mit ihm selbst vereinbaren."

„Sehr gut", sagte der Außenminister. „Wenn wir bedachtsam vorgehen, können wir den Skandal vielleicht eindämmen. Jameson, den Rest überlassen ich Ihnen."

„Hmm", machte Henry. „Eine einfache Erklärung ist vermutlich das Beste. Lord Strathmerrick, ich glaube, Sie haben schon immer am Geisteszustand von Miss Foster gezweifelt?"

„Äh –", sagte der Earl.

„Wie ich gehört habe, hat sie Lady Strathmerrick gegenüber öfter erwähnt, dass sie sich vor schattenhaften Feinden fürchtet, die sie entführen und einsperren wollten. Sie machten sich Sorgen, dass sie an Wahnvorstellungen litt – sehe ich das richtig?"

„Oh - äh - ja, absolut", stotterte Lord Strathmerrick.

„Es ist höchst bedauerlich, dass sie in ihrem Wahn zwei so bedeutende Männer getötet hat, meinen Sie nicht auch? Dass sie Professor Klausen und Claude Burford für Entführer hielt, die ihr Böses antun wollten, zeigt, wie es um sie stand. Sie meinte, sich verteidigen zu müssen, und hat sie erschossen."

Die Runde um den Tisch nickte zustimmend.

„Über die Missetaten von Claude Burford lassen wir besser nichts verlauten", fuhr Henry fort. „Er hat einen hohen Preis für seine Sünden gezahlt. Was würde es nützen, sie vor der ganzen Nation auszubreiten."

Lord Strathmerrick, der Claude seinen schändlichen Verrat wohl kaum posthum verzeihen würde, blickte grimmig in die Runde, doch schließlich nickte er zögernd.

„Nun, damit scheint die Angelegenheit erledigt zu sein", sagte Sandy Buchanan entschlossen. Er schaute auf die Uhr und stand auf. „Es ist spät geworden und ich brauche dringend Schlaf, denn es sieht so aus, als würden wir uns in den nächsten Wochen auf dünnem Eis bewegen. Da brauche ich einen klaren Kopf."

Dagegen war nichts einzuwenden, und so wünschten sie sich gegenseitig eine gute Nacht und verließen den Raum.

„Meinen Sie, Sie kommen damit durch?", sagte Angela zu Henry, während sie gemeinsam zur Treppe gingen.

„Ich hoffe es", sagte Henry. „Sie halten vermutlich nichts von diesem Lügengespinst?"

„Nein, nicht wirklich", antwortete sie. „Aber machen Sie sich keine Sorgen - ich werde den Mund halten und verstehe sehr gut, warum Sie so vorgehen, aber ..." Sie verstummte.

„Aber was?"

„Vielleicht kommt es Ihnen seltsam vor, doch ich finde es bedauerlich, dass eine so gerissene und kluge Frau als Wahnsinnige in die Geschichte eingeht, obwohl sie ganz offensichtlich genau wusste, was sie tat."

„Formulieren wir es so: In einem Beruf wie meinem muss man leider bisweilen die Wahrheit umschreiben", sagte er. „Ich behaupte nicht, dass es mir gefällt, doch darauf kann ich zum Wohle meines Landes keine Rücksicht nehmen."

„Mehr kann man von Ihnen nicht verlangen." Angela unterdrückte ein Gähnen. „Es war ein langer

Tag und ich bin sehr müde. Daher verabschiede ich mich von Ihnen, Mr Jameson."

„Ich werde wohl noch eine Weile aufbleiben und die Briefe von Miss Foster lesen", sagte Henry. „Ich möchte vorbereitet sein, wenn die Polizei kommt."

„Nun, viel Glück und gute Nacht."

„Gute Nacht", sagte er, „und danke."

Sie schüttelte lächelnd den Kopf und ging die Treppe hinauf in ihr Zimmer.

Kapitel Zweiunddreißig

AM NÄCHSTEN TAG traf die Nachricht ein, dass die Telefonleitungen repariert worden seien und Fives Castle wieder mit der Außenwelt kommunizieren könne. Außerdem war zur Mittagszeit die lange Einfahrt endlich geräumt und die Gäste wurden darüber informiert, dass sie abreisen konnten, wann immer sie wollten. Die allgemeine Erleichterung war nahezu mit Händen zu greifen, obwohl alle viel zu gut erzogen waren, um ihrer Freude mit mehr als höflichem Nicken Ausdruck zu verleihen. Die vergangenen vier Tage waren für fast alle eine Herausforderung gewesen - vor allem für die Familie Strathmerrick, die mit der erschütternden Erkenntnis konfrontiert wurde, dass zwei Mitglieder ihres Haushalts gefährliche Verbrecher waren. Sie musste sich darauf einstellen, von der Presse belagert und belästigt zu werden (obwohl Freddy hoch und heilig versprochen hatte, sein Insiderwissen nicht zu missbrauchen, und sich von seiner besten Seite zeigte, bis man ihm offiziell die Erlaubnis erteilte, seine Feder zu spitzen).

Marthe freute sich darauf, nach Hause zu kommen, und wirkte beinahe fröhlich, als sie Angelas Sachen packte, während William überglücklich war, wieder mit dem Bentley vereint zu sein. Er bereitete ihn für die lange Fahrt vor, indem er sich unter der Motorhaube zu schaffen machte und jedes Teil liebevoll und sorgfältig überprüfte. Angela saß in ihrem Zimmer am Fenster und widmete ihre ganze Aufmerksamkeit ihren Fingernägeln, die es dringend nötig hatten. Plötzlich klopfte es an der Tür und Gertie trat ein.

„Fahren Sie bald?", fragte sie.

„Ja", sagte Angela. „Wir reisen morgen früh ab – vorausgesetzt, es schneit heute Nacht nicht wieder."

Gertie schüttelte sich.

„Hoffentlich nicht! Ich habe Fives Castle vorerst satt und kann es kaum abwarten, nach London zu kommen."

„Ich dachte, Sie hätten sich ein bisschen Aufregung gewünscht", sagte Angela.

„Stimmt", sagte Gertie, „aber ich denke, drei Leichen an einem Wochenende reichen, meinen Sie nicht auch?"

Angela stand auf und stellte sich zu Gertie ans Fenster. Es hatte zu tauen begonnen - ob das wärmere Wetter anhalten würde oder nicht, konnte niemand sagen - und Wassertropfen rannen über die Fensterscheiben. In der Ferne leitete Lord Strathmerrick die delikate Operation zum Abtransport der sterblichen Überreste von Professor Klausen, Claude Burford und Miss Foster aus dem Schloss. Gertie verzog das Gesicht, als eine kleine Prozession von Männern in Sicht kam, die drei behelfsmäßige Bahren mit drei verhüllten Körpern trugen. Sie wurden so respektvoll wie möglich in den

Lieferwagen des Lebensmittelhändlers geladen, der als einziges geeignetes Transportmittel zur Verfügung stand, und dann wurden die Türen geschlossen. Der Earl blieb eine Weile stehen, um dem Fahrer Anweisungen zu geben. Der nickte, und dann setzte sich das Fahrzeug langsam in Bewegung - was weniger mit dem Respekt für die Toten zu tun hatte als mit der Angst, von der Straße zu rutschen.

„Ist die Polizei schon da?", fragte Angela.

„Ja. Mr Jameson hat sie in Empfang genommen und sie gleich ins Arbeitszimmer gescheucht, bevor sie auf die Idee kommen konnten, Nachforschungen anzustellen. Wahrscheinlich hetzt er ihnen Scotland Yard auf den Hals und teilt ihnen unmissverständlich mit, dass sie sich aus Gründen der nationalen Sicherheit aus der Sache heraushalten sollen, wenn ihnen ihr Job lieb ist."

„Das würde ich mir gerne ansehen", sagte Angela. „Mr Jameson wirkt immer so sanftmütig und wohlerzogen, dass man ihm kaum die Charakterstärke zutraut, die sein Beruf erfordert. Trotzdem ist er einer der kompetentesten Männer, die mir je begegnet sind. Vermutlich besitzt er eine verborgene Entschlossenheit, die er nur bei besonderen Anlässen zeigt."

„Ich würde ihn nicht gern auf dem falschen Fuß erwischen, so viel ist sicher", sagte Gertie. „Haben Sie eine Zigarette für mich?"

„Wie ich sehe, ist es Ihnen gelungen, St. John abzuschütteln", sagte Angela und reichte Gertie ihr Zigarettenetui. „Wo ist er? Versteckt er sich in seinem Zimmer, weil er Angst hat, verhaftet zu werden?"

Gertie stieß ein freudloses Lachen aus.

„Wohl kaum", sagte sie. „Der Mann ist nicht unterzukriegen. Er stolziert hier herum, als sei nichts passiert.

Allerdings scheint er allmählich zu begreifen, dass er bei mir an der falschen Adresse ist. Gestern habe ich ihm gesagt, er solle jemand anderen belästigen, und er hat mich beim Wort genommen. Jetzt stellt er Priss nach, aber auch bei ihr wird er nicht landen können, denn Priss hat ein Auge auf Gabe geworfen."

„Und Sie stehen ohne Verehrer da", neckte Angela sie.

„Oh ja", sagte Gertie. „Ich verbleibe in glorioser Einsamkeit und kann mich in Ruhe meiner unerwiderten Liebe zu Sandy Buchanan hingeben. Oder vielleicht heirate ich Freddy, nur um Vater zu ärgern."

„Bitte geben Sie mir Bescheid, bevor Sie das tun", sagte Angela, „damit ich mich rechtzeitig auf eine abgelegene Insel flüchten kann, wenn Ihr Vater Gift und Galle spuckt."

Sie lachten vergnügt.

Kurze Zeit später ging Angela in die Eingangshalle, wo Aubrey und Selma Nash bereits reisefertig waren, da sie für ein paar Tage zu Freunden nach Edinburgh fahren wollten. Sie verabschiedeten sich mit Händeschütteln und Wangenküssen, und als Aubrey nach draußen ging, um mit dem Chauffeur zu sprechen, blieben Selma und Angela allein zurück.

„Du wirst doch schreiben, oder?", sagte Selma. „Ich fände es schade, wenn wir uns aus den Augen verlieren würden."

Angela stimmte bereitwillig zu. Sie hatte sich gefreut, Selma wiederzusehen, auch wenn ihr die Sache mit Aubrey etwas peinlich war.

Selma ergriff Angelas Hand.

„Ich möchte mich bei dir bedanken", sagte sie leise.

„Wofür?", fragte Angela überrascht.

„Dafür, dass du Aubrey auf Distanz gehalten hast", sagte Selma. Bevor Angela etwas erwidern konnte, fuhr sie fort: „Ich wäre furchtbar eifersüchtig gewesen. Natürlich hätte ich nie ein Wort gesagt – letzten Endes wäre es nur fair -, aber ich hätte es schrecklich gefunden. Ich könnte jede andere ertragen, nur dich nicht."

Sie legte kurz den Finger auf die Lippen, bevor sie zu ihrem Mann hinauslief. Angela sah ihr einen Moment mit hochgezogenen Augenbrauen nach, dann folgte sie ihr nach draußen und winkte, als der Wagen die Auffahrt hinunterfuhr. Als er hinter der ersten Wegbiegung verschwunden war, ging sie langsam ins Haus zurück, tief in Gedanken versunken. Das Geräusch von Schritten an der Eingangstür riss sie aus ihren Gedanken. Es war Freddy, der eine Schaufel geschultert hatte und sich die schneebedeckten Stiefel abklopfte. Seine Blessuren schillerten in den schönsten Farben und sein Ohr war dick verbunden, doch er war gut gelaunt wie immer.

„Brr!", sagte er. „Hallo, Angela. Ich freue mich, Ihnen mitteilen zu können, dass ich mein Auto finden und es ausgraben konnte. Leider hat es nur beleidigt geschwiegen, als ich den Motor anlassen wollte. Wahrscheinlich ist es mir böse, weil ich es in einer Schneewehe habe stecken lassen. Darf ich mir William ausleihen? Wenn jemand meinen Wagen reparieren kann, dann er."

„Aber sicher doch", sagte Angela. „Fahren Sie morgen? Ich nehme an, Sie haben es eilig, mit der Arbeit an Ihrem Artikel zu beginnen."

„Ja", sagte Freddy, „ich werde aber vorher noch Anweisungen von Jameson erhalten. Er soll mir sagen, was ich schreiben darf und was nicht. Natürlich kann ich dem alten Bickerstaffe nicht einfach eine Fantasiegeschichte unterjubeln - ich weiß, es ist nur der Clarion, aber auch bei einem Klatschblatt gibt es Grenzen - also wird Jameson alles mit ihm abklären, bevor ich anfange.“

„Glauben Sie, Mr Bickerstaffe wird sich darauf einlassen?“

„Wenn er die Wahl hat zwischen der – nun, sagen wir: zensierten Version und dem Verlust eines Exklusivberichts, wette ich, dass er nicht lange nachdenken muss“, meinte Freddy.

„Ich frage mich, ob die Öffentlichkeit darauf hereinfällt“, sagte Angela.

„Wenn Frederick Pilkington-Soames der Verfasser ist? Die Öffentlichkeit wird begeistert sein! Wenn die Leute erst einmal meine spannende Prosa gelesen, entsetzt nach Luft geschnappt, die eine oder andere Träne über die schrecklichen Ereignisse auf Fives Castle vergossen und einen eingehenden Blick auf das skandalöse Foto von Gertie geworfen haben, das letztes Jahr in allen Zeitungen zu sehen war, sind sie überzeugt, dass alles genau so passiert ist, wie es im Clarion steht. Die bloße Andeutung, dass es nicht wahr sein könnte, würde einen Sturm der Entrüstung auslösen.“

„Ich hoffe, Sie haben recht“, sagte Angela. „Einige Mitglieder der Regierung haben in den letzten Monaten die Augen vor allen Anzeichen von Gefahr verschlossen, aber ich lasse mich lieber von Politikern regieren, die die gleichen Schwächen haben wie wir alle, als überhaupt keine Regierung zu haben. Und ich fände es schrecklich, wenn man Eleanor Buchanan für den Zusammenbruch der Regierung verantwortlich machen würde.“

„Wohl gesprochen“, lobte Freddy. „Ob es jemals

gelingen wird, die Dokumente zu entziffern, nachdem der gute Professor Klausen nicht mehr unter uns weilt? Es ist ja nicht einmal klar, welche die echten sind.“

„Ich nehme an, dass die Regierung einige ihrer handzahmen Wissenschaftler darauf ansetzt“, sagte Angela, „und außerdem hat Klausen sicher Aufzeichnungen zu seiner Arbeit gemacht, sodass diese Papiere nicht die einzigen Unterlagen sind, die seine Forschungen dokumentieren. Wahrscheinlich hat er gigantische Stapel in einem Safe aufbewahrt.“

„Das wäre möglich“, stimmte Freddy zu.

„Dann scheint die Angelegenheit zur Zufriedenheit aller geklärt zu sein“, sagte Angela. „Der Mord ist aufgeklärt, die Dokumente sind wieder aufgetaucht und Lady Strathmerrick ist zu dem Schluss gekommen, dass ich eine durchaus respektable Frau bin.“

„Oh, ist Ihr Verehrer schon abgereist?“, fragte Freddy.

„Aubrey und Selma sind weg, falls Sie das meinen“, erwiderte sie.

„Sehr klug von Selma, ihren Mann mitzunehmen, bevor Sie ihn zurückerobern konnten“, sagte Freddy.

Angela wollte gerade empört protestieren, als sie sein Gesicht sah und es sich anders überlegte.

„Sie sind wirklich ein furchtbarer Plagegeist, Freddy“, sagte sie. „Wie Sie wissen, war mein Verhalten über jeden Zweifel erhaben.“

„Oh, aber Sie wollen doch nicht zu anständig sein, oder?“, sagte er, „sonst denken die Leute, dass man mit Ihnen keinen Spaß haben kann. Ich persönlich ziehe es vor, unanständig zu sein.“

„Das ist mir durchaus aufgefallen“, sagte Angela trocken.

Freddys Augen blitzten auf, als sein Blick auf irgend-etwas hinter Angela fiel.

„Und ich werde hier und jetzt unartig sein", verkün-dete er mit verschmitztem Grinsen, und bevor sie ihn aufhalten konnte, schlang er die Arme um sie und küsste sie hingebungsvoll, bevor er sie losließ und verschwand, während sie mit offenem Mund dastand. Es dauerte ein paar Sekunden, bis sie ihre Gedanken so weit gesammelt hatte, dass sie den erschrockenen Gesichtsausdruck von Lady Strathmerrick bemerkte, die gerade vorbeikam - was Freddy sehr wohl wahrgenommen hatte. Angela errötete. Die Countess erlangte rasch ihre Fassung wieder und ging mit hochmütiger Miene ihrer Wege.

„Mist", sagte Angela und strich sich eine Strähne aus dem Gesicht.

---

clarabenson.com